純潔國度

THE GRACE YEAR

金.利格特 Kim Liggett

目錄

獻給世上所有女兒，以及崇敬她們的人

只要不離開迷宮，迷宮裡的老鼠想去哪裡都可以。

——瑪格麗特・愛特伍《使女的故事》

或許眞有野獸……或許那只是我們自己。

——威廉・高汀《蒼蠅王》

序幕——

沒有人述說恩典之年的經歷。

這是禁忌。

他們說，我們擁有魔力，能誘惑成熟男性離開妻子的床，讓少年失心瘋，讓已婚婦女嫉妒發狂。他們相信，我們的肌膚本身就是強烈的催情藥，即將長大成人的少女，充滿魅力的青春精華。因此，一滿十六歲，我們就會遭到放逐，在野外將魔力釋放殆盡之後才能獲准回歸文明。

但是，我感覺不到力量。

我感覺不到魔力。

述說恩典之年的經歷是禁忌，但我們依然偷偷尋覓線索。

在草原偷情時不小心說溜嘴的祕密，感覺不像虛構的恐怖床邊故事。婦女在市場寒暄閒聊時，在冰冷空白間暗中交換意味深長的眼神，但她們什麼都不肯透露。

恩典之年的真相，在那隱晦的一年中究竟發生了什麼，這些祕密彷彿一絲絲的微小細線，當她們以為沒人注意時，就會漂浮在她們四周，而我一直留意著。

收成季節的月光下，她們的披肩會滑落，露出肩上的傷疤。

滿懷心思的指尖輕輕略過池塘水面，望著漸漸消逝在黑暗遠方的漣漪。

她們的眼神彷彿身在百萬哩之外，眼中盡是驚奇、恐懼。

曾經，我以為那就是我的魔力——能夠看到別人看不見的事。

連她們自己都不願意承認的事，其實只要睜開眼睛就能看見。

我睜大眼睛。

秋

AUTUMN

我跟隨她穿過森林，這條被踏平的小徑，我已看過上千次了。路邊有各種植物，蕨類、皇后杓蘭、薊草，以及那種紅色的小花，形狀完美的五片花瓣，彷彿只為我們而生。一片花瓣代表恩典少女，一片代表主婦，一片代表女工，一片代表邊緣地帶的女人，而一片代表她。

那個女孩回頭看我，露出自信的笑容。她很像某個人，但我想不起來那個人的名字或長相。或許，那是早已遺忘的久遠記憶、縹緲前世，也可能是我素未謀面的妹妹。瓜子臉，右眼下方有個草莓形狀的紅色小胎記，鐵灰色眼眸隱含魄力。她的深色頭髮剃成平頭，可能是受罰被人剪短，也可能是因為叛逆而自己剪短，我無從分辨。我不認識她，但很奇怪的是，我知道我愛她，那並非是我爸爸對媽媽的那種愛，而是想給予保護的純粹心意。去年冬季我餵養了幾隻知更鳥，我對她的感覺就像對牠們一樣。

我們抵達那片空地，許多身分地位不同的女性聚集在一起，心臟上方的位置都別著小紅花。沒有爭吵、沒有惡意眼神，到此聚會的每個人都非常平靜、非常團結。我們是姊妹、女兒、母親、祖母，為了比個人更重要的全體使命而凝聚在一起。

「他們說女性是弱者，但我們不再軟弱。」那個女孩說。

那群婦女以原始的怒吼回應。

但我並不害怕，我覺得很光榮。那個女孩是救世主，她將改變一切，而不知為何，我也是其中一部分。

「這條路是用鮮血鋪成的，女性的鮮血，但她們的犧牲並沒有白費。今晚，恩典之年將畫下句點。」

我猛呼了一口氣，發現這裡不是森林，那個女孩也不在此。我在空氣滯悶的房間裡，躺在床上，四個姊妹低頭看著我。

「她剛才說什麼？」二姊艾薇問，臉頰漲紅。

「沒有。」大姐茱恩捏捏艾薇的手腕。「我們沒有聽到她說話。」

媽媽走進房間，兩個妹妹克蕾拉與佩妮拉我起床。我看著茱恩，想感謝她幫忙打圓場，但她不肯看我的眼睛。可能是不肯，也或許是不能，我不確定哪個比較糟。

男人不准我們做夢，他們相信我們會藉此隱藏魔力。光是做夢便足以讓我受罰，假使有人發現我夢境的內容，我鐵定會上絞架。

四個姊妹帶我走進縫紉室，像一群吱吱喳喳的麻雀一樣，圍著我摸摸弄弄，這個推、那個拉。

克蕾拉與佩妮拉緊馬甲的繩子，態度有點太開心，我倒抽一口氣說：「鬆一點。」她們覺得很有趣，像是在玩遊戲。她們沒有意識到，再過短短幾年就要輪到她們了。

「妳們不能去折磨別人嗎？」我拍開她們的手。

「不要亂動。」我媽幫我編辮子，將煩躁心情發洩在我的頭皮上。「這麼多年，妳爸讓妳為所欲為，裙子沾上爛泥、指甲縫全是土。好不容易，妳終於可以體會一下當淑女的感覺。」

「何必麻煩？」艾薇在鏡子前挺出孕肚，秀給我們看。「腦子正常的人，絕不會把頭紗給泰爾妮。」

「就算沒有也無所謂。」我媽此時抓住馬甲的繩子，又拉得更緊了。「不過這是她欠我的。」

我是個任性的孩子，太好奇遲早會害死自己，只會做白日夢、毫無端莊……此外還有很多缺點，而我將成為家中第一個沒有在恩典之年獲得頭紗的女兒。

我媽都不必說出口。每次她看著我時，我都能從她的眼神感受到怨懟，那默默燃燒的怒火。

「禮服在這裡。」大姊茱恩悄悄回到縫紉室，拿著一件深藍色的生絲禮服，V領點綴河蚌珍珠。這是她四年前在授紗儀式上穿過的禮服，上面有著紫丁香與恐懼的氣味。紫丁香是心儀她的男人為她選的花——象徵青春之愛、純潔。她願意借我真的很好心，畢竟她是茱恩，就連恩典之年也沒有消滅她的善良。

和我同年的其他女生都會穿全新禮服，最流行的款式，有荷葉邊、繡花，但父母很清楚不必為我浪費資源，我沒希望了，而且這是我自己一手造成的。

今年，加納郡有十二個適婚青年，全都是有頭有臉、出身好家庭的兒子。女生則有三十三人。

今天我們要在鎮上遊行，給那些青年最後一次看個清楚的機會，然後他們會去穀倉加入父執輩，為我們的命運進行交易、討價還價，有如買賣牲口的過程。其實，這本來就差不多，因為我們一出生就必須在腳底烙上父親的紋章。男性選新娘的期間，女性在教堂等候，結束之後，由我們的父親將頭紗送來，默默為女兒戴上那個半透明的鬼東西。明天早上，我們所有少女會在廣場排隊，準備出發參與恩典之年，那些青年將會為他們所選的新娘掀起頭紗，象徵婚姻的承諾，而我們其他人只能晾在一邊。

「我就知道，其實妳身材很好。」我媽噘著嘴，法令紋變成兩道深溝，要是她知道這樣看起來多老，以後一定不會這麼做。在加納郡，比衰老更慘的只有一件事，那就是不孕。「就算要我的命也不懂，為什麼妳要這樣浪費美貌，放棄能自己建立家庭的機會。」她邊說，邊將禮服從我的頭上套下。

我的手臂卡住，我忍不住拉扯。

「不要拽，衣服會——」

布料撕裂的聲音讓我媽氣得脖子發紅，一路紅到下顎。「快拿針線來。」她對我的妹妹們大吼，她們急忙去拿。

我努力憋笑，但越努力憋，就越難忍住，最後我爆笑出聲。我連衣服都不會穿。

「儘管笑吧，到時候沒人給妳頭紗，妳就笑不出來了，等恩典之年結束回來，妳會直接被送去工廠做苦工，手指磨到只剩骨頭。」

「總比變成別人的老婆好。」我嘀咕。

「不准說那種話。」她雙手抓住我的臉，姊姊妹妹急忙地跑開。「妳想讓他們以為妳是亂黨嗎？妳想遭到放逐嗎？那些盜獵賊肯定不會放過妳。」她壓低聲音。「也不准妳辱沒家門。」

「怎麼回事？」我爸爸將菸斗塞進胸前的口袋，他難得進入縫紉室。我媽急忙冷靜下來，縫補裂縫。

「勞力工作並不可恥。」他彎腰走到屋簷下的低矮處，吻一下我媽的臉頰，他身上散發出碘酒和菸草的氣味。「她回來以後，可以去製酪廠或磨坊工作，這是完全正當的工作。妳也知道，我們家泰爾妮生來愛好自由。」他眨眼睛對我示意。

我轉開視線，假裝專心研究從蕾絲窗簾小孔透進來的光點。曾經，我和爸爸感情非常好，大家都說他談起我時，眼裡特別有光彩。人人都想要兒子，他卻一個也沒有，只有五個女兒，我大概是最接近的替代品了。他偷偷教我釣魚、用刀、照顧自己，但現在一切都變了。有一天晚上，我抓到他在藥鋪做見不得人的事，從此之後我再也無法以同樣的方式看待他。顯然，他還沒放棄生出珍貴的兒子，我一直以為他不是那種人。事實證明，他和其他男人沒兩樣。

「瞧瞧妳……」爸爸企圖吸引我的注意。「說不定妳終究會得到頭紗呢。」

我緊閉著嘴，但心中很想尖叫。對我而言，嫁人不是榮耀，舒適的生活沒有自由，婚姻有如鐐銬，就算包著絲絨，依然是鐐銬。去做工，至少我仍擁有屬於自己的人生，我的身體也依然屬於我。但這樣的思想會讓我惹上大禍，就算沒有說出口也一樣。小時候，我的心情都寫在臉上，後來漸漸學會以和氣笑容作為隱藏。但是，我有時會看到鏡子裡的倒影，看見自己眼中燃燒的烈火。越接近恩典之年，燒得越猛烈，有時候我覺得眼睛會隨著火光從臉上噴出來。

我媽伸手拿起紅色絲帶紮在辮子上，我感到一陣恐慌，這時刻終於到了。

我被標上警告的顏色……罪孽的顏色。

所有的加納郡女性都有相同的髮型，整個往後梳，編成辮子垂在背後。男人相信，如此一來，女人便無法有所隱瞞，不論是鄙視的表情、飄忽的眼神，或閃現的魔力。少女用白絲帶，恩典少女用紅絲帶，而已婚婦女則用黑絲帶。

純潔、鮮血、死亡。

「完美。」我媽最後調整一下蝴蝶結。

儘管我看不到紅絲帶，但感覺得到那份沉重，以及其中的意涵，有如將我固定在這個世界的船錨。

「我可以走了嗎？」我掙脫她不停摸摸弄弄的手。

「不帶伴護？」

「我不需要伴護。」我將結實的腳穿進高級黑皮鞋。「我可以保護自己。」

「從野地來的毛皮獵人呢？遇上他們時，妳還能保護自己嗎？」

「只有一個女生曾遇過，那已是多年前的事了。」我嘆息。

「我記得清清楚楚的，就像昨天發生的一樣，是安娜・博格朗。」我媽的眼神變得迷離。「那天是我們的授紗日。她走在城裡，那個人突然一把抓起她扔到馬背上，然後逃往野地，再也沒有人聽聞她的下落。」

真的很奇怪的是，這個故事我印象最深刻的不是這個部分，而是儘管她在離開城鎮的整段路程不停拚命尖叫、哭喊，那些男人卻說她沒有盡力反抗，因此她妹妹代為受罰，放逐到邊緣地帶賣身。故事的這個部分，大家都絕口不提。

「讓她去吧，這是她的最後一天了。」爸爸幫我求情，假裝由我媽作主。「她習慣自己一個人了。更何況，今天我想陪漂亮老婆，只有我們兩人，甜蜜蜜的。」

出於各種目的與盤算，他們總是表現出很相愛的模樣。過去幾年，我爸越來越常跑去邊緣地帶，但我也因此得到許多自由，我應該對此感謝才對。

我媽抬頭對他微笑。「應該沒關係……只要泰爾妮不是打算偷溜進樹林見麥克・威爾克就好。」

我假裝若無其事，但喉嚨變得乾巴巴的，我不曉得她竟然知道。

她把我的緊身上衣往下拉，努力固定在正確位置。「等明天他掀起琪絲汀・簡金斯的面紗，妳才會知道自己一直以來有多傻。」

「我們不是……我們沒有……我們只是朋友。」我慌張地說。

她的嘴角泛起若有似無的笑容。「好吧，既然妳等不及想出去亂跑，那就順便買點莓果回來，晚上聚會要用到。」

她明知道我最討厭去市場，尤其今天是授紗日，加納郡所有人都會盛裝打扮出來逛大街，不過這大概就是她想要的，她想徹底利用這個機會。

她摘下頂針，從鹿皮小錢包拿出一個硬幣，我瞥見她的拇指，尖端少了一塊。她從來沒有說過受傷的原因，但我知道是恩典之年留下的。她發現我正盯著看，於是將頂針戴回去。

「對不起。」我急忙垂下視線，望著腳邊老舊的木地板。「我會買莓果回來。」只要能離開這裡，我什麼都願意。

爸爸彷彿感應到我的焦急，朝門口輕輕一撇頭，我立刻像箭一樣衝出去。

「不要離開城鎮。」我媽在後面大喊。

我閃過一堆堆的書本、掛在樓梯扶手上晾乾的襪子、我爸的醫生包、裝滿未完成編織作品的籃子，我衝下三層樓梯，經過搖頭嘆息的女僕，衝出家門，進入自由的空氣中。不過，秋天的冷風吹在我暴露出的皮膚上，感覺很怪——脖子、鎖骨、胸口、小腿、膝蓋下半部。我告訴自己，不過是一點皮膚。反正沒什麼見不得人，但我覺得很暴露……毫無遮掩。

一個和我同齡的女孩葛楚・芬頓和媽媽一起走過身旁，我忍不住看向她的手，那雙手藏在精緻的白色蕾絲手套中，讓我差點忘記她的遭遇，只是差一點而已。儘管發生了那般不幸，但葛楚似乎仍盼望能拿到頭紗，成為持家的主婦，生下天賜的兒子。

真希望我也真心想要那種生活，真希望有那麼簡單就好了。
「授紗日快樂。」巴頓太太打量我一番，將老公的手挽得更緊。
「她是誰？」巴頓先生問。
「詹姆斯家的女兒。」她咬牙切齒地回答。「排行中間那個。」
他的視線掃過我的肌膚。「看來她的魔力終於降臨了。」
「也可能早就有了，只是她一直隱瞞。」她瞇起眼睛看著我，銳利的眼神彷彿鎖定腐屍的禿鷹。
我一心只想蓋住全身，但我不願意待在家裡。
我必須提醒自己：這件禮服、那條紅絲帶、頭紗、儀式——這些不過只是花俏手段，讓我們暫時忘記即將面對的真正大事，恩典之年。想到即將開始的那一年，我的下巴不禁顫抖，但我立刻擺出空洞的笑容，彷彿很樂意扮演我的角色，很樂意回家之後結婚、生子、死去。
但並非所有女生都能順利回家……有些會只剩殘骸。

✿

我努力保持鎮定，走過廣場。明天，所有和我同齡的女生會列隊站在這裡。不需要魔力，甚至不需要多敏銳的眼光，也能看出在恩典之年會發生影響深遠的事。每一年，我們目送她們離開城鎮前往營地，雖然有些人戴著頭紗，但她們的手道盡了我想知道的一切（因為擔憂而將指緣的硬皮全摳光，冰涼的手指因為緊張而不由自主抽動），但她們充滿期待……活力十足。她們回來時，那些順利活著回來的人，她們消瘦憔悴、無精打采……溫順馴服。

小朋友們打賭著誰會回來，將這件事當成遊戲，但隨著我的恩典之年漸漸接近，我越來越笑不出來。

「授紗日快樂。」法洛先生掀一下帽子，表現出紳士風度，但他的視線停留在我的皮膚上，盯著垂落於臀部上的紅絲帶，打量太久而讓我發毛。大家都在背後叫他「怪老頭法洛」，因為沒有人知道他究竟幾歲，不過顯然不是太老，還有精神色瞇瞇打量我。

他們說女性是弱者。每個禮拜日在教堂都會一再強力灌輸這個觀念，儘管夏娃犯下不可饒恕的錯誤，明明有機會解除魔力卻不肯那麼做，但我依然不懂，為什麼女生沒有發表意見的權利？當然，我們可以祕密約定，在黑暗中竊竊私語，但憑什麼男生有資格決定所有事？根據我的觀察，我們都有心，我們都有頭腦。男女之間只有少數差異，而大部分的男人似乎都只用多出來的那個部位思考。

真的很好笑，他們竟然以為定下婚約、掀起頭紗，能夠給我們力量，讓我們順利度過恩典之年。假使我知道回家之後得和湯米・皮爾森那種人睡，我一定會自願投入盜獵賊的懷抱。

一隻畫眉鳥落在廣場中央的行刑樹上。鳥爪刮到金屬樹枝的聲音，讓我的血液一陣冰涼。這裡原本有棵真正的樹，但他們以異端罪名燒死夏娃時，也將那棵樹一塊燒掉了，於是他們用鋼鐵打造了現在這一棵樹，是女性罪孽的永恆象徵。

一群男人經過，低聲交頭接耳。

這幾個月來，謠言不停流傳……據說有亂黨，有衛士在樹林裡發現祕密集會的證據，男性的衣物掛在樹梢，有如假人。一開始，他們以為是毛皮獵人企圖藉此興風作浪，也可能是邊緣地帶的女人慘遭拋棄而意圖報復，但沒有多久，他們又開始懷疑犯人是城裡的婦女。很難想像我們之中有人會做出這種事，但加納郡有太多祕密。有些祕密明明清楚不已，但他們選擇視而不見，這讓我無法理解。我寧願面對真相，無論後果多麼令人痛苦。

「泰爾妮，老天呀，拜託妳站直。」一個路過的女人斥責。是琳妮姑姑。「而且妳竟然沒有伴護，我弟弟真可憐。」她對女兒說，音量足以讓我聽清楚每個字。「有其母必有其女。」她舉起一枝冬青放在高高抬起的鼻子前。在古老的語言中，冬青代表「保護」。她袖子從手腕落下，露出前臂皺巴巴的皮膚。二姊艾薇說，有一次她陪爸爸去姑姑家幫她治療咳嗽，看到了她的那道疤，從手腕一路延伸到肩胛。

琳妮姑姑拉下袖子阻擋我的視線。「她最喜歡在樹林裡亂跑，說真的，那才是最適合她的地方。」

她鐵定偷偷監視我，否則怎麼會知道我的行蹤？自從初經來潮之後，大家給了我各式各樣我不想聽的建議，大部分頂多只能稱得上愚蠢，但姑姑的這句話卻是徹頭徹尾的惡毒。

琳妮姑姑瞪我一眼，扔下冬青枝，繼續往前走。「我剛才還在說呢，給出頭紗之前要先想清楚。這個女生溫和嗎？柔順嗎？會不會生兒子？她是否只是勉強撐過恩典之年呢？男人太苦了，這個日子實在很沉重。」

要是她知道有多沉重就好了，我將那枝冬青踩爛。

女人都以為，授紗日那天，男人聚集在穀倉，氣氛一定非常嚴肅，但其實根本不是那樣。我很清楚，因為連續六年，我都躲在閣樓的一袋袋穀物後面偷看。他們不過是大喝麥酒，說些低級下流的笑話，偶爾為了搶女生而吵架，最奇怪的是他們完全不討論我們的「危險魔力」。

實際上，只有對他們有好處的時候，他們才會搬出魔力這件事。例如，品特太太的丈夫過世後，考菲先生突然指控結縭二十五年的妻子偷偷保有魔力，會在熟睡時漂浮。考菲太太是最軟弱溫和的女人了，很難想像她會漂浮——不過她仍遭到放逐，沒有經過任何調查。果不其然，隔天考菲先生就娶了品特太太。

不過，倘若我膽敢說出這種話，或是恩典之年結束後依然故我，那麼，我絕對會被放逐到邊緣地帶，和妓女一起生活。

「哎呀、哎呀，泰爾妮。」琪絲汀朝我走來，後面還有她的跟班。她的授紗禮服應該是我看過最漂亮的一件——米白蠶絲裡織進金線，在陽光下閃閃發亮，就像她的頭髮一樣。琪絲汀伸出手，指尖碰了碰我鎖骨旁的珍珠，她的動作太親暱了，因為我們根本沒那麼熟。「這件禮服，妳穿還比茱恩好看。」她隔著又長又濃的睫毛看我。「別告訴她我有這麼說唷。」那些跟著她的女生也壞心地偷笑。

我媽要是知道，已有人發現我的禮服是姊姊穿過的，她肯定會羞到抬不起頭來，不過加納郡的女生總是在等候機會，一抓到把柄就會幾乎毫不掩飾地羞辱別人。

我很想一笑置之，但我的內衣束得太緊，我快吸不到空氣了。而且，也無所謂，若非是因為麥克，琪絲汀根本不會搭理我。麥克・威爾克從小就是我最要好的朋友，以前我們經常一起偷看別人，想找出恩典之年的線索，但最後麥克厭倦了這個遊戲。但是，對我而言那不是遊戲。

女生只上學到十歲，之後大部分的女生都會慢慢不再和男生來往，但不知為何，我和麥克的友誼一直維持至今。或許是因為我對他無所求，他也對我無所求，很單純。當然，現在我們不能像小時候那樣在鎮上跑來跑去，不過我們還是會設法見面。琪絲汀八成以為他會聽我的話，但我從不干涉他的感情生活。我們晚上見面時，大多也只是躺在草地上看星星，各自沉浸在自己的世界。對我們而言，這樣似乎就足夠了。

琪絲汀要那些女生安靜。「泰爾妮，我會幫妳祈禱，希望妳今晚能得到頭紗。」她對著我的後頸微笑。

我看過那個笑容。上個禮拜日，埃德蒙神父將聖餐放在她伸出的粉嫩舌尖上時手在發抖，她發現後對他露出那樣的笑容。她的魔力開始得很早，她自己最清楚。她總是和顏悅色，精心剪裁的服裝強調出她的身段，但在完美表面下，她其實很殘酷。有一次，我看到她溺死一隻蝴蝶，同時把玩牠的翅膀。儘管她生性惡毒，卻是未來議長夫人的不二人選。她會為麥克盡心盡力，寵溺他們的兒子，養育出和她一樣殘忍但美麗的女兒。

我看著那些女生以完美隊形輕盈走過巷弄，有如一群黃蜂。我忍不住猜想，離開加納郡後她們會變成什麼樣子，她們仍會保有虛偽笑容與俏麗風騷嗎？她們是否會狂野奔跑、在泥巴裡打滾、對月長嗥呢？我很好奇，魔力離開身體時看得見嗎？會像打雷一樣瞬間抽離，還是如黏稠的毒藥般慢慢溢出？另一個念頭悄悄爬進我的意識：萬一，什麼事都沒有發生呢？

修好的指甲陷入掌心中，我低聲說：「那個女孩……那場聚會……只是夢而已。」我不能冒險再想這些事，沉溺於童年幻想非常危險，即使魔力是假的，盜獵賊卻真實無比，他們是邊緣地帶那些低賤妓女所生下的雜種。大家都知道，他們會守株待兔，一有機會就抓走恩典少女，據說在這時候，她們的魔力最強，他們會將女孩的精華拿去黑市販售，作為催情藥或回春精華。

我抬頭望著高聳巨大的木城門，一出去就是邊緣地帶。我很想知道，盜獵賊是否已埋伏著……等著抓我們。

微風吹拂我裸露的皮膚，彷彿回答我的疑問，我加快腳步。

加納郡的人聚集在溫室外，猜測哪個男生會選什麼花送給哪位女孩。我很高興，因為沒有人提到我的名字。

我們的祖先最早移民來這裡時，使用的語言種類太多，以致於花語成為唯一的共通語言。花可以傳達各種意義，不論是道歉、祝福、信賴、喜歡，甚至是惡意詛咒。幾乎每種感受都有代表的花朵，現在大家都說英語了，或許有人以為花語會慢慢失去功用，但如今大家仍聚集在此，牢牢抓住古老的習俗。我不禁懷疑改變究竟會不會發生……無論任何方面。

「小姐，妳想收到哪一種花？」一個工人問，她舉起粗糙的手，用手背抹去她眉頭的汗。

「不……我不想要。」我尷尬地低聲說。「我只是想看看有哪些花開了。」我看到長凳後面有個小籃子，紅色花瓣從縫隙探出頭。「那是什麼花？」我問。

她說：「只是雜草。不過雜草真的很有趣，這裡以前到處都是，只要一踏出家門就會看見。就算大家將草除完，就算連根拔起、在土地上放火，也只能讓雜草休眠幾年，最後還是會冒出來，雜草總是找得到辦法生存。」

我彎腰想看清楚。

「泰爾妮，就算沒拿到頭紗，也別太擔心。」

「妳……妳怎麼知道我的名字？」我結結巴巴地問。

她對我露出快活的笑容。「遲早有一天妳會拿到花，或許花瓣邊緣會有點乾枯，但意義不變。妳知道，並非只有夫妻才能相愛，所有人都能相愛。」她說著，一邊將一朵花塞進我手中。

我慌張地轉身直奔市場。

我鬆開握住的手，看到一朵深紫色的鳶尾花，花瓣與蓋片形狀完美。「希望。」我輕聲說，淚水湧上眼眶。我不想得到男生給的花，但我希望得到更好的人生，真實的人生。我很少感情用事，但這朵花彷彿是一種預兆，彷彿擁有獨特的魔力。

我將花塞入禮服的領口內，放在心臟上方慎重保存，我經過一排衛士，他們急忙轉開視線。

剛從野地來到鎮上的毛皮獵人，看到我經過時會彈舌，發出逗弄的聲響。他們粗野無禮，但這樣感覺反而真誠。我想注視他們的眼眸，說不定能感應到他們的冒險精神，在他們臉上看到北方遼闊的野蠻大地，但我不敢。

我只要買莓果就好。越快買完越好，我就能越早去見麥克。

我走進室內市場，騷動滲透空氣，感覺很不舒服。平常完全不會有人注意我，我可以自由地在大蒜與培根間走動，像一陣陰風般倏忽來去，但今天不一樣，我經過時，已婚婦女怒目瞪視，男人的笑容讓我想躲起來。

「那是詹姆斯家的女兒。」一個女人低語。

「那個野丫頭？」

「我很樂意給她頭紗和其他好東西喔。」一個男人用手肘推推年輕的兒子。

我的臉頰發燙，我覺得很可恥，但我甚至不明白原因。

今天的我和昨天的我明明一模一樣，但現在我梳洗乾淨，擠進這件可笑的禮服，繫上作為標誌的紅絲帶。

突然間，加納郡的男男女女全注視著我，彷彿我是公開展示的珍禽異獸。

他們的視線、他們的低語，彷彿刮痛我皮膚的銳利刀鋒。

其中有一雙眼睛讓我不由自主加快腳步，是湯米・皮爾森，他似乎在跟蹤我，不用看也知道他在後面。我聽到翅膀拍動的聲音，那是他新養的寵物，停棲在他的手臂上。他熱愛猛禽，聽起來很厲害，但其實沒什麼了不起，他沒有用心贏得鳥的信賴和尊敬，他只是剪斷鳥的翅膀。

我用汗濕的手掌拿出硬幣，放進罐子裡，拿起最接近我的那一籃莓果。

我在人群中穿梭，一直低著頭，我的耳中充滿他們的竊竊私語，正當我快要走出去時，卻一頭撞上埃德蒙神父，桑椹灑落四周，他口沫橫飛地憤怒抱怨，但一抬頭看到我，立刻停下來。「老天，詹姆斯小姐，妳怎麼這麼匆忙？」

「真的是她？」湯米・皮爾森在我身後大聲說。「是惡婆娘泰爾妮嗎？」

「我還是可以踢得你哭叫。」我一邊說，一邊撿拾莓果。

「我等著妳來喔。」他回答，淺色眼眸鎖定我的雙眼。「我喜歡潑辣的。」

我抬起視線，向埃德蒙神父道謝，卻發現他死盯著我的胸部。「孩子，如果妳需要任何東西……什麼都可以。」我伸手拿籃子，他摸摸我的手掌側面。「妳的皮膚好嫩。」他低語。

我抛下莓果，拔腿逃跑。我聽見身後傳來笑聲、埃德蒙神父粗重的呼吸聲，及老鷹憤怒拍動翅膀想掙脫繫繩的聲音。

我躲到一棵橡樹後面調整呼吸，拿出藏在衣服裡的鳶尾花，卻發現已經被馬甲壓扁了，我將毀壞的鮮花緊握於掌心。

那種熟悉的熱流竄過全身，這次我沒有澆熄衝動，反而全部吸收，誘使熱流繼續湧出。因為在這一刻，噢，我多麼希望體內真的充滿危險魔力。

✿

我心中有一部分想直奔祕密地點去找麥克，但我需要先冷靜下來，我不希望他發現那些人讓我不舒服。我拔下一根乾草莖，沿路劃過欄杆柱，我經過果園，放慢腳步也放慢呼吸。以前我什麼都能說給麥克聽，但現在我們相處變得謹慎了。

去年夏天，我發現爸爸在藥房買見不得人的東西，我氣呼呼地數落麥克的父親一頓，他是藥鋪老闆、議會領袖，沒想到麥克大發脾氣。他叫我最好不要亂說話，別人可能會以為我意圖叛亂，要是他們發現我的夢境，肯定會把我活活燒死。雖然我認為他並非想威脅我，但我仍感到威脅。

就算我們當場絕交也不奇怪，但第二天我們依然若無其事地見面。老實說，或許這段友誼早該結束，我們都長大了，但我們大概都仍眷戀著單純的童年，想要努力抓住一點尾巴。今天是我們最後一次這樣見面，以後不可能了。

等我結束恩典之年回來，如果我能活著回來，到時他會結婚成家，我則會被派去工廠。我的未來已經注定了，他的未來將忙著應付琪絲汀，晚上還要處理議會的工作。或許，他會假借公務來探望我一、兩次，但沒多久就不會再出現。最後，只剩下聖誕節時在教堂裡對彼此頷首致意。

我靠著搖搖晃晃的欄杆，望著遠處的工廠。我打算保持低調，順利撐過這一年，回來之後在田地工作。沒有得到頭紗的女生，一般會希望去好人家當女僕，至少也會選擇去製酪場或磨坊工作，但我想讓雙手沾染泥土，接觸真實的東西。大姊茱恩很愛種植物，以前她會在睡前告訴我們她的大膽嘗試。法律禁止已婚婦女栽種任何東西，但我不時會看到她伸手摸摸泥土，偷偷拔掉黏在裙襬上的蒼耳子。既然茱恩喜歡，相信我也不會討厭。種田是唯一男女混雜的工作，但我比一般女生更能保護自己。雖然我身材瘦小，但力氣很大。我會爬樹，打架也不輸麥克。

我走向磨坊後面的隱密樹林，聽到衛士走近的聲音。我很納悶，他們怎麼會來這麼偏遠的地方？我不想惹麻煩，於是躲在灌木叢中。

我慢慢從灌木叢爬出去，麥克站在另一頭笑嘻嘻低頭看我。「妳的樣子——」

「別說了。」我努力掙脫樹枝，但一顆珍珠被小枝枒弄掉了，一路滾向空地。

「多麼端莊。」他大笑，伸手扒了一下小麥色的頭髮。「妳最好當心點，不然今晚會有人看上妳喔。」

「真好笑。」我繼續在地上爬。「怎樣都無所謂，因為要是找不到那顆珍珠，我媽會趁我睡覺的時候悶死我。」

麥克趴下幫忙尋找。「要是，出現了合適的人呢……能給妳一個真正的家？給妳幸福的人生？」

「例如湯米・皮爾森嗎？」我做出用繩索套上脖子自殺的動作。

麥克嗤笑。「他沒有看起來那麼壞。」

「沒有看起來那麼壞？那個傢伙虐待大型鳥類取樂耶。」

「其實他對那些鳥很好。」

「這件事，我們之前就已經談過了。」我在滿地鮮紅楓葉間尋覓。「我不想要那樣的人生。」

他跪坐起來，我敢發誓，我能聽見他頭腦轉動的聲音，他的毛病就是想太多。

「是因為那個女孩嗎？妳夢見的那個女孩？」

我全身緊繃。

「妳還會夢見她嗎？」

「沒有。」我強迫肩膀放鬆。「我和你說過，我已經不會做夢了。」

他繼續尋找著線索，我眼角偷看他。一開始，我就不該告訴他夢中女孩的事，我也根本不該做那個夢。只要再忍耐一天就好，然後我就可以永遠擺脫魔力的困擾。

「我剛才在小路上看到衛士。」我刺探著，但盡可能不表現得太明顯。「不知道他們跑來這裡做什麼。」

他靠過來，手臂碰到我。「他們差點抓到亂黨。」他小聲說。

「怎麼發生的？」我的語氣有點太激動，我急忙控制住。「如果不方便，你不必告訴我——」

「昨晚他們在森林裡放了抓熊用的陷阱，就在城鎮和邊緣地帶的交界處。有人觸動陷阱，但他們只找到一塊藍色的羊毛布料……和很多血。」

「你怎麼會知道？」我小心不表現得太好奇。

「今天早上有衛士來找我父親，問有沒有人來藥鋪買藥。我猜，他們應該也去找過妳父親，問他昨晚有沒有治療過傷患，不過他……無法配合。」

我懂他的意思，這是委婉的說詞，我爸一定又去邊緣地帶了。

「他們在搜索整個郡。無論是誰，若不接受妥善治療一定撐不了太久，那種陷阱會造成嚴重傷勢。」他的視線掃向我的腿，停留在腳踝上，我本能地把腿縮到裙子下。他該不會以為是我……難道因為此事，他才會問起我的夢？

「找到了。」他從一小塊青苔上撿起珍珠。

我拍掉手上的土。「我做不到……婚姻的所有一切。」我說，急著想改變話題。「我相信琪絲汀一定會很崇敬你，幫你生很多兒子。」我打趣，伸手和他要珍珠，但他把手縮回。

「妳怎麼會這麼說？」

「拜託，大家都知道。更何況，我看過你們兩個在草原鬼混。」

他的領口上方冒出很深的紅暈，他假裝拿襯衫下襬清潔珍珠。他很緊張，這是我第一次看到他緊張的樣子。「我們兩家的父親將所有大小事都計畫得很周全，我們以後要生多少個孩子……連名字都想好了。」

我抬頭看他，忍不住露出笑容。我原本以為想像他結婚成家會很怪，沒想到感覺很對，本來就該這樣才對。我認為他這些年來跟著我到處跑，只是想胡鬧一下，找點事情打發時間，釋放家人和恩典之年帶來的壓力。但對我而言，從來不是這麼簡單。我不怪他，他只是變成他應該變成的模樣，他甚至很幸運。要違反自己的本質，違背所有人的期望，那是一種持續不斷的掙扎。

「我為你感到高興。」我拿掉黏在膝蓋上的葉子。「真心的。」

他撿起那片葉子，用拇指感觸著葉脈。「妳是否想過，說不定外面的世界有更多……超越這一切的事物？」

我抬頭看他，想判斷出他的意思，但我不能再陷進去了，這太危險。「哈，你隨時可以去邊緣地帶的。」我搥一下他的肩膀。

「妳知道我不是那個意思。」他深呼吸。「妳一定知道的。」

我從他手上搶回珍珠，收進袖子的摺邊。「麥克，不要在這種時候對我示好。」我站起來。「很快地，你就會坐上整個郡最令人覬覦的位子，經營藥鋪，也成為議長，大家都會聽你的話，你將擁有真正的影響力。」我努力擠出假笑。「說到這裡，我想請你幫個小忙。」

「儘管開口。」他說著站起來。

「如果我活著回來……」

「妳一定會活著回來，妳聰明、強悍又……」

「如果我活著回來。」我打斷他的話，盡可能拍掉禮服上的灰塵。「我已經決定要去田地工作，我希望你能利用在議會的地位，幫我安排一下。」

「為什麼妳想去田地？那是最低等的工作。」他皺起眉頭。

「那是正派的好工作。想看天空，我只要隨時抬頭就好。當你吃晚餐的時候，看到盤子裡的菜稱讚說，哎呀，真漂亮的胡蘿蔔，然後就會想到我。」

「我不要看著那該死的胡蘿蔔想妳。」

「你到底哪根筋不對勁啊？」

「在田地裡，不會有人保護妳的。」他開始來回踱步。「妳得受風吹日曬雨淋。我聽過很多不幸的故事，田地裡有很多男人……有些是妓女生的雜種，他們也只比盜獵賊好一點，他們隨時可能玷汙妳。」

「噢，我倒想看他們有多少能耐。」我大笑著撿起一根樹枝一揮。

「我不是在開玩笑。」他在半空中抓住我的手，強迫我扔下樹枝，但他沒有放開我的手。「我很擔心妳。」他溫柔地說。

「不要。」我甩開手，他那樣碰我感覺真的好奇怪。這些年來，我們曾經互相痛揍，一起在泥地上打滾，將對方推入河中，但現在感覺不一樣，他好像在憐憫我。

「妳沒有好好考慮清楚。」他低頭看著那根樹枝，劃分我們的界線，他搖頭。「妳沒有仔細聽我想說的話，我想幫妳——」

「為什麼？」我把樹枝踢開。「因為我很笨、因為我是女生、因為我不可能知道自己想要什麼嗎？因為我綁上了這條紅絲帶……因為我有危險的魔力嗎？」

「不是。」他輕聲說。「因為，我所認識的泰爾妮絕不會那樣看待我，不會要我幫這種忙，不會在這種時候……我已經……」他沮喪地把頭髮往後撥。「我只是想為妳打算。」他說完之後便走遠，踩著落葉走進樹林。

我考慮要不要追上去，雖然不知道為何惹他生氣了，但還是先道歉，收回要他幫忙的請求，這樣我們至少能友好道別，或許這樣最好。人要怎麼向童年道別？

✿

我的心情煩躁又迷惑，穿過城鎮回家，盡可能不理會路人的注視與耳語。我停下腳步，看圍場裡的衛士梳理馬匹，這些衛士會護送我們去營地，他們將馬的鬃毛和尾巴編成辮子，繫上紅絲帶，就像我們一樣。我猛然想到，在他們眼中我們也不過如此罷了……只是進入發情期，正準備生育的母馬。

漢斯將一匹馬拉近，讓我欣賞精心編好的鬃毛，但我們沒有交談。法律禁止我在公開場合叫他的名字，我只能稱他「衛士」，但我七歲就認識他了。我永遠無法忘記，那天下午我去診療室找爸爸，他不在，只有漢斯獨自躺在那裡，腿間夾著一包染血的冰塊。那時候我不懂，我以為他發生了意外。

當年他十六歲，是女工的兒子，他只有兩條路可選，成為衛士或一輩子在田地裡工作。衛士在加納郡深受敬重——可以住在城裡，有房子、有女傭，甚至可以在藥鋪購買用香草和珍奇柑橘類製作的古龍水，漢斯徹底運用這項特權。相較於田地的工作，他們的職責比較輕鬆——維護絞架、阻止北方來的粗魯訪客鬧事、護送恩典少女前往營地再回來，但大部分男人仍會選擇在田地工作。

爸爸說手術其實很簡單，割一刀、剪一下，就能讓他們從此甩脫慾望。或許真是如此，但我認為真正的痛不在身體，而是在其他地方，他們被迫生活在少女群中——他們的每一天都被提醒著失去了什麼。

我不知道為什麼我不怕接近他，總之那天在診療室，我在他身邊坐下、握住他的手，他哭了出來。那是我第一次看到男人哭。

我問他怎麼了，他說是祕密。

我說我很會保密。

是真的。

「我愛上了一個女生，奧爾佳・維川，但我們永遠無法在一起。」他說。

「為什麼？」我問。「既然相愛就該在一起。」

他說今年是她的恩典之年，昨天她收到頭紗，她別無選擇，只能嫁給那個人。

他告訴我，他原本一直想要在田地工作，但他無法忍受和她別離。成為衛士之後，至少還能就近陪伴她、保護她。看著她的孩子長大，甚至假裝那是他的孩子。

我記得，當時我認為那是全天下最浪漫的事。

漢斯出發前往營地之後，我以為他們見面後會一起私奔，拋棄各自的誓言。不過，當恩典之年結束，少女們回來時，漢斯的樣子有如鬼怪。他的戀人沒有活著回來，也沒有找到她的遺體，甚至沒有找到她的絲帶，當天她的妹妹就被放逐到邊緣地帶，而她也才大我一歲。因為這件事，我更為兩個姊姊擔心，但我同時也擔心她們回不來時，會受到懲罰。

到了冬天，我看到漢斯獨自在馬廄練習編辮子，冰冷的手指敏捷地將絲帶編入栗色的馬尾中。我問他奧爾佳的事，問他她發生了什麼事，他的臉上閃過一道陰影。他走向我，一手按住胸口不停撫摸，彷彿想將碎裂的心拼回去，他這個習慣一直持續至今。有些女生會因為他不停撫摸發出的窸窣聲響而嘲弄他，但我總是為他感到難過。

「不該這樣的。」他低聲說。

「你還好嗎？」我問。

「至少我還有妳可以照顧。」他的語氣帶著一絲微笑。

他確實很照顧我。

廣場上進行最殘酷的懲罰時，他會擋在我面前，不讓我看見；他幫我溜進舉行綬紗會議的穀倉偷看；他甚至告訴我衛士巡邏的時間，這樣我偷跑出去時才不會被抓到。除了麥克和夢中女孩，他是我唯一的朋友。

「妳害怕嗎？」他低聲問。

我很驚訝，沒想到他竟然開口了。他平常沒有這麼大膽，不敢當眾和我說話，但我很快就要離開了。

「我應該害怕嗎？」我低聲反問。

他正張嘴想說話，但我感覺到有人拉我的衣服。我以為是湯米・皮爾森或其他人隨便碰我，我急忙轉身要準備賞他一拳，沒想到竟是我兩個妹妹克蕾拉和佩妮，她們全身都是鵝毛。

「我不太想知道妳們做了什麼傻事。」我強忍住笑聲。

「妳一定要幫我們。」佩妮舔掉手指上黏黏的東西，我站在這裡都聞得到，是楓糖漿。

「我們要去藥房幫爸爸拿包裹，可是……可是……」

「我們出了一點小狀況。」克蕾拉急忙救援，對我露出自信笑容。「可以幫我們拿嗎？我們要趁媽媽回家之前弄乾淨。」

「拜託啦，求求妳。」佩妮幫忙敲邊鼓。「妳是我們最愛的姊姊，妳快要離家一整年了，先幫幫我們嘛。」

我抬起頭，漢斯已經進去馬廄了。我想道別，但恐怕他比任何人都難以接受道別。

「好啦。」我答應了，單純只是想讓她們別再纏人。「不過妳們最好動作快點，媽媽今天心情不好。」

她們急忙跑走，一路大笑著互相推來推去。我很想告訴她們，要趁現在多享受歡樂，但她們不會懂的。更何況，這是她們最後一點自由時光，何苦要蒙上陰影呢？

「泰爾妮，真是驚喜呀。」麥克的父親將我從頭到腳打量一番，發現我沒有臉紅、結巴，也沒有轉開視線，威爾克先生清清嗓子。「來幫妳爸爸拿包裹？」他翻找後面架子上堆放的包裹。

我注視著櫃子，回憶有如黏稠膽汁，從喉嚨後方湧出。

像平常一樣，那一天我偷溜出去見麥克，回家的路上，我發現藥鋪裡面有微弱的搖曳燭光。我偷偷地接近，發現麥克的爸爸打開一道暗門，就藏在放生髮水和理容用具的櫃子後面。我看到爸爸從暗處走出來，一一檢視架上一排排的祕密小玻璃瓶。我的心臟重重地敲打肋骨。有些瓶子裡面裝著的東西很像小塊的肉乾，有些裝有深紅色液體，其中一個吸引了他的注意。我將前額貼在溫熱的玻璃上想看清楚，我看到一隻耳朵，上面滿是白色小膿包，漂浮在渾濁的液體中。我想摀住嘴，但指節不小心敲到玻璃，因此被他們發現。

儘管我說自己什麼都沒看到，但威爾克先生堅持要當場懲罰我。「尊敬之心一旦鬆弛，便會迅速走下坡。」他說。鞭子落在我的屁股上，灼熱痛楚反而讓那個畫面烙印在我的腦中。

我絕口不提這件事。我甚至沒有告訴麥克，但我知道瓶子裡的東西是恩典少女的遺骸，她們被盜獵賊抓走，屍體切成小塊在黑市出售，作為催情藥或回春精華。

爸爸是醫生，他的工作是治療疾病。我一直以為在他眼中，黑市賣的東西只是迷信，有如退回黑暗時代的惡習——因此，我從沒想到他會如此虛榮、如此低劣、如此不顧一切，甚至去買那些東西。買來做什麼？為了有精力生下寶貴的兒子嗎？

那隻耳朵，屬於別人家的女兒，說不定我爸在她小時候為她看病，也可能在教堂摸過她的頭。我很想知道，要是我也被裝進那種小小的玻璃瓶中，他會怎麼做？他會想吃我的皮膚、喝我的血、吸我的骨髓嗎？

「噢，我差點忘記了。」威爾克先生將那個棕色的厚紙包裹塞進我的手中。「授紗日快樂。」

我逼迫自己的視線離開櫃子，離開他們的骯髒小祕密，對他露出最漂亮的笑容。

因為很快我就會得到魔力，他最好求上天保佑，讓我在回家之前完全耗盡。

✿

教堂鐘聲響起，男女老少全部趕往廣場。

「現在集合有點早吧？」有人低聲問。

「聽說要行刑。」一個男人對妻子說。

「但今天不是滿月。」她回答。

「是不是抓到亂黨了？」一個小男孩拉扯媽媽的裙子。

我在人群的縫隙中拉長脖子，探頭看向廣場，果然沒錯，衛士將絞架用的臺階推出，輪子正發出刺耳的聲響，一股寒意竄入我的血液中。

所有人聚集在行刑樹下，我尋覓線索，想判斷會發生什麼事，但所有人直視前方，彷彿映在冰冷鋼鐵樹枝上的殘陽將他們全部催眠了。

我猜想，剛才漢斯是否想告訴我這件事，是否想警告我。

埃德蒙神父上前對大家說話，白袍緊繃在圓球般的身上。「在這最神聖的傍晚，有人向議會舉發一起重大事件。」

我不知道是不是我太多疑，但我似乎看見媽媽的視線向我瞥望。

是我的夢。我用力吞嚥，發出很大的聲音，大家一定都聽到了。

我在人群中尋找麥克，看到他在接近最前面的地方。難道告密的是他？他真的那麼生氣嗎？甚至要跑去告訴議會，說我夢見了那個女孩？

「克林特・威爾克將代表議會發言。」埃德蒙神父說。

麥克的父親上前，我覺得心臟快敲破肋骨而蹦出。我的手掌汗濕，嘴巴像石灰粉一樣乾。佩妮與克蕾拉一定察覺到我很緊張，因為她們在左右兩邊往我貼近。

威爾克先生站在前面，與行刑樹完美形成一直線。他低下頭，彷彿在禱告，但我敢發誓，我看到他的顴骨隆起——他在偷笑。

我覺得快吐了，我犯過的所有罪行匆匆掠過腦海，但實在太多了，數也數不清。我太掉以輕心、太粗心大意，我不該說出做夢的事……我根本不該做夢，或許我暗中希望這件事發生，或許我想被逮到。正當我準備出聲招認、承諾會悔改，發誓去除這種魔力，從此好好做人時，威爾克先生正好開口了。我看著他的舌頭，等著他從牙齒後面發出「泰」這個字，沒想到他卻閉起嘴唇，發出「瑪」的音。「瑪蕾・法洛，上前來。」

我猛然吐出憋了很久的氣，但似乎沒人發現，或許廣場上所有女性都同時鬆了一口氣。儘管我們各自不同，但我們有著相同的恐懼，我們都怕被叫到名字。

法洛太太走到前面，婦女爭先恐後推擠向前，對她辱罵、吐口水，這種時候，我媽永遠會衝第一。我不懂為什麼她覺得有必要落井下石，法洛太太曾經幫助過我。四歲那年，我在森林裡迷路，她找到我，牽著我的手送我回家。她沒有責備我媽，也沒有到處講閒話，說她沒有管好孩子，讓我跑去不該去的地方，但我媽卻如此回報她嗎？身為她的女兒，這讓我覺得很可恥。

我注視城門，在心中想像如何逃跑，但法洛太太慢吞吞的腳步聲、襯裙的窸窣聲都鑽進我的感官，有如最輕柔的喪鐘。

我不想看她，並非因為厭惡或羞恥——我覺得，就算今天受刑的人是我也不奇怪。麥克知道、漢斯知道、我媽也知道，說不定大家都知道，但她值得我給予全部的關注。我想讓她知道，我記得……我沒有忘記她。

「瑪蕾・法洛，有人指控妳暗藏魔力，在熟睡時大聲說出粗言穢語，甚至講惡魔的語言。」

法洛太太總是輕聲細語的，我很難想像她提高音量，更不可能大聲說出粗言穢語，但她的青春已經消逝了。她沒有生兒子，幾個女兒全被送去工廠，她的子宮變成失去生機的冰冷荒地，她沒有用處了。

「好了……妳要為自己辯解嗎？」威爾克先生催促。

一道細細的液體流過她老舊的皮靴，除此之外她沒有任何表示。我想用力搖她，我想要她說出她錯了，求他們饒她一命，把她放逐到邊緣地帶，但她只是默默站著不動。

「很好。」威爾克先生宣布。「我代表上帝與神選的男性，在此宣判絞刑。」

法律規定，行刑時所有女性都必須到場觀看——無論是主婦、工人或兒童。選在授紗日行刑一點也不奇怪，送我們出發之前，他們想先來個殺雞儆猴。

爬上搖搖晃晃的臺階前，法洛太太看丈夫一眼，可能期待他在最後一刻出手相救，但他完全沒有開口。在那一刻，倘若她還有一絲殘存的魔力，我知道絕對會使出全力，殺死他、殺死所有議員……說不定會殺死我們所有人，而我不會責怪她。

她終於站上平臺頂端，他們將繩圈套在她的脖子上，她張開一隻手，露出一朵紅色小花。非常小，我很懷疑其他人是否看到了。

就在她往下跳的時候，那一朵花突然出現在我的眼前，我彷彿被鑄鐵水壺狠狠地打了一下。

大紅色的，有五片細緻的花瓣，是夢裡的那種花。

我往前推擠，我必須阻止行刑，我要問她是在哪裡拿到那朵花，代表什麼意義。我媽抓住我，用力捏我的手，那並非是表示安慰的捏法，她捏得很用力、很緊。她想傳達的意思是：**孩子，不准去，不准讓我們家蒙羞**。

於是，我和其他人一起站在那裡看，每次痙攣、每次臨終抽搐，紅色花瓣都隨之舞動，直到她的手終於一動也不動。

每次絞刑之後，現場都會一片死寂。有時候那氛圍感覺會持續到永遠，彷彿他們希望我們盡可能沉浸在教訓中——沒錯，是教訓，要乖乖順從、乖乖在家、乖乖聽話——但這一次，寂靜感覺太過短暫，彷彿他們不希望我們太深入去想剛才發生的事……有多麼不合理。

威爾克先生走到前方，遺體在他身後輕輕搖晃，但他似乎沒有察覺，也可能只是毫不在意。

「現在有十三位適婚男性了。」他宣布，朝法洛先生揮手。

法洛先生一派虔誠地雙手合十站著。那怪老頭法洛，我不停回想今天早上在廣場遇到他的事，當時他似乎像雲雀一樣開心，完全不像準備要害死妻子的模樣，他在準備要獵捕新的妻子。

人群緩緩散開，我不和其他人一起離開，反而推擠向前。我不想近距離看法洛太太，但我必須找到那朵花，我必須知道那朵花真實存在，但麥克像磚牆一樣擋住我。

「我有話對妳說——」

「我原諒你。」我從他身體旁邊探頭看，搜尋地面找那朵花。

「妳原諒我？」

「我只是……現在不太方便……」我跪在地上尋找。會在哪裡呢？說不定從縫隙掉下去了，或許卡在石板中間。

「你在這裡啊。」琪絲汀在他面前興奮地踮起腳尖。「都談好了嗎？」她低語。

麥克清清嗓子，他只有完全不知道該說什麼時才會這麼做。

「噢，我沒有看到妳在下面。」琪絲汀勉強地假笑。「我們以後就會是最好的朋友了，麥克，對吧？」

「夠了，小情侶。」麥克的父親按住他的肩膀，將他拉開。「以後你們有的是時間卿卿我我，現在我們得先去出席選妻儀式。」

琪絲汀開心尖叫，喜孜孜地離開。

終於，我以為得到自由了，但有人從後面把我硬拉起來。

衛士將婦女們趕去教堂。

「等一下……剛才有朵花——」我大喊，但一位婦女用手肘大力戳我的肋骨。

我痛得說不出話，腳步也站不穩。我被人群推著走，離法洛太太搖晃的遺體越遠，我越無法確定那朵花究竟是否存在。

或許，一切就是這樣開始的——我漸漸被潛伏體內的魔力吞噬，失去自我。

即使那朵花真實存在，又有什麼差別？
畢竟那只是一朵花。
而我只是一個勢單力薄的少女。

✿

將所有女性關在教堂裡等待頭紗之前，要先清點人數。通常此時，我都會到處亂跑，做些惱人的事來引人注目，接著就會挨媽媽一頓罵，叫我乖乖安靜。我會悄悄走進告解室，然後從埃德蒙神父的住處偷溜出去，通常這個部分最令我發毛，因為神父的臥總是房飄散出鴉片酊與寂寞的氣味。

不過，今晚無法偷溜出去了，就算我不可能得到頭紗，那些拿到的女生也絕對會想大肆炫耀，盡情享受人們滿滿的羨慕與失望，有如餓扁的壁蝨，只得拚命吸血。

我背對告解室的入口，焦慮的手指抓住血紅色絲絨簾幕。我竟然無法看自己的授紗會議，讓我氣惱得要命。不過只要我閉上眼睛，就能感受到稻草搔癢鼻子，嗅到飄上閣樓的麥酒氣味與男人體味，聽到他們狂熱地說出少女的名字。

長相漂亮、出身高尚、溫柔高雅的女生絕對能得到頭紗，但每年至少會有一個女生讓人跌破眼鏡。我環顧教堂，很好奇今年會是誰。梅格・費雪看來很有可能，但她有種奇怪的野性。從她的肩膀看得出來，當她感覺到威脅時，肩膀就會往前縮，彷彿野狼在決定該攻擊或逃跑那瞬間的動作。也有可能是纖細、貼心的艾美・杜蒙，她會是和順的好妻子，但她的髖骨太窄，當然還是可以睡，只是可能不夠健壯，撐不過生產那一關。當然，有些男人喜歡一捏就碎的東西。

他們喜歡毀壞那樣的東西。

「天父，請保佑我們。」米勒太太想帶領婦女祈禱。「請引導男性，讓他們以您神聖的聲音，完成您的命令。」

我用盡力氣才壓抑住翻白眼的衝動。這個時候，那些男人應該已開了第二桶酒，吹噓在邊緣地帶玩女人的誇大故事，她們為了錢願意做多淫亂的行為，誇耀他們有多少私生子在樹林裡埋伏著，正準備獵捕少女。

「阿門。」女性一個接一個說，上帝禁止女性集體做任何事。

一年之中只有這一晚，女性可以集會，而且沒有男人在場。這應該是難得的好機會，讓我們可以交流、分享，發洩所有苦悶。然而，我們只是各自站著，小心眼地彼此打量，嫉妒別人擁有的東西，被空虛的慾望吞噬。這樣互相排擠，最終得利的人是誰？男人。

我們人數明明多他們一倍，我們卻將自己鎖在教堂裡，等他們決定我們的命運。有時候，我覺得這才是真正最高超的魔法。

我很想知道，要是我們全部說出真正的感受，會發生什麼事……一個晚上就好。他們不可能把我們全數驅逐。只要我們團結一心，他們就必須聽我們的意見。然而，我們之中藏有亂黨的謠言甚囂塵上，沒有人願意冒險，就連我也不例外。

「妳有沒有特別中意的工廠？」丹尼爾太太問，打量我的紅絲帶。她靠過來，我嗅到一絲鐵鏽味，但我也聞到腐肉味。毫無疑問，她肯定用恩典少女的血，企圖抓住青春。「我是說，要是妳沒拿到頭紗……當然啦。」她補上一句。

我考慮是否該用演練好的客套回答打發她，但她丈夫是議員，現在我和麥克意見不合，或許可以利用她。「田地。」我回答，做好心理準備接受不屑斥責，但她已經去找下一個受害者了。她其實不想聽我回答，她只想讓我染上恐懼與疑慮。

「泰爾妮！泰爾妮·詹姆斯。」皮爾森太太，也就是湯米的母親，揮著一隻乾癟的手要我過去。她當年結束恩典之年回來時，右手少了四隻手指，我猜是因為凍傷。「丫頭，讓我好好看看妳。」她噘起下唇觀察我。「牙齒很好、屁股夠大，妳看來很健康喔。」她說完之後，還用力扯一下我的辮子。

「不好意思，我要借用一下我妹妹。」茱恩來救我了。

我們走開時，皮爾森太太說：「我記得妳，妳是詹姆斯家的長女，一直沒懷孕的那個……生不出孩子的那個。」

「就算她只有六根手指，我也不會放過她。」我握緊拳頭，準備回頭要找她算帳，但茱恩把我拉走。

「深呼吸，泰爾妮。」她低聲說，拉著我走到教堂另一頭。「妳得學會控制妳的火爆脾氣。妳的恩典之年快開始了，千萬不要在這種時候樹敵。對妳而言，那裡的狀況應該會很辛苦，但只要有一點善意的種子，一切就會改變。」她拍拍我的手，放開之後去找艾薇，我的視線跟隨她，納悶她是什麼意思。

艾薇摸著引以為榮的孕肚，炫耀說她感覺得出來是兒子。我發誓，她得到了我媽的所有虛榮，卻沒有半點她的手段。

「快看韓斯太太。」我身後有個人說，這句話引起一連串躁動的低語。

「她是不是讓其他男人看到她鬆開頭髮的樣子？」

「我敢說，一定是她老公又抓到她去草原看星星了。」

「有沒有人檢查過她的腳踝呀？說不定她就是衛士要搜捕的亂黨。」

「別傻了，如果真的是她，早就被殺了。」另一個女人斥責。

韓斯太太從中央走道走向祭壇，其他婦女紛紛後退，盡可能遠離她，所有眼睛都注視著她的頭髮，她的辮子被削斷，尾端散開，傳達出憤怒……或暴力。法律禁止我們剪頭髮，但丈夫若認為有必要，可以剪斷妻子的辮子作為懲罰。

幾個女人將辮子拉到前面安慰自己，但大部分都只是轉開視線，彷彿她的羞恥會傳染給她們。等到她終於在前排坐下，不再構成威脅後，她們才又開始枯燥乏味的閒聊。

一股玫瑰油的香氣飄來，是翩然經過的琪絲汀，後面跟著潔西卡與珍娜。乍看之下，會以為她們是三胞胎，因為她們的動作完全一致，但似乎只要被琪絲汀選上的人，都會變得和她一模一樣。無論她是否有魔力，這種天分非常強大。她們迅速鎖定葛楚・芬頓，她站在角落，盡可能融入櫻桃木牆板，可惜她身上的華服讓她太顯眼。

「妳穿這件禮服真迷人，淡粉色的蕾絲好漂亮。」琪絲汀撥弄葛楚的袖口。「手套真是畫龍點睛啊。」

珍娜冷笑。「她以為只要遮住手背，就能拿到頭紗呢。」

潔西卡在葛楚耳邊說了句悄悄話，讓她的臉頰發紅。

我不需要聽見，我知道她說了什麼，她用很難聽的綽號叫她。

去年之前，琪絲汀和葛楚整天黏在一起，但在葛楚被判處「墮落」的罪名之後，一切都改變了。當時，她還只是繫著白絲帶的小女孩，所以她的罪行詳情不公開，但我認為這樣反而更糟。人們胡亂發揮想像力，將她拉到廣場，鞭打她的手背，指節血肉模糊、骨頭露出，那是我第一次聽到其他女生低聲流傳那個綽號。

骯髒葛楚。

那一刻開始，她得到頭紗的機會徹底化為烏有。

儘管如此，那些女生依然不放過她。我覺得她們很像我媽和那群鬣狗，總是爭先恐後搶著扔出第一顆石頭。

我心中有一部分很想犧牲自己，製造機會讓葛楚逃跑，但這樣就不符合我的計畫。我答應自己要平安度過恩典之年，想辦法不惹事，這代表我就得遠離琪絲汀她們。儘管我很討厭看她們欺負無力反抗的對象，但或許葛楚也該學著強勢一點。接下來一年將充滿各種可怕之事，遠比琪絲汀更難對付的事。

我聽說，只要待在營地裡，就能安全無恙。那裡被視為聖地，就連盜獵賊也不敢擅闖，生怕一進圍籬就會遭到詛咒。那麼，那些被殺的女生究竟為何要離開營地呢？她們被魔力吞噬了，因此做出愚昧的行為嗎？無論原因為何，我們之中一定有人會被裝在漂亮小瓶子裡送回加納郡，至少這種死法還算名譽。到目前為止，最慘的下場就是完全回不來。有人說是冤魂作祟，有人說是荒野與瘋狂讓她們自己尋短。總之，清點屍體時，倘若不被清點到，倘若我們就此失蹤、憑空消失，那麼，我們的羞恥將由妹妹代為承受，她們會放逐到邊緣地帶。我看著佩妮和克蕾拉，她們正在祭壇後面玩耍，為了她們，我知道我一定要回到這個郡，無論生死。

好幾個小時過去了，餐點飲料都沒了，教堂裡的氣氛越來越緊繃。我很想相信我們不一樣，但當我看著教堂裡的這群女人，互相比較辮子的長度，因為其他女性受罰而竊喜，陰謀算計、處心積慮謀奪地位，我忍不住想，說不定男人是對的。或許，我們的能力只有這樣，如果不施以桎梏，我們會互相撕咬成碎片，就像邊緣地帶的野狗。

「頭紗來了、頭紗來了。」魏克森太太在鐘樓上大喊，拉動繩索搖響大鐘——瘋狂的沉悶噹噹聲響，少女忙著捏臉頰、跺掉鞋子上的塵土，掀起焦急絕望的惡臭。

門開了，教堂瞬間安靜下來，彷彿就連上帝也屏息等待。

琪絲汀的父親走在最前面，他的表情充分傳達出感傷的盼望。他為女兒戴上頭紗，琪絲汀看看我們所有人，確認她的好運讓我們又妒又羨，她不但得到頭紗——而且還是第一個，是莫大的光榮。

珍娜與潔西卡很快也得到頭紗，這一點也不奇怪。她們從九歲就開始布局，以嬌柔眼神與清新微笑作為誘餌，老天保佑那兩個落入陷阱的男生。

芬頓先生走進來，他的臉很紅，可能是喝多了，也可能是太激動，或許兩者都有。然而，當我看著他溫柔地為葛楚戴上頭紗，我忍不住為她感到高興。她成功克服所有逆境，讓欺負她的人知道她們錯了。

少女的父親們一個接一個魚貫而入，漂亮的女生都得到頭紗，每少一個人，我就覺得勒住胸口的鎖鍊放鬆一些。只差一步，我很快就能打造我的自由人生。

沒想到我爸走進教堂，他伸長手臂捧著頭紗，彷彿捧著死產的小牛，我感覺彷彿被人用斧頭的刀背開腸破肚。

「不可能……」我蹣跚後退，靠向那片女人組成的人海，但她們只是把我往前推，像大浪一樣將我拋出去。

我淚眼矇矓看著媽媽，她似乎像我一樣吃驚，她都快站不穩了，但依然昂起下巴，嚴厲示意叫我不要胡鬧。

我感覺整張臉發燙，但並非因為害羞，而是因為憤怒。我看著站在教堂裡的其他女生，她們都想得到頭紗，我不禁感到內疚。

怎麼會發生這種事？我從不曾做過鼓勵男性追求的事。事實上，我向來努力地嚇跑男生。膽敢對我展現任何一絲好感的男生，都會遭到我公然嘲弄。

我看著爸爸，但他的視線不肯離開面紗。

我搜尋記憶，思索會是誰，這時我猛然想到——湯米・皮爾森。我回想起在市場弄掉莓果時他大聲喊我，他說喜歡潑辣女人時看我的眼神，我的胃翻騰著。我尋找皮爾森太太，發現她一臉看好戲的表情。

琪絲汀在面紗下對我露出若有似無的笑容，該不會她知道……難道是麥克在搞鬼嗎？今天他才幫湯米辯護，說他其實沒有這麼壞。難道是他說服湯米選我，想要挽救我，免得我真的去田地工作嗎？他說他只是為我著想，難道他認為這是我應得的命運？

爸爸為我戴上頭紗，依然不肯看我的眼睛。他很清楚，對我而言，婚姻只是緩慢的死亡。

我練習過各種可能用上的表情，從絕望到冷淡，但我完全沒料到需要假裝幸福。

他用顫抖的手指拉下頭紗，遮住我燃燒怒火的雙眼。

隔著精緻的紗網，我的視線閃過教堂裡每個人嫉妒的神情、交頭接耳的私語，心裡有數的眼神。

我就是那個讓人跌破眼鏡的特例。

今晚，我成為了他人的妻子。

只因為一個男孩選了我。

✿

父母護送我回家，姊妹們跟在旁邊吱吱喳喳地猜測，報出每個適婚男性的名字，想從爸爸的表情看出端倪，但他始終板著一張臉。根據傳統，要等到明天早上，在送行儀式上，當我未來的丈夫掀起頭紗，我才會知道他是誰，但我已經知道了。我的皮膚依然能感覺到湯米・皮爾森的視線，有如潰爛的疹子。再過不久，他的眼神就只是小問題而已了。

丈夫。

這個名詞讓我膝蓋發軟，但父母只是更用力抓住我的手肘，拖著我往前走，直到我再次站穩腳步。

我想要像受困陷阱的野獸一樣尖叫、噴口水，但我不能冒險，萬一遭到驅逐，我會害兩個妹妹蒙羞。我必須撐住，等到回家關上門時才能崩潰。即使在家裡，我也不能隨意說話。我確實有些求生能力，但假使現在被趕出加納郡，不到兩個星期我就會死在盜獵賊手中，毫無疑問。

兩個姊姊相伴回家，媽媽將兩個妹妹趕去睡覺。幾個月來，這是我第一次和爸爸獨處——藥鋪發生的那件事，依然歷歷在目。

我緊握住樓梯扶手，想像木頭被我的手指捏出瘀血。

「你怎麼能讓這種事發生？」我低語。

我聽見他吞嚥。「我知道這不是妳的計畫，但——」

「你為什麼教我那些事？你讓我知道自由的意義，有什麼用呢？現在我和其他女生一樣了。」

「我多希望真是如此。」

他的話很傷人，但我轉身看他。「你有沒有幫我說話？你大可以告訴他我還沒來月經，或是說我很臭……什麼都好！」

「相信我，提出反對意見的人很多，但妳的追求者鐵了心。」

「麥克是否有幫忙說服他？還是說，在背後搞鬼的其實就是他？只要告訴我這件事就好。」

「親愛的女兒。」他用手背輕撫我的臉，刺刺的面紗讓我的皮膚不舒服，而他安撫的舉動讓我更不舒服。「我們只想讓妳得到最好的，有很多下場比結婚更慘。」

「例如那些被裝在小罐子裡的女孩嗎？」我逼問他，惡毒的語氣連我自己也感到陌生。「真的值得嗎？為了得到寶貝兒子，不惜做出這種事嗎？」

「妳以為事情是這樣的嗎？」他搖晃後退一步，彷彿覺得我很可怕。

我很想知道，魔力是否發作了。一開始都是這樣嗎？會管不住嘴巴、不敬長輩？從此我會逐漸變成男人低聲描述的那種怪物嗎？

我轉身上樓，以免做出讓自己後悔的事。

我進房間之後用力甩門，一把扯下頭紗，拉扯地脫下禮服，拚命把雙手伸到背後想解開馬甲繫繩，但沒有用，繩結綁在我摸不到的地方，完全反映了我的處境。

我花了一輩子的時間安排、許願、盼望，但只要一個男人輕聲說出「泰爾妮・詹姆斯」，那張可惡的嘴一旦說出我的名字，我所熟悉的人生便從此畫下句點。我再也不能悄悄穿梭大街小巷，指甲縫中再也不能有汙垢，再也不能穿磨損的靴子，再也不能任意鬆開頭髮曬太陽，再也不能在樹林遊蕩，再也不能沉溺於心中好奇的念頭。我的人生、我的身體，現在都屬於別人了。

不過，為什麼湯米・皮爾森要選我？我從不掩飾對他的極致厭惡，他那個人殘忍、愚蠢又自大。

「難怪。」我低聲說，想到他的寵物鳥，他的猛禽。樂趣在於馴服的過程，一旦馴服之後，他就不想養了，眼睜睜地看著鳥餓死。對他而言，這只是一場遊戲。

我倒在地上，藍色生絲禮服攤開形成一個完美的圓。這讓我想起以前和爸爸去冰釣，在湖水最深處鑽出的洞。此刻，我多想鑽進冰層下，消失在冰冷深淵。

媽媽進入房間，我急忙戴上頭紗。根據傳統，頭紗必須由她摘下，並且叮囑我身為妻子的責任義務。

她站在我面前，匆忙戴上的頭紗還在飄動，我以為她會一把將我拉起來，叫我振作點，數落我不知感恩，沒想到她竟然唱起歌來，古老的旋律述說慈善與恩惠。她溫柔地摘下頭紗，放在身後的梳妝檯上，她解開紅色絲帶，用手指梳開我的辮子，讓我的頭髮散落肩頭，形成柔和的波浪。她握住我的雙手拉我起身，幫我脫掉禮服，她解開馬甲時，我深深猛吸一口氣。終於能再次大口呼吸，那種感覺近乎疼痛。這種感覺很像自由，我不再擁有的自由。

她把禮服掛好，我努力控制呼吸，但我越想壓抑，喘得越嚴重。「不……不該發生這種事。」我氣急敗壞地說。「我不要嫁給湯米・皮爾森——」

「噓。」她低聲說，用盆子裡的水打濕一塊布，幫我擦臉、脖子、手臂，讓我降溫。「水是生命的靈藥。」她說。「這是從高山湧泉取來的水，山上的水最乾淨。妳感覺得出來嗎？」她把布舉到我鼻子前。

我只能點頭，我不知道為什麼她要說這個。

她接著說：「妳從小就很聰明，是個足智多謀的孩子，妳看著、妳聽著一切，這樣的特質會很有幫助。」

「幫助我度過恩典之年嗎？」我注視她用莓果染紅的嘴唇。

「幫助妳成為好妻子。」她帶我去床邊坐下。「我知道妳很失望，但妳回來之後想法就會不一樣了。」

「前提是，我要活著回來。」

她在我身邊坐下，摘下銀頂針，讓我看清她少了一截的拇指，發紅皺縮的皮膚。這難得的親密讓我不由得再次熱淚盈眶。「以前茱恩常說菜園兔子的故事給妳們聽，妳還記得嗎？」

我點頭，抹去淚水。

「有一隻小兔子常常闖禍，總是在不該亂跑的時候亂跑，但她學到很寶貴的事，瞭解了農夫、環境，其他兔子永遠不會知道的事，但知識總得要付出很大的代價。」

我全身冒出雞皮疙瘩。「盜獵賊……是他們弄的嗎？」我低聲問，摸摸她的手，她的皮膚很熱。「他們是不是企圖誘拐妳離開營地？那些女孩都是這樣死去的嗎？」

她抽回手，把頂針戴回去。「妳的想像力太豐富了，我只是在講兔子的故事。妳很清楚，不能說出恩典之年的事，但我似乎應該說明身為妻子的責任義務——」

「拜託……不要。」我搖頭。「我記得學校教過的那些事，雙腿張開、手臂平放、注視上帝。」我緊握放在腿上的雙手。

我很久以前就知道了，早在學校上課之前，因為我在草原看過無數的偷情男女。有一次，我和麥克困在橡樹上，看著富蘭克林和喬斯琳做那件事。

我和麥克坐在樹上拚命憋笑，但現在想來一點也不好笑——我得和湯米・皮爾森同床共枕，他漲紅的臉在我上方呻吟。

我望著地板，發現一滴血從我媽的腿內側流下，染紅米色長襪。她發現我在看，急忙收起腿藏好。

「很遺憾。」我低聲說，我是真心的。她又有一個月沒有懷上兒子。我很想知道，她的生育期是否已經快要結束了，如此一來，她可能會有危險。我無法想像爸爸像法洛先生那樣，害死她好換一位年輕妻子，但最近發生太多超乎我想像的事。

「我和妳爸很幸運……相同的目標可以成長出更美好的東西。」她將散落的頭髮塞到我耳後。「他最疼妳了，他的野丫頭。妳知道，他絕不會把妳交給他認為……不夠成熟的人。」

不夠成熟？我不明白，湯米就是不成熟的代名詞。

我知道應該閉嘴，但我管不了這麼多。就讓他們驅逐我吧，就讓他們鞭打我到我再也站不起來為止吧，什麼都比沉默好。我說：「妳不像我那麼瞭解爸爸……妳不知道他能夠做出多壞的事，我親眼看過，我知道他做了什麼。例如昨天晚上，衛士來找他，但他——」

「我說過……妳的想像力會害死妳。」她站起來準備離開。

「那我的夢呢？」

我媽停下腳步，她的背脊似乎僵住了。「別忘記夏娃的遭遇。」

「可是，我又不是夢見屠殺議員……我只不過是夢見一個女孩……她的胸口別著一朵紅花。」

「別說了。」她低聲斥責。「別害我們家……」

「她和我說話，告訴我很多事情……說世界可以變成怎樣。她的眼睛是灰色的，像我一樣，像爸爸一樣。假使她是他……在邊緣地帶生的女兒呢？我看過他走出城門，數不清多少次——」

「泰爾妮，不准亂說話。」她怒斥，那樣的憤慨嚇得我一縮。「妳雖然睜開眼睛，卻什麼都看不見。」

我倒回床上，淚水湧出。

媽媽深深嘆息，在我身邊坐下。她的皮膚潮濕，眉毛蒙著一層冷汗。「妳的夢……」她溫柔的雙手捧著我的臉，「那是唯一只屬於妳一個人的地方，在那裡沒有人能威脅妳，只要還有夢就繼續做夢吧，因為很快地，妳的夢就會變成惡夢。」她彎腰吻我的臉頰。「不要相信任何人，就連自己也一樣。」她低語。

我嗅到一絲濃濃的鐵鏽味，金屬味讓我的感官一驚。她退開時，我發現她的嘴角沾著結塊的紅色痕跡。一股寒意竄過我全身，她的嘴唇不是用莓果染紅的。

是用血。

藥鋪的那些瓶子，盜獵賊殺死的少女，屍塊漂浮在鮮血與私釀酒中。我一直以為爸爸是買來自己用，不過，萬一他是幫她買的呢？一切只是為了品嘗青春的滋味？難道她焦急到這種地步，為了保持青春而感到有必要吃掉同類？這就是恩典之年的影響？讓我們變成食人族？

她靜靜離開房間，我急忙走到窗前，打開窗戶大口吸進新鮮空氣。只要能沖淡血味，什麼都好。

酒醉的青年吵鬧喧譁著，而沒有得到頭紗的少女們暗自哭泣，除此之外，城鎮安靜地詭異。

我望著樹林裡幽微的燈光，那邊緣地帶，我想知道盜獵賊此刻是否能看到我……他們是否將我當成可輕易殺死的獵物。

我深呼吸、閉上眼睛，像老鷹一樣張開雙臂，讓苦澀的風吹拂。我隨著夜色的節奏搖晃，感覺彷彿飛到加納郡上方的高空。我和麥克小時候常這麼做，每當感覺快被世界吞噬了，我們就會想像飛行。我很想從窗口跳下去，看看我的魔力會不會啟動，讓我飛離這裡，但那樣未免太簡單。

這一切都不可能那麼簡單。

醒來時，我獨自一人，窩在柔軟的棉花和羽絨下。我瞇起眼睛，看著從厚窗簾下方透進來的一絲朦朧黃色光線。現在可能是清晨，也可能是黃昏。一時間，我以為他們說不定忘記叫我起床，也可能授紗典禮只是一場惡夢，但當我環顧臥房，發現頭紗一派無辜地掛在梳妝檯邊緣，有如緩慢滲透出的毒液，我知道很快地，他們就會來叫我。我可以躲在被窩裡，享受童年的床鋪、幼稚的念頭，但我也可以選擇正面迎戰。爸爸總是說，人生是由所有微小選擇所構成，那些別人看不見的選擇。或許我能掌控的不多，我不能選擇要嫁給誰、要不要生小孩，但我能掌控這一刻，而我絕不會浪費。

我掀起被子，身體顫抖地抗議。冰涼的木地板在我的體重下發出哀嚎，彷彿感應到今天我的內心多沉重。

正當我打算掀開窗簾偷看外面，我的姊妹衝進房間。

「妳瘋了嗎？」艾薇說，佩妮與克蕾拉急忙跑過來把我往後拉。「外面的人說不定會看見妳。」

在掀起頭紗的儀式完成前，我們不能被異性看見沒戴頭紗的樣子。我們已經不是兒童……但也尚未成為人妻，但我們已經被標示屬於另一個人了。

把我拉到安全地帶後，艾薇一下拉開窗簾，我遮住眼睛。

「妳運氣不錯。」她拉下蕾絲窗紗。「我那年下了大雨，還沒走出郡界，我就全身濕透了。」

「有人在嗎？」茱恩走進來，拿著我的旅行斗篷，這是我們唯一能帶的私人物品。其他物件全由政府提供，很可能已裝入粗麻布袋、放上馬車了。

「我做了四層內裡，每個季節一層。」她將斗篷披在我的椅子上。「米色羊毛配灰色毛皮鑲邊，很搭妳的眼睛。」

「米色羊毛呀，真蠢。」艾薇貪婪的手指撫摸斗篷。「到春天會髒到不像樣的。」

「很漂亮，謝謝妳。」我對茱恩點點頭。

她低下頭，臉頰浮現害羞紅暈。大部分的女生從恩典之年回來後，都會變得比之前更惡毒，艾薇也不例外，但茱恩不一樣。茱恩回來時帶著溫和的笑容，就像出發時一樣。我不禁懷疑，難道這就是她的魔法——**完全沒有魔法**。據說，我媽回來後和出發前也沒差多少，不過很難想像她平和寧靜的模樣，或因任何事物感到欣喜。

「讓路。」我媽說著進來房間，她端著一個拖盤，上面的食物足夠餵飽一支軍隊，但當我的兩個妹妹想拿上面的比斯吉，她卻拍開她們的手。「敢偷吃試試看，這是給泰爾妮的。」

要是沒有得到頭紗，我應該會去樓下，在難以打破的沉默中，和爸爸一起吃燕麥粥，不過，現在我媽似乎很樂意殷勤服侍我，因為等我回來就要嫁人了。

成為湯米・皮爾森的妻子的念頭，讓我反胃。

我用餐巾包起一個比斯吉，偷偷移動到拖盤邊緣，兩個妹妹像小乞丐一樣搶過去，鑽到我的床底下吃。我聽到她們嘻嘻哈哈地取笑媽媽，但她假裝沒聽見。她對茱恩和艾薇很嚴格，但我大概讓她累壞了，不得不放棄。

「快吃吧。」我媽催促。

我根本沒胃口，但仍盡量將食物塞進肚子裡，香腸、雞蛋、糖煮蘋果、牛奶，及比斯吉。我這麼做並非為了讓媽媽高興，而是因為我不笨。護送少女去營地的衛士每次都四天後才回來，我推算單程應該會耗時兩天。馬車是用來運物資的，也就是說我們必須步行。盜獵賊在一旁虎視眈眈，監視我們的一舉一動，尋找容易下手的對象，我可不打算要昏倒，我需要體力。

佩妮從床底爬出來，拿起掛在梳妝檯上的頭紗，戴上之後在鏡子中欣賞。「快看啊……我是第一個被選上的妻子。」她猛眨眼睛，用手當扇子。

我知道她只是在胡鬧，但看到她那個樣子，讓我心中的某種情緒發作了。「不要！」我大喊，將頭紗一把摘掉，她驚愕地抬頭看我，彷彿我給了她一記耳光，她大概覺得我很自私，不想讓她碰寶貴的頭紗，但原因恰恰相反。她可以擁有更大的夢想，我想這樣告訴她，卻沒開口，我不能給她虛幻的希望，像我爸對我那樣，這樣反而更痛苦。

不過話說回來，倘若我夢中的女孩是真的，或出現類似那樣的行動……說不定她還有希望。我們所有人都還有希望。

我彎腰向她道歉，但她踢我的小腿，我不禁莞爾。看來她依然鬥志滿滿，說不定我也仍有一些鬥志。

媽媽用紅絲帶為我紮好辮子，然後幫我穿衣服。高領棉質襯衣、旅行用的亞麻罩衫，最後是我的斗篷，我沒想到竟然這麼重，不過這代表縫製很用心。茱恩一定會是個好媽媽，我發現她偷瞄艾薇的孕肚，我很心痛。有時候，生命真的極為殘酷，沒有人能逃脫，就算再善良也一樣。

接下來要穿上厚羊毛襪、牢牢繫好棕色皮靴的鞋帶，但在那之前，我必須先拓印，這是傳統。嘻嘻哈哈的克蕾拉與佩妮搶著說誰要做什麼，但兩個姊姊和媽媽站著一動也不動。她們很清楚這一刻有多沉重，而這個儀式代表的意義。克蕾拉用滾筒在我腳底塗上黏稠的紅墨水，佩妮將羊皮紙貼上去。我站起來，將全身的重量壓在紙上。當她們把紙撕下來時，我全身顫抖，但不只是因為墨水很冰。這是我的記號，我出生時烙上父親的紋章，一個長方形，裡面有三條線，代表三把劍。倘若我被盜獵賊抓走，只剩屍塊裝在小瓶子裡送回來，他們將憑拓印證實我的身分。

教堂鐘聲響徹廣場，鑽進狹窄街道與狹隘心靈中，最後來到我家，直接刺進我的胸口，用力捏緊。

我的四個姊妹急忙幫我完成著裝。

媽媽幫我戴上頭紗，我瞥見鏡子裡幽魂般的倒影，淺淺吸了一口氣。「可以讓我一個人安靜一下嗎？」

她點頭，默默表示理解。

「妳們幾個快出去吧。」我媽把她們趕出房間，輕輕關上門。

我掀起頭紗，練習溫柔婉約的笑容，一次又一次，直到我成功做出勉強稱為和顏悅色的神情。但無論我多努力練習，依然無法熄滅眼眸中的火光，我再次懷疑我的魔力是否已啟動了。如果我夠走運，我的眼睛會噴出烈焰，把那些人當場燒焦。我考慮是否應該保持視線低垂，不過或許這樣也不錯，我的笑容與我的眼神不一致，湯米掀起頭紗時會期待看到老鷹，但我只給他一隻鴿子。

我永遠不會變成折翼的鳥。

無論為了誰。

我從沒想過，我竟然會慶幸有頭紗，不過，那層精緻的網紗讓前往廣場的路途感覺像是夢遊。路人的眼光感覺不那麼尖銳，刺耳的批評也變得模糊。山楊樹的落葉感覺像是慶祝的紙花，而不是象徵夏季的死亡。

我經過時，許多尖酸惡毒的話侵入我的感官——

「**她怎麼會……**」

「**她搞上了誰……**」

「**她一定……**」

平時，我會仔細聽著每一個字，試圖捕捉蛛絲馬跡，但以前這些話語要中傷的對象並不是我。

我將顫抖的雙手藏進斗篷口袋，發現裡面有一顆河蚌珍珠，是不規則的形狀，粉中透藍的光澤，是我塞進茱恩禮服袖口的那顆，一定是她放進來當成紀念。我用指尖把玩珍珠，感覺同病相憐。我像這顆珍珠般，是鑽進加納郡軟組織的惱人異物。倘若我能活著撐過這一年，耗盡我的魔力，或許當我回來時，也會像這顆珍珠一樣堅毅。

邊緣地帶傳來吹響水牛角的聲音，表示去年的女孩快回來了，而新的狩獵季節即將展開。

爸爸將追求者送的花交給我，在我耳邊用祖先的語言說：「Vaer sa snill, tilgi meg.」，意思是「**請原諒我**」。梔子花，象徵純潔、隱密的愛，這種花很老派，已經不流行了。我只有一個想法，想必是湯米的媽媽幫他選的，因為這種花太過浪漫，天性粗暴的他應該不會喜歡，但他說不定變態到這種程度，因為得到純潔的新娘而得意洋洋，他心裡很清楚，最後會是他奪走這份純潔。

家人圍著我一一道別，給我最後的祝福，我得咬緊牙關以免哭出來。據說，盜獵賊遠在一英里外就能嗅出我們的魔力。被抓走的少女會被活活剝皮，連續好幾天都能聽見慘叫，疼痛越劇烈，血肉的力量越強。

我們排好隊，看熱鬧的人擠在後面，我發現琪絲汀站在我旁邊。她想盡辦法要我看她——她纖細的指尖頂著一朵山茶花，彷彿隨時會落下。紅色山茶花，那代表內心放肆、濃烈的激情，沒想到麥克會選這麼大膽的花。不過，話說回來，我沒見過他這一面，要不是我仍想要勒死他，應該會為他感到高興才是。

男生從教堂遊行到廣場，鼓聲響起。我心中漲滿各種情緒——羞恥、恐懼，及憤怒。我閉上雙眼，想讓心跳配合鼓聲，配合他們重重的腳步聲，但我的身體不配合。就連這麼簡單的動作，依然有一部分的我堅持頑抗，不肯投降。

咚。

咚。

咚。

我偷瞄一眼，但立刻就後悔了。法洛先生走在最前面，滿懷期待地舔著如紙般輕薄的嘴唇。我忍不住回想起，當他們宣布他能迎娶新妻子時，他亡妻的遺體卻在他身後輕輕搖晃。

新妻子。

一瞬間，我感覺彷彿被鐵砧打中胸口。我的呼吸變得急促、膝蓋無力，各種念頭在腦中奔竄。昨天早上他在廣場看我的眼神，他掀一下帽子祝我授紗日快樂的動作，他注視著我垂落臀部的紅絲帶，當時他的表情。老派的花、甜膩的情感，他的前三任妻子很可能都拿到同樣的花，真是這樣也不奇怪。媽媽說過，爸爸絕不會將我交給他認為不夠……成熟的人，原來她在暗示這個。怪老頭法洛是我的未婚夫，這想法實在太噁心，膽汁湧上喉嚨後方，我得硬吞回去。我想假裝是我想太多，是恐懼令我胡思亂想，然而當我再次看過去，卻發現他直直注視著我。這個真相無比震撼，但我有種早就料到的感覺，這是上帝的旨意，懲罰我妄想不能得到的東西。我的夢……爸爸教我的那些事，全都毫無意義了，因為終究我只能得到……對我而言最好的未來。

咚。

咚。

咚。

他朝我走來，我盡可能保持鎮定，不洩露心情。然而，在有如死亡般平靜的天空下，我的頭紗輕輕顫抖。我垂下視線等候那一刻，等著成為他的人，但他來到我面前時卻只是走過，停在我左邊的女生面前，她拿著一朵粉紅色金蓮花，代表「犧牲」的花。我看著他掀起她的頭紗，葛楚・芬頓的臉出現時，我的心稍稍下沉。他靠過去在她耳邊低語；她沒有微笑、沒有臉紅，甚至沒有閃躲。她什麼都沒做，只是用拇指撫摸指節上的疤。

我應該鬆一口氣才對，他選的不是我。想到他滿是皺紋的衰老皮膚貼著我的身體，我差點要嘔吐，但沒有人活該這麼倒楣，竟然被怪老頭法洛看上，就連葛楚・芬頓也不該如此。

咚。

咚。

咚。

我再次偷瞄，看到湯米和麥克相視而笑，我眼前發紅。我緊閉雙眼，我努力壓抑，但還是忍不住想像湯米漲紅的臉在我上方呻吟。我以為已經做好心理準備面對這一刻，完美練習如何扮演我的角色，但他越是接近，烈火越是猛烈。我想逃跑……想乾脆自焚……想變成一堆灰燼消失。

咚。

咚。

咚。

一雙剛擦亮的靴子停在我面前，充滿期待的沉重呼吸，我身後的群眾交頭接耳，終於要揭曉了。他的手指輕觸我的頭紗邊緣，遲疑停頓，我沒想到他會這樣，他緩緩掀起網紗，每個動作都專注鄭重。

「泰爾妮・詹姆斯。」他低聲說，但他的聲音不對。

我抬起視線對上他的雙眼，我感覺像隻被扔在河岸上的藍鰓魚，張大嘴拚命吸氣。

「麥克？」我好不容易說出口。「你在做什麼？」

我困惑地轉頭看琪絲汀，卻發現湯米・皮爾森正在對她毛手毛腳，她的紅花被他踩爛了。

「這……這一定弄錯了。」我慌張地說。

「沒有弄錯。」

「為什麼？」我覺得頭昏腦脹，踉蹌後退一步。「為什麼你要做這種事？」

「妳該不會以為我會讓妳去田地工作吧？」

「可是我想去。」我脫口而出，然後急忙壓低聲音。「你怎麼可以為了我犧牲你的幸福？」

「沒有這回事。」他抬頭望著天空片刻，嘴唇浮現苦惱的笑容。「泰爾妮，妳一定知道吧？」他握住我的雙手。「一直以來我都好想告訴妳。我愛——」

「住口。」我的聲音有點太大，引來我不想要的關注。「別說了。」我低語。

我感覺到幾百雙眼睛注視著我，他們的批判刺痛我的後頸。

「昨天我想告訴妳。」他說，前進一步。

「可是我看到你……和琪絲汀……去草原。」

「我相信妳也看到她和許多男人去過，但妳太好心，不願意告訴我。」

「我一點也不好心。」我往下看地面，我們的靴尖幾乎靠在一起。「我永遠無法成為你需要的那種妻子。」

他溫暖的手指放在我的下顎底端。「我想要的不只那樣。」他接近我。「妳不必為我改變。」

眼淚刺痛我的眼瞼，但那不是歡喜或幸福的眼淚，這簡直是最終極的背叛，我以為他懂。

「時候到了。」威爾克先生大聲說，飛刀般的眼神朝我射來。爸爸說過，選妻儀式上有很多人大力反對，想必他也是其中之一，他想像中的兒媳婦絕對和我天差地遠。

麥克彎腰親吻我的臉頰。「妳可以保有妳的夢。」他低語著。「但我的夢境裡只會有妳。」

我沒有機會回應，甚至沒有機會深呼吸，此刻城門開了，去年的恩典少女回來了，氣氛立刻改變了。儀式的重點不再是頭紗……承諾……傷心……夢想，現在的重點是「生死」。

教堂鐘聲響起，我們所有人都停下來數人數。二十六，這表示一共有九位少女慘死在盜獵賊刀下，比前一年多了兩位。

沒有漫長的道別，沒有公然示愛。一切都已經說了，一切也都還沒說。

在衛士的帶領下，我們離開廣場。我發現有一群男人在哨站排隊，印象中不曾在城鎮裡看過這些人，但我很快將他們拋在腦後，因為我們和回程的少女們交會，她們骨瘦如柴、垂頭喪氣，身上散發出柴火的煙味、腐敗與疾病的臭味。

我前面的女孩放慢了腳步，注視著一個回程的少女。她低聲說：「莉斯貝？姊姊，是妳嗎？」

那個少女抬起頭，原本應該有耳朵的地方，只剩一個滿是乾血的傷疤，她用力眨眼睛，彷彿想從無盡夢魘中醒來。

「快點走。」她後面的少女推她一把，髒汙的紅絲帶只剩一小段，邋遢地掛在她削短的辮子上。

別忘了——這些是運氣好的人。

我狂亂地觀察她們的臉，想找出一點線索，她們在營地究竟發生了什麼事……我們即將面對怎樣的遭遇。泥土與汙垢下、憔悴神情下，她們的眼神燃燒著一絲恨意。我有種甩不開的感覺，她們怨恨的對象並非將她們害成這樣的男人，而是我們，這一群純潔、尚未馴服的少女，依然擁有她們失去的魔力。

「妳死定了。」琪絲汀經過時對我說，用力戳我的肋骨。我痛得彎下腰，努力想呼吸，但和我同年的女孩經過時紛紛對我嘶聲辱罵。

「蕩婦。」

「叛徒。」

「妓女。」

麥克或許以為他救了我，讓我此生不必在田地裡吃苦，但他這麼做等於在我背後貼上箭靶。

我想到媽媽，嘴角掛著血塊，告訴我不要相信任何人。

我回頭看逐漸關上的城門，看到城裡的姊妹、女兒、母親、祖母聚集在一起，看著那些折翼的鳥兒回家，我恍然大悟。或許，禁止述說恩典之年是因為我們。倘若男人知道真相，應該沒辦法與我們同床共枕，讓我們照顧他們的子女，如果他們知道，我們對彼此做出多麼恐怖的行為，在孤獨中，在荒野中，也在黑暗中。

✿

路上沒有特殊的標示，沒有顯示我們即將抵達的公告，但我感覺得出來，現在很接近邊緣地帶了。

並非因為衛士收縮隊形，也並非因為瞥見樹林中的石造茅草屋，以及稀疏樹叢間一閃而過的紅色身影——而是因為氣味：濃濃的野性氣息，肥沃土壤、剛硝製好的皮革，焚燒植物的灰燼，開花的香草……以及鮮血。

我無法判定這個氣味是香還是臭，或許介於兩者之間，但絕對充滿生命力。

儘管邊緣地帶的女性沒有城門、教堂、議會的保護，但她們似乎活得好好的。聽說被驅逐來這裡的主婦通常活不久，如果城裡沒有人要她們，在這裡也不會有人要，不過假使她們年輕又運氣好，有人願意收容，她們可以服務城裡的男人來換取現金。她們的私生子長大之後會成為盜獵賊，她們的女兒長大之後會繼承家業。我以前經常納悶，為什麼她們不乾脆離開——沒有任何東西能阻止她們……這裡沒有城門、沒有規定。我常告訴自己的簡單藉口是「萬一我逃跑，兩個妹妹就要替我受罰」，但內心深處我明白，原因其實沒有這麼簡單。我從來沒看過有人活著回來述說外界的事，城裡的男人說加納郡是烏托邦、人間天堂。即使不是真的，但無法否認我們的傳統、我們的生活方式，讓我們存活了好幾個世代。倘若是真的，那麼，我實在不敢想像樹林之外、山區與平原之外，會是怎樣的世界。或許將我們綁在這裡的，是對未知的恐懼，或許我們之間至少有這個共通之處。

邊緣地帶的女人從樹林出來，聚集在小徑旁，琪絲汀高高昂起下巴，我從沒想過人的下巴可以抬得這麼高。其他女生有樣學樣，但我看得出她們的恐懼——僵硬的頸子青筋暴凸，有如冬天的鵝在砧板上拉長脖子，本能地想死得乾淨俐落。

我不一樣。

我從小就在等著看這個地方。

我知道，我說過我已將夢拋在腦後了，但我很清楚，爸爸多年來一直偷跑來邊緣地帶。那個女孩會不會在這裡……等我？同父異母的妹妹，這麼多年來素未謀面，或許她也夢見我了。想到這裡，我不禁因為期待而頭暈，我只需要短暫的瞬間讓我辨認……我只想知道她真的存在。

我觀察那群人，發現小女孩都穿著亞麻原色的罩衫，成年女性的罩衫則以甜菜染紅。這讓我想到紅絲帶，或許紅色代表她們已經來經了……可以接客做生意。

她們的頭髮狂野披散，點綴著枯萎的花瓣，我們經過時，那群女人逼近——距離如此之近，我甚至能感受到她們沒有束縛的胸部散發溫熱。人群中傳出低低的氣音耳語，越來越大聲，刺痛我的皮膚。

不，她們來到這裡並非單純出於好奇，隱約能夠感覺到沸騰的嫉妒，我的舌尖幾乎能嚐到那苦澀滋味。

她們低著頭，隔著厚重長髮抬起視線瞪我們，鎖定有頭紗的女孩們。一時間，我忘記了自己也有，我想將單薄的網紗收進斗篷口袋，但已經來不及了。

在她們眼中，我們想必代表她們永遠無法擁有的一切，她們認為自己想要的一切。合法地位、穩定生活、甜蜜愛情，及溫柔呵護。

儘管很不自在，但我直視她們每個人的臉。有年輕，也有老的，也有之間各種年齡層的。有些特徵讓我想到那個女孩（有深色美人尖、下巴的淺淺小溝），但沒有人的右眼下面有小草莓胎記。

我覺得自己很蠢，竟然被夢境左右，光是冒出這種念頭就夠荒唐了，這時我看到小徑旁邊的一個女人，頭髮裝飾著紅色小花瓣。雖然不是那個女孩，但無論在哪裡我都能認出那種花，這一定有什麼意義。我正要轉身看那個女人時，卻被人從後面推了一把。

我膝蓋著地，感覺溫熱的紅色液體從羊毛長襪下湧出，滲透我的襯衣與旅行裝。我終於站起來時，那個女人已經不見了，也可能她從一開始就不存在。

「走路小心點。」琪絲汀回頭對我笑。

我心中有個東西斷裂了，或許是我的魔力啟動了，也可能只是我受夠了，不過就在我準備去找她算帳時，有人抓住我的手肘。

我轉身，準備斥責干預的衛士，他膽敢碰我，沒想到竟然是葛楚・芬頓。

「放手。」我企圖掙脫，但她更用力抓緊。

「妳最好低調一點。」

「是喔？」我好不容易甩開她的手，她看似柔弱，沒想到力氣很大。「低調有讓妳好過一些嗎？」

很深的紅暈爬上她的頸子，我立刻覺得過意不去。

「聽我說。」我試著解釋。「要是我不挺身捍衛自己的話，她對待我的態度——」

「會像對待我一樣。」她打斷我的話。「妳認為我太軟弱了。」

「我沒有這麼想。」我低聲說，但我們都知道那是騙人的。

「妳向來自命清高，妳自以為很會隱藏、很會假裝，但其實並非如此。妳的所有心思全寫在臉上，一直都是這樣。」她邊說邊繼續往前走。

我想，就這樣算了，再次沉入孤獨中，但我從來不曾出面幫助過她，我的良心過意不去。我很想幫她，很多次差點挺身而出，但我不希望自己也變成被欺負的對象，現在她卻主動幫我，可見她絕不軟弱。

我追上她，配合她調整步伐。「妳和琪絲汀曾經是好姊妹，我記得那時候妳們整天黏在一起。」

「關係難免會改變。」她直視前方。

「因為妳……」我忍不住低頭看她的手背。

「對。」她回答，把袖子往下拉。

「我很遺憾妳……妳遭遇那種事。」

「我自己才最遺憾。」她注視著琪絲汀的後腦勺。「如果妳夠聰明，就不要強出頭，妳不知道她有多恐怖。」

「但是妳知道。」我想引出她的回答。

「那張版畫根本不是我的。」葛楚小聲說。

「妳說『版畫』嗎？」我問。大家都知道，琪絲汀的父親收藏了大量古老版畫。

葛楚咬緊牙關，放下頭紗遮住眼睛，表示不打算繼續聊下去。

我想起父親常說的一句話，「真人不露相」。

我確定一件事。

葛楚・芬頓一定有祕密。

或許，我們並沒有那麼不一樣。

✿

衛士催促我們往東走，日落許久之後，終於到了一處荒涼的營地。腐敗的樹幹上綁著一條髒兮兮的亞麻布，上面染著鮮血，回程的少女昨晚一定也在這裡紮營。

「我賭兩枚錢，一定是史賓賽家的女兒。」其中一個衛士說，他往兩個輪子中間吐一口痰。

「你等著輸錢吧。」另一個留著黑鬍鬚的衛士說，他躺在睡墊上。「一定是迪隆家的女兒。」他回頭瞥一眼圍在營火旁的女孩。

「那個胖子？」

「沒錯。」他露出歪斜的笑容，但他的語氣苦樂參半。「她應該是撐不過兩個星期。」

他們在掂量我們，我也在掂量他們。

這些衛士和漢斯不同。護送少女是最低層的工作，因此他們不是太老就是太小，或太笨、太懶，做不好城鎮裡的其他工作。他們假裝對押送的處女貨物毫無興趣，但我看得出來事實並非如此。他們看少女的眼神，洋溢著深切的渴望與絕望，但同時他們也怨恨我們，因為我們，他們才無法當正常男人。我很想知道，他們是否依然認為犧牲雄風換取舒適生活是划算的交易。

我靠在一顆長滿樹瘤的松樹上，位在衛士和其他女孩中間，我認為這是最好的觀察點。我可以同時聽見兩邊的談話，也能看清周圍樹林的狀況，不過我感覺得出來其他人一定覺得我不合群。或許葛楚說得沒錯，或許我的確一直自命清高。我以為計畫完美無瑕，我要盡量保持低調，不引人注意，也就不會受傷。但麥克背叛了我，他給了我頭紗，我也沒在邊緣地帶找到夢中的女孩，而且還成為別人的眼中釘。不過，至少我還有一絲希望。葛楚・芬頓說不定能成為我的朋友，我從來沒想過會需要這樣的朋友。

我坐在陰暗處觀察，她和其他不受歡迎的女生坐在一起，把玩著紅絲帶的尾端，但就連其他沒人緣的女生也刻意和她保持距離。我很想知道她到底發生了什麼事，倘若那張版畫真的是琪絲汀的東西，她卻讓葛楚背黑鍋，如此一來，這表示琪絲汀什麼卑鄙的事都做得出來。

儘管我很想保護她，卻不斷想起媽媽的話，**不要相信任何人，就連自己也一樣**。

一陣風吹過營地，我將斗篷裹緊。我的四肢痠痛，好想去火邊取暖，但我還沒準備好加入其他女生。

我脫掉靴子，搓搓腳趾，希望能抒解凍僵的麻木。我還算聰明，靴子一送來，我就穿著在家裡走來走去讓鞋子合腳，但我看得出來許多女孩從沒想到要這麼做。

我們既沒有家裡的老爺鐘，也沒有教堂的鐘聲，完全無法得知時間，我猜應該沒差了，唯一重要的時間將發生在十三天後的夜裡。這會是漫長的十三天，但我不能想太遠。爸爸經常告訴我，問題就是一次解決一個，而現在我最大的問題就是琪絲汀。抵達營地之前，我必須盡可能不惹她。

說不定一人會有一棟舒適的小木屋，那樣我就不太需要應付她了。

至於現在，我要做我最擅長的事。

觀察。

聆聽。

強風吹過森林，松樹左右搖晃，發出嘎嘎聲響。

「妳們覺得，盜獵賊會不會正在監視我們？」貝卡偷瞄一眼濃密的樹林深處。

「聽說他們會一路跟蹤我們到營地。」派翠絲小聲說。

「我們來確認一下吧。」琪絲汀站起來。「這就是你們想要的嗎？」她大喊，掀起裙子對四周的黑暗秀出雙腿。

「別鬧了。」她們拉她坐下，吃吃嘻笑，彷彿在玩遊戲。

「我大姊說他們會用布把全身包起來。」

「像鬼一樣？」海倫說。

「笨死了，鬼才不會裹著布呢。」珍娜大笑。「那是聖誕節遊行的裝扮。」

「聽說因為他們全都是畸形怪物，所以才要遮起來。」塔瑪拉的語氣很陰森。「他們長著血盆大口，牙齒像剃刀一樣利。」

「我敢打賭，根本沒有盜獵賊。」瑪莎說。「我們走了這麼久，都沒有看到他們，也沒有半點動靜，說不定他們只是編故事嚇我們。」

「為什麼？」瑞薇娜問，她緊抓著頭紗搓揉，網紗發出沙沙聲響。

我一點、一點靠近，說不定不只我一個人有所懷疑。

「為了讓我們不敢逃跑。」琪絲汀說。「他們不能讓我們亂跑，因為我們擁有強大的魔力……太危險。」她靠向前，壓低聲音。「我感覺得到，已經開始了，我的身體深處有種騷動的感覺，就在這裡。」她拉開斗篷，手指輕觸肚臍下方。

她們全體激動亢奮起來，就像行刑前磨利刀刃的氣氛。

「我等不及想知道我的魔力是什麼。」潔西卡稍微坐直。

「聽說我家代代都有和動物溝通的能力。」黛娜看著琪絲汀，想得到稱讚。

「說不定我可以呼風喚雨。」另一個女孩說，她大大張開雙臂。

「或是被火燒到也不會受傷。」梅格用手指在火上來回晃動。

「夠了。」琪絲汀制止她們，轉頭看衛士。「我們不能太興奮，現在還不行。」

「妳希望得到什麼魔力？」珍娜用膝蓋輕推琪絲汀。「拜託告訴我們。」

「快說嘛……」其他女生一起催促。

「我希望……」她停頓一下製造戲劇效果，讓她們更急著聽。「我希望能用思想控制別人，引領她們走上正道、遠離罪孽，這樣才能順利耗盡魔力，以潔淨之身回家。」

葛楚呼了一口氣，我不確定那是嘆息、呵欠還是冷笑，但琪絲汀隔著火堆瞪著她。

「葛楚，說不定連妳也能再次變乾淨。」

葛楚的下顎肌肉抽動一下，不過，看來這就是琪絲汀唯一能激起的反應。

「貝琪，妳呢？」琪絲汀轉向坐在葛楚旁邊的女孩，她是第二好欺負的目標。

「我？」她看看營火周圍，彷彿想證實沒聽錯。

「還有第二個貝琪・迪隆嗎？」琪絲汀問。「妳希望得到什麼魔力？」

「不要這麼胖、這麼醜嗎？」一個女生譏刺。

琪絲汀打一下她的腿。

即使光線昏暗，我依然能看出貝琪滿臉通紅，可能是覺得丟臉，也可能是因為琪絲汀終於注意到她而歡喜。像鳥一樣。」她抬頭望著樹梢。

「這麼肥，飛得起來嗎？」有人低聲說，

「為什麼呢？」琪絲汀的語氣很和善，和善到過分。

「我想飛去很遠的地方。」貝琪流露出夢幻的表情。

「相信我。」琪絲汀要出招了。「我們全都希望妳飛去很遠的地方，越遠越好。」

淚水滑落貝琪的臉龐，琪絲汀轉身背對她，繼續和其他人聊天。

葛楚伸手想安慰她，但貝琪甩開她的手，站起來衝進樹林。

「我說中了吧？」留著深色八字鬍的衛士說，看著她跑遠。「迪隆家的。」

「每一年都這麼準……」另一個衛士從口袋掏出兩枚硬幣交給他。「真不知道你怎麼猜到的。」

我本來想去追她，叫她不要理她們，但這時我聽見了——尖銳的呼哨，又一次，然後再一次，從樹林的四面八方響起，是典型的暗號呼應。一開始我以為是狼群，但再仔細一聽，這次距離更近了，哨聲中夾雜著粗魯笑聲，不需要別人告訴我，我知道那是盜獵賊的暗號，他們在圍捕她。

我看看衛士，希望他們會想辦法救她，但他們只是繼續準備睡覺。

「你們得去找她。」我說。

比較高的那個聳肩敷衍我。「如果妳們逃跑，我們沒有責任——」

「她不是逃跑……她只是想躲起來哭……」

「禁止擅離小徑，這是規定——」

「可是沒有人告訴我們……沒有人說過——」

「妳們不是應該自己要知道嗎？」他搖頭打量我一番。

我準備去追她，但這時我聽到慘叫，是令人血液凝結的慘叫，在樹林裡不停迴盪。慘叫聲彷彿刺穿我的皮膚，釘住骨頭，讓我動彈不得。

「妳看到了嗎？那是我操縱她做的。」琪絲汀對珍娜說，珍娜又再對潔西卡耳語。就這樣，琪絲汀魔力啟動的消息，如野火般傳開。

我回頭看火邊的女孩，她們的臉被火光照亮，深濃的陰影鑽進她們的頭腦，她們看著琪絲汀，眼神摻雜著恐懼與崇拜。

琪絲汀玫瑰花苞般的完美嘴唇揚起笑容。

我看過那個笑容。

我蜷縮在潮濕的地上無法入睡，我不知道誰能在這種狀況下入睡，慘叫聲不絕於耳。我聽過謠言，盜獵賊剝皮時會盡可能讓恩典少女活久一點，因為疼痛能引出最強的魔力，但這次實在太淒厲，就連衛士也有些不安。感覺彷彿盜獵賊想讓我們聽清楚每一次的慘叫、每一刀切割。他們想讓我們明白，我們也都躲不過這般下場。

太陽升起，有如充滿氣的沉重大球從東邊山脊出現，顏色有如夏末的蛋黃，慘叫聲慢慢停止，只剩偶爾傳來的抽噎，最後完全停止。我第一次同時感到恐怖又鬆了一口氣，她的苦難終於結束了。

我們默默地收拾東西出發，繼續往營地前進。他們從車上取出貝琪的袋子，就扔在路邊，彷彿那包東西毫無意義，彷彿她也毫無意義。

拍動翅膀的聲響讓我暫時放下思緒，我抬頭看幾乎沒有葉子的樹枝，發現一隻鶺鴒往下看著我，平凡而肥胖，希望被看見。

「飛得越遠越好。」我低語。

我們排隊清點人數，然後繼續在小徑上前進。兩旁的樹林令我毛骨悚然，我第一次有這種感覺。昨夜發生的事，證明了一直有人在監視我們、跟蹤我們。我經常和爸爸去打獵，所以我知道，他們很可能在觀察我們之中誰最弱。

葛楚拉下面紗，我有樣學樣，我知道這樣一來會讓我失去身為人的感覺。就像殺豬之前用布袋套住頭那樣，我不能讓他們入侵頭腦，我不希望他們記住我的長相，在夢裡看到我。我不要讓他們看見我的恐懼，那樣只會讓他們覺得痛快。

走在我前面的女生突然停下腳步，她撿起路邊的一塊大石頭，接著塞進斗篷口袋裡。她是蘿拉・克雷頓，很文靜保守的女生，回城裡之後很可能會被送去磨坊工作。「對不起。」她輕聲道歉之後加快腳步，但她不肯看我的眼睛。我很好奇，她在找武器嗎？從她的步伐看來，她應該一路撿了好幾樣重物。我也開始找大石頭，這時葛楚放慢腳步，和我並肩。

「看到了嗎？」她望著小徑前方。

我抬頭看，發現琪絲汀在和一群女生竊竊私語，她回頭看我一眼，然後走向另一群等不及想聽她說話的女生。

「怎麼回事？」

「此時此刻，她已經設定舞臺的場景了。」

「我不怕她。」

「妳應該要害怕才對，妳也看到她有怎樣的力量……她的魔力——」

「我只看到一個傷心的女生跑去旁邊哭。」

葛楚銳利地看我一眼，但我從她的眼神看得出來，不只是我一人有所懷疑。

「無論她有沒有魔力……她仍有其他本事能傷害妳。」

我想起去年琪絲汀也對葛楚做過同樣的事，到處散播那個難聽的綽號，像瘟疫一般迅速傳播。但是，我們當時還在加納郡，男人隨時在監視我們，讓我們不敢造次，而現在的狀況完全不同。

我心中有一部分質疑自己是否活該。過去我坐視琪絲汀欺負人，只要被她盯上，無論是誰都逃不過。

那時候我應該制止她才對，但現在……什麼都可能發生。

「我想知道……」我往她的方向偷瞄一眼。「版畫那件事，是妳幫她背黑鍋嗎？妳是因此才受罰嗎？」

葛楚看著我，眼神黯淡……而且驚恐。

「妳們在聊貝琪的事嗎？」一個女生突然出現在我身邊，我們兩個都嚇了一跳。那個女生是海倫・巴洛。

突然有人插話，害我一下慌了，葛楚低頭快步往前走。

「葛楚，等一下。」我急忙喊她，但她已經走遠了。

「我知道我沒有頭紗。」海倫說。「但我一直覺得妳是好人……你們全家都很好，妳父親曾經幫過我媽……」

「對。他很偉大。」我平淡地說，納悶她究竟有什麼目的。

「有人在說閒話。」她往琪絲汀的方向看過去。「妳最好和葛楚保持距離，妳應該不希望大家也說妳髒吧？」

「其實我不太在意她們怎麼看我。」我深深嘆息。「妳也不該在意的。」

她看著我，因為尷尬而滿臉通紅。「我沒有惡意。」

「雖然妳沒有得到頭紗，並不表示妳比較低等。在這裡，我們全都是平等的。」

她湧出淚水、噘起下唇。

「怎麼了？妳為什麼哭了？」

「我很害怕，以後不知道會發生什麼事，等我們——」海倫突然一個踉蹌，跌到小徑外。

我抓住她的斗篷將她拉回來，就在此時，一把細長的利刃從她臉頰邊飛過，插進一旁的松樹。

「妳有看到嗎？」她驚恐抽氣，淚水再次湧上，讓她的眼睛顯得更大。

我們緩緩轉頭看身後，什麼都沒有，只有樹林。但我發誓我能感覺到他們就在那裡……視線停留在我的皮膚上。

「琪絲汀在看我嗎？」海倫驚恐低語，低頭看著地面。「是她讓我摔跤的嗎？」

我不想相信是她的魔力，但當我的眼睛轉向小徑，我隱約看到琪絲汀的辮子和一抹微笑，我發誓絕對沒看錯。

我的皮膚爆出雞皮疙瘩。

「別傻了。」我拉著她往前走。「妳只是被樹根絆倒，沒什麼的。」但儘管我這麼說，自己卻不太有信心。

琪絲汀彷彿在我眼前綻放，美麗的顛茄花，充滿飽漲的劇毒。

✿

到了這一天的尾聲，森林變得如此濃密，陽光只能偶爾從枝葉間灑落。每次陽光消失時，都感覺令人沮喪，陽光最終不再出現。

每走一步，空氣變得更悶，環境更難以捉摸。一路上，我們聞著腐朽橡樹與冬青的氣味，現在卻變成毒芹、蕨類、青苔、黏土與藻類的氣味。

小徑變得非常窄，感覺樹林會將我們吞噬。

有些女生脫掉了靴子，她們的腳流血、起水泡，面目全非。因為我們走得太慢，衛士決定今晚不紮營。或許這樣最好，我們才不會有時間坐下思考自己的命運。雖然我無法理解，但似乎經過短短的兩夜，我們已認命了。

我必須停下來小解，我想不通怎麼會需要排泄，因為衛士完全沒給我們食物或飲水，這或許只是幻覺，只是我的身體想做習慣的事。我看到一叢蕨類，急忙過去，拉起裙子，將襯褲撥開，然後蹲下。

我等著尿出來，就算只有一滴也能帶來滿足，最後一個衛士默默走過。我望著火把的光消失在小徑前方，領悟到他沒有看到我，他們不知道我脫隊了，很可能要等到營隊點名時才會發現。我可以趁現在逃跑，不走來時的路，而是另外找路走。盜獵賊會跟隨隊伍，等到有人發現我消失，我應該已找到溪流，能洗去身上的氣味。他們無法追蹤我，因為我知道如何躲藏。多年來，我一直躲在人人都看得見的地方，麥克至少說對了一件事……我堅強又聰明，說不定以後再也不會有這樣的機會了。

我正要整理裙子，卻聽到一個絕不會弄錯的聲音，是腳步聲。我回頭張望，看到他們的身影。樹林出現一群黑影，人數多到看不見尾端，是盜獵賊。

我猛然驚覺自己脫離了小徑，我還沒想清楚，就看到那叢蕨類逼近了。我距離他們很近，頂多只有十英尺，但我無法判斷盜獵賊走到哪裡、速度多快……因為當我看著他們，眼前只有一片黑色雲霧飄過樹林，有如鬼魂。

我想跑上小徑大聲喊救命，但我實在太害怕，只能縮進植物中，閉上眼睛。

我知道這樣很幼稚，以為只要看不見他們，他們就看不見我。但在此刻，這就是我的感受——像個小孩。他們儘管逼我穿上禮服、逼我嫁人，告訴我從今以後是個大人了，但我的心完全沒有準備，無法全然接受這一切。

我應該向上帝討價還價，承諾我永遠不會偏離正道，但我卻連這件事也做不到。我們不能默默祈禱，男人怕我們會以此隱藏魔力，然而，現在是我最需要魔力的時候，怎麼沒有半點動靜？

盜獵賊開始經過我躲藏的地方，我不敢相信他們竟然如此安靜。他們步伐一致，所以無從判斷人數，但我能聽見風吹過銳利鋼刀時的嗡鳴。沒有人說話，只有深沉的呼吸聲，且節奏一致。

最後的腳步聲也遠去後，我睜開眼睛。我不禁想，說不定我的魔力真的啟動了，或許我隱形了，就在此刻，我感覺有溫熱的東西貼著我脖子的側邊悸動。我緩緩轉身，發現一把弧形刀刃正貼著我的動脈，一雙眼睛回望著我，有如濕潤閃亮的彈珠，但這個盜獵賊的其他部分仍藏在黑暗中。

「拜託……不要。」我低聲哀求，但他只是站著不動，那雙眼睛……感覺有如直直望進深淵。

我慢慢離開他，手腳並用爬回小徑上。

我等著那令人反胃的呼哨，等著他抓住我的腳踝，將我拖回樹林裡活活剝皮。然而，當我的手指摸到沒有草的泥土小徑，慌忙站起來時，他已經不見了。什麼都沒有，只有四面八方壓迫的空洞。

我往前奔跑，迅速溜回疲憊的隊伍中。我盡可能表現正常，但我的身體無法停止顫抖。我想告訴其他人盜獵賊的事，說出我剛才差點沒命，但當我回頭張望黑暗處，甚至無法確定剛才的事真實發生過。盜獵賊絕不可能放過我，更何況，我也沒有確實看見他的身體——只看到刀刃……和那雙眼睛。

我的下巴開始發抖，可能是我太累了，也可能是魔力啟動了，總之，無論剛才的事究竟是否有發生，我必須打起精神、提高警覺，因為無論往哪個方向踏錯一步，都可能成為我的最後一步。

太陽再次升起，我們經過一棟破爛小木屋，我想著，這該不會就是我們要度過恩典之年的地方吧？但衛士驅趕我們繼續向前，一路走到大地的盡頭，前方只有一大片空無一物的水域。不過，只要以正確的方式瞇起眼睛，就能看到遠方有一小塊凸出的土地。

我知道那是什麼。

對我們之中的一些人而言，那就是即將到來的大限。

✿

我們分成搭乘小舟的幾個小組，但他們沒有給我們槳。

有資格帶我們前往囚禁地的人只有衛士，或許他們不希望我們造反，拿船槳打昏他們。或許，蘿拉・克雷頓撿拾石頭就是為了這麼做。我一直盯著她，仔細觀察是否有造反的預兆。我不知道我們要去哪裡、要做什麼，但我願意一試。

衛士開始划船，帶著我們穿過玻璃般的湖面，每回船槳劃開深藍的水面，就感覺像是有人割開我的肚子，一片又一片、一下又一下，奪走我所熟悉的一切，我自以為相信的一切。

到了湖面的中央，我看到琪絲汀將手伸出船外，以指尖劃過水面，製造出感傷的長長水紋——這個動作對我造成了奇怪的影響，我們所有人都一樣。不注視琪絲汀的只有一個人，就是蘿拉・克雷頓。她直直望著前方，將最重的石頭抱在懷裡，她的嘴唇在動，但我聽不見她說些什麼。

我靠近，她以非常奇怪的眼神看我。

「告訴我妹妹，我很抱歉。」她說完之後，慢慢從船邊翻落。

「蘿拉——」我大喊她的名字，但已經太遲了。

她的黑色羊毛斗篷包裹整個身體，一轉眼就沉到深處。

我這才明白，她唯一的造反計畫，就是自殺。

所有人動也不動，甚至沒有人表現出害怕。倘若現在我們就已經變成這樣了，我不敢想像一年之後我們會變成怎樣。

琪絲汀將手收回船裡，船上的女孩心照不宣地看著她，相信她讓蘿拉自殺了。

說不定真是如此。

一波恐慌竄過我的心。

死了兩個，還剩三十一個。

✿

我們曬傷又疲倦，身體還沒適應停止搖晃的感覺，我們看著在島上等候的衛士將小舟拉上泥濘湖岸。石頭刮船底的聲音有如利刃削過我磨損的神經。

「一切平安，沒有入侵事件。」我聽見一名衛士說。

那是我熟識的聲音，我抬頭就發現是漢斯。我想站起來，但坐在我身後的瑪莎抓住我的裙子往下拉。「不要強出頭，妳也看到蘿拉的遭遇了。」

漢斯偷偷瞥我一眼，眼神傳達警告。瑪莎說得對，不能讓人知道我們是朋友。我可能會害他大禍臨頭。

「真不敢相信你竟然自願來這裡。」那個比較老的衛士搖頭說，回頭望著大湖。「在那個讓人發毛的小屋待上一整年的人，只有你和莫提默。」

我很想知道，他所說的小屋，是不是我們岸上看到的那個。聽說，會有兩名衛士住在附近，負責維修營地的圍籬，不過我一直覺得那不是特權，而是懲罰。那天在圍場時，漢斯是否就是想告訴我這件事？

衛士默默將物資搬上搖搖晃晃的手推車，推上一條寬敞的泥土路。

我們跟著走，不然還能怎麼辦？

其實，一切並沒有這麼簡單。我們的一生都在為此刻準備，恩典之年不再是故事、傳說，不再是未來會發生的事。

那個未來就是現在。

我仔細觀察四周環境的所有細節——岩石湖岸再過去一點，四面八方都能看到高大的木造結構。一開始我以為我們住在那裡，衛士繼續帶著我們往內陸走。

荒涼的景色中，逐漸出現細長的白色松樹和白蠟木。我往前方看，樹似乎越來越濃密，高矮不一，最高的那些聚集在島中央。我想起，找爸爸看病的毛皮獵人曾說過北方島嶼的故事。與世隔絕的小島上，無論人類或動物都會發狂。

植物之間，我看到一道由巨大杉木形成的弧線，似乎圍繞整座島，不過樹幹之間距離太近，不可能是自然形成的。那一定就是圍籬，就像城裡的一樣，差別在於城裡的圍籬保護我們不受外界侵害，但這裡的圍籬是為了保護世界不受我們侵害。

我不清楚我們有何種力量，也不知道魔力將如何吞噬我們，但我們還沒到終點，已經死了兩個人。

潮濕的靴子陷入爛泥，我想著媽媽以前也走過這條路，茱恩與艾薇也是，再過幾年，佩妮與克蕾拉也會被迫跟隨我的腳步。

路上可以看到野獸的足跡，有鹿、豪豬、狐狸、野禽，但有幾道痕跡令我血液發寒。平底鞋的大腳印，旁邊有兩道凹痕，彷彿有人遭到拖行。

我張望樹林，想找到盜獵賊的身影，但我甚至不確定該找什麼。眼睛與利刃，我所看到的只有這些。他們是否做了偽裝？他們是否躲在樹頂？還是挖了在我們腳下的坑道，等候我們踏錯一步？

我知道，盜獵賊絕不會攀越圍籬，因為他們怕被詛咒，那麼吸引受害的少女走出去的是什麼？她們是企圖要逃跑嗎？還是盜獵賊用甜言蜜語拐騙她們？難道是其他女孩逼她們出去？

琪絲汀彷彿聽到我的心思，回頭看了我一眼，她的冰藍眼眸有如火焰，從我的腳底燒到頭頂。

我蹲下，假裝綁鞋帶，只要能逃過她的視線，什麼都好。我不斷想起貝琪衝進樹林、蘿拉翻落小舟時，琪絲汀臉上的表情。無論是不是真的，總之，她相信是她以魔力殺死她們的。

她引以為榮。

我想甩開這種念頭，從回憶中抹去，因為無論發生什麼事、無論狀況看似如何，我都必須保持頭腦冷靜、腳踏實地。停止迷信，停止恐懼。

我整理裙子準備起身，卻發現一朵紅色小花，在艱困環境中奮勇破土而出。我伸出手，摸摸形狀完美的五片花瓣，我只想確定那是真的。淚水讓我的眼睛感到刺痛，那是我夢中的花朵，也是法洛太太踏上絞架時手中的花，我在邊緣地帶看到那個女人頭髮上戴的花。我不懂為何這花會開在這裡，如何存活於這條被踏平的路面。然而，比起目前為止見識過的魔力，這朵花感覺更像真實的魔法。

「快站起來。」漢斯一手環抱住我，扶我站起來。

「你怎麼會在這裡？」我低聲問。

「我說過了，我會照顧妳。」他說。我不敢看他，但我聽出他語氣中的笑意。「萬一圍籬有狀況，他們會叫我去處理，懂了嗎？我就會來找妳。」

我點頭，但我不明白他的意思。

我們接近小徑盡頭，面前出現一道高聳的木閘門，粗略修整的木頭上，釘著幾百條毫無生氣的絲帶。有些破破爛爛的，顏色只剩淡淡的粉紅，但有些看來很新，是非常鮮豔的紅色。我很想假裝是那些女孩自己將絲帶留在此，作為回歸城鎮前最後的反抗，但我不願意繼續假裝。

這些絲帶屬於遭到殺害的女孩。

這不只是警告。

也是訊息。

歡迎來到妳們的新家。

「我們就這樣站在這裡？」琪絲汀不耐煩地用用靴子點地。

「妳們之中必須有人過去開門。」矮胖的衛士左右移動重心。

我忍不住看向他的雙腿之間，我很好奇，在營區這裡，他是否更深切感受到那一刀的後果。

琪絲汀一把將門打開，似乎對眼前的此刻毫無一絲敬畏。

木門發出刺耳的吱吱抱怨聲，打開後，迎面撲來的是濃濃的怪味，有燒濕樹枝的煙味、焚燒頭髮的氣味，加上令人作嘔的甜膩腐臭。臭味令我無法呼吸，我被燻得頭昏眼花。味道很濃重，我發誓，我能感覺臭味黏在我肋骨之間的小空隙，彷彿不想被辨認出。

「妳們要自己把東西搬進去。」一名衛士說，他的聲音略帶顫抖，彷彿我們打開了地獄之門。

所有女孩急忙過去把車推進去，衛士慢慢離開，一次也沒有回頭看我們，彷彿光是踏進營地就會釋放我們的魔力，足以將他們生吞活剝。

我們等候道別的話語、臨行的指示，什麼都好，但他們只是默默站在那裡。

「關門吧。」琪絲汀打量開關閘門的機件，上面連著粗繩索。

梅若與艾格尼絲急忙衝過去拉繩索關門，希望能贏得青睞。

我的絲帶卡在木柱上，在最後一刻，漢斯伸手進來解開，手指略微停留。

其他衛士對他往後拉。「你瘋了嗎？當心詛咒。」他被提醒著，我知道這是他道別的方法。

閘門關上，憂心忡忡的衛士被隔絕在外。他們顯然真心相信我們是可憎的怪物，必須關起來隔離，這是為我們好，這樣才能驅逐躲在我們內心深處的怪物。然而，即使在這個受詛咒之處，憤怒、恐懼與怨恨在我心中沸騰，我依然感覺不到魔力。

我依然感覺不到力量。

我只覺得遭到遺棄。

✿

這是我們第一次獨自生活，沒有人監督。

過了一下子，只有沉重的幾秒鐘，我們才真切領會這件事。

在我們周圍盤旋的能量，有如活生生、會呼吸的東西。

幾個女孩急著去探索，興奮激動的聲音飄回來，幾個女孩攀附著鬧門哭泣，她們熟悉的世界慘遭剝奪。不過，我們大部分的人只敢慢慢地前進，出於義務與好奇而稍稍移動，慢慢走向那一片寸草不生的半月形空地，除了這塊特地清理出來的地方，外面都是濃密樹林。

空地最北端有一棟粗糙的長形木屋，瑞薇娜探頭進去看，「這裡是宿舍。」木屋兩旁各有一個小棚屋，再過去只有森林。

「不會吧。」薇薇安緩緩轉圈，頭紗拖在地上。

我不由自主地走向空地中央，那裡有一座古老的水井和一棵樹，還有一堆悶燒著的東西，外面圍著一圈鹽膚木樹葉，形狀有如猥褻的手勢。

「我聽說過她們會做這種事，但我一直不相信。」漢娜低語。

「做什麼事？」琪絲汀將一片葉子踢開，破壞了那圖形，讓大部分的女生看到都不禁一縮。

「我不能說。」漢娜搖頭，注視著地面。「述說恩典之年的經歷是禁忌。」

琪絲汀鼻翼翕張，似乎快要發怒了，但她呼一口氣後表情變得柔和。「在這裡說過的話……發生的事……」她輕撫漢娜發紅的臉頰。「……永遠不會傳出去，這是我們最神聖的誓言。」

漢娜用力地縮起嘴唇，形狀變得像是快要爆炸的藍莓。「她們會燒掉剩餘的物資，她們建造的所有東西……她們用來度過這一年的東西。」

「為什麼要燒掉？」珍娜問。

「因為之前的人也燒掉了。」漢娜端詳樹上的刻痕，有四十六道。「每一年都是這樣，前面的人什麼都沒有留給她們，她們又憑什麼要讓我們好過？」她伸手摸摸最新也最深的那條刻痕。

我不知道為什麼會感到驚訝，但我從骨子裡感覺遭受背叛。她們不只希望我們失敗，還希望我們在過程中受盡苦難。

小棚屋那裡傳來尖叫，露絲・博林利倒退走出來，用斗篷遮住口鼻，一大群黑蒼蠅從棚屋飛出來。瑪莎探頭一看，一臉噁心的表情。「看來這裡是廁所。」

「用灰除臭。」我想都沒想就說出口了。「把灰放進廁所就可以減少臭味，有助於分解。」

「妳怎麼知道？」葛楚問。

「我爸爸教我的。我以前常和他一起去農地的房子出診，那裡的廁所就是這樣。」

她們全部看著琪絲汀。

「嗯，那妳還等什麼？」琪絲汀大聲命令我。

我撿起一片掉落的白樺樹皮，盛起灰倒入棚屋。臭味難以忍受，牆上有屎尿和其他天曉得什麼東西。我將灰倒進去，再出來盛灰的時候，我發現有顆石頭藏在瓦礫下，上面似乎刻著什麼東西。「快看，說不定是給我們的留言。」我對其他人說。

我想擦掉上面的煤煙，卻弄得灰土飛揚。

「妳想害死我們嗎？」琪絲汀伸手在臉前面揮動。「拿點水洗一下。」她對水井一撇頭。

出於原則，我心中有一部分很想要拒絕她。畢竟我不想開先例，但至少這樣算是有點作為，而不是像一群綿羊似地呆站著。

葛楚來井邊幫忙。「看到沒？這樣才聰明。」她幫我把沉重的水桶拉上來。「只要讓自己有用，或許她們會重新接納妳。」

水井內側、繩索、水桶全都長滿綠藻。或許是因為旅途勞累導致我出現幻覺，但那種藻類的樣子很不正常，在灰暗石頭的襯托下，明亮的綠色像在發光。

「快一點。」琪絲汀暴躁的語氣將我拉回現實。

我把水拎過去，盡可能不灑出來太多。琪絲汀搶過去，把水澆在石頭上，刻在上面的文字逐漸顯現。

注視上帝。

我全身冒出雞皮疙瘩，因為城鎮廣場上的銘牌寫著同樣一句話。他們會將絞架放在銘牌正上方，當我們的脖子折斷時，那就是我們看見的最後一句話，我一向覺得很殘忍。脖子都斷了，要怎麼往上看？就連死了，我們也死得很失敗。

女生全部擠過來想看仔細，這時突然出現一個紅點，然後又一個。

我蹲下確認是不是鐵鏽從石頭滲出，這次紅點出現在我手上。

我抬起頭，一朵雲飄過，午後陽光從枝枒間灑落，照亮樹上的數百個小裝飾，有如聖誕樹。

海倫指著扭曲的樹枝，但似乎發不出聲音。

過了片刻我才想通，這有如邪惡的拼圖，那不是鐵鏽，是血。樹上的東西也不是聖誕裝飾，而是手指、腳趾、耳朵，各種形狀、質感的辮子，全部釘在樹上。

所有人都後退，只有琪絲汀上前。

「這是行刑樹。」她伸手摸粗糙的樹皮。「像城裡廣場那棵，但這棵是真的。」

貝卡開始來回踱步。「我一直以為，那些女生回來時少了手指是因為她們用來和盜獵賊換食物，沒想到是因為行刑。」

「傻瓜，她們為什麼要換食物？」塔瑪拉回頭看了一眼推車。「食物很充足。」

「但是她們回來的時候卻都骨瘦如柴。」露西雙手抱胸。

「不要想得這麼誇張。」瑪莎翻個白眼。「就算食物不夠，我們也可以去森林裡找吃的。」

「這片森林裡不行。」愛莉搖頭的動作有點太快，視線越過木屋望著四周的森林。

「聽說這裡的動物都發狂了。」

「動物？」珍娜大笑。「我還聽說有鬼呢，那些故事我們都聽過，進入森林的人都不能活著回來。」

所有人緊繃停頓，一股奇怪的電流在我們之間竄過，質疑的眼神很快就變成恐慌，她們紛紛衝向閘門，搶奪推車上所有能拿的東西。

「聽說就是這樣開始的。」葛楚說。

「什麼東西這樣開始？」我問。

「我們開始互相傷害。」

我對上她的視線，知道她也感覺到了。

我希望琪絲汀出面制止、想想辦法，但她只是站在那裡，嘴角揚起淡淡笑容，感覺是她根本希望發生這種事。

我嚥下緊張的心情，硬是推擠到爭搶的人群之中。「我們必須保持冷靜。」我說，但她們完全聽不進去，兩個爭奪一袋食物的女生撞上我，麻袋裂開，栗子滾得滿地都是。那群女生為了撿地上的栗子搶成一團。我跳開閃躲，跳到空推車上，大喊：「看看妳們……簡直像邊緣地帶的野狗。」

她們抬頭，以怒目瞪我，眼神燃燒憎恨，不過至少我成功贏得她們的注意。

「我們只要清點數量、平均分配，大家就都有得吃了。如果想活過這一年，我們要信任彼此。」

「信任妳？」塔瑪拉發出緊繃的笑聲。「妳搶走了琪絲汀的丈夫，竟然還有臉說這種話？」

我張嘴想解釋，但這時琪絲汀上前。「她沒有搶走他。」那群女生後退等著看好戲。「其實我一直想嫁給湯米，他才是真漢子，能給我兒子。」即使她嘴上這麼說，我仍感覺到她散發的恨意。「不……」她上下打量我，然後轉向眾人。「問題在於背叛，泰爾妮總是表現得不屑與我們為伍，現在她竟然以為能主持大局，告訴我們該怎麼做、怎麼度過我們的恩典之年嗎？」

「我沒有這種想法。」我扯掉頭紗，從推車上跳下來。「我沒有要奪權的意思。」

「很好。」琪絲汀說，但我看得出來她有些失望，她準備好要大戰一場。「大家聽好了，把東西放回去，現在只能拿自己的袋子，快去吧。」

那群女生乖乖聽從，卻仍以猜忌眼神互相瞪視。

我翻找我的袋子，眼角餘光瞥見一樣東西飛出圍籬。

我轉身看，卻發現琪絲汀站在那裡，一臉傲慢的表情，圍繞著她的幾個女生想要憋著不笑，卻還是忍不住偷笑。

「都拿好了嗎？」

我看看四周，發現每個人都拿好了自己的袋子，只有我沒有。「我找不到我的。」

「噢，真糟糕。」琪絲汀回答。「妳的袋子一定在路上滾落了，妳可以回去找。」

她對圍籬一撇頭。

我很想去找她算帳，拽著她到鬧門前，強迫她出去撿，但我想起葛楚的告誡。儘管會很痛苦，但我必須讓琪絲汀明白我不會威脅她的地位，就算會因此比大家稍微不舒服一點，那也只好認命。

「等一下應該就會出現了。」我垂下視線。

「這樣想就對了。」琪絲汀說的每個字都散發出自滿得意。「不過呢，大家聽清楚了。」她走進人群中。「假使有人拿走了泰爾妮的東西，偷竊是無法容忍的罪行，被抓到就得受刑。」

「但由誰行刑？」漢娜問。「在城鎮時由男人負責，他們是上帝選派的代表。」

「看看四周。」琪絲汀狠狠注視我的雙眼。「在這裡，除了我們沒有別的神了。」

我們撬開左邊那棟小棚屋的門，發現裡面空間狹窄，兩邊擺滿架子。

「這裡肯定是儲藏室。」瑞薇娜說。

「也可能是堆屍體的地方。」珍娜對琪絲汀耳語。

「噢，不，可愛的小斑鳩。」海倫驚呼，推開所有人進去，出來時捧著一隻瘦弱的環頸斑鳩。「牠的翅膀好像斷了。」

琪絲汀拿起靠在角落的生鏽斧頭。「我來送牠上路。」

「不行……不可以。」海倫將小鳥抱在豐滿的胸前。

「妳說什麼？」琪絲汀怒斥。

「我是說……我照顧牠。」海倫急忙軟化語調。「妳甚至不會察覺牠在這。」

「我一直很想養寵物。」莫莉幫腔，撫摸小鳥柔順的黃褐色頭部。「我會幫忙。」

「我也是。」露西說。

沒多久，一群女生圍著海倫說要幫忙。

「好吧。」琪絲汀放下斧頭。「只要能讓妳們閉嘴，怎樣都好，不過我討厭鳥。」

「勸妳快點習慣。」人群中有人低聲說。

琪絲汀猛轉過身。「誰說的？」

我們全都站著不動，拚命忍耐不笑出來，大家都知道，她的未婚夫最喜歡凌虐大型鳥類。我猜可能是瑪莎說的，但我不確定。或許我們都累壞了，不過在這一刻，這是我聽過最好笑的一句話，但我們很快就失去笑意，因為發現物資非常稀少。

清點物資之後，儲藏的過程很緊繃。最後我們不得不大聲清點每樣東西，就像上學時的第一堂算數課一樣，但我們現在數的不是珠子，而是接下來一年維生的食物。大家得省著吃才行，不過琪絲汀似乎很樂意指出，並非所有人都能撐到最後。這般處境應該讓我們團結才對，合力度過難關，但我們之間的情感頂多只能算淡薄，就好像只有一條絲線串連我們——只要有人做錯一件事、提出虛假的指控，我們的關係就會崩塌。

我蒐集附近掉落的樹枝，尋找任何可以用來引火的乾燥物品，我想教她們正確生火的方法，就像爸爸教我那樣，但她們興趣缺缺。只有少數幾個人認真聽，大多是回城裡之後得要做這種工作的女孩，像是海倫、瑪莎、露西，琪絲汀和她那夥人似乎覺得很煩，我竟然以無聊的事打擾她們。

當葛楚自告奮勇第一個輪值煮飯時，她們才終於有反應了。

「不能讓她煮我們要吃的東西……太髒了。」塔瑪拉說。

所有人開始激動地交頭接耳批判葛楚，但她只是繼續做事，用水壺裝水，假裝充耳不聞。或許她早就習慣了，所以不會放在心上，但我受不了。

「我和葛楚一起輪第一班，妳們要是不高興，那就自己煮吧。」這番話讓她們安靜下來。

無論她犯了什麼錯，不該到了這裡還繼續懲罰她。無論是否有頭紗，墮落或神聖，在死亡的面前，人人平等。

話題轉向她們認為自己有什麼魔力，我和葛楚動手張羅晚餐。菜色很寒酸，只有豆子，我們放了幾片厚切培根增添滋味，但最後卻只能嚐到井水的怪味——那種刺鼻的土味，感覺會一直黏在上顎。我環顧這一小片土地，看來有水喝就該感激了。

吃晚餐時，緊張的竊竊私語漸漸平息，我們開始聆聽四周新世界的聲音。除了柴火燃燒的聲音、湯匙刮錫碗的聲音，我們不由自主聽著森林的聲音，感覺彷彿一直朝我們逼近——風吹過秋季殘存葉片的窸窣，不知名動物發出的奇特鳴叫，湖水拍打卵石湖岸。但是，讓我們坐立不安的並非水聲、風聲或森林的聲音，而是聽不見的聲音，如盜獵賊的暗號應答。他們真的在外面埋伏嗎？還是他們故意讓我們這麼想……這就是他們引誘我們出去的詭計。並非狡詐的甜言蜜語或凶惡威脅……而是靜默。

我不由自主想起，那個在小徑上正面相遇的盜獵賊。他的眼神——我搓搓手臂想趕走寒意，可惜沒用。他大可以當場殺死我，我不過是無力反抗的獵物，我不知道他為什麼沒有動手。話說回來，我甚至不確定他是否真的存在。在這裡，我們的世界與未知世界間隔如此單薄，彷彿一拳就能打穿。

風吹過營地，火光搖曳。

「會不會是她們？」娜妮特凝望著火。

「誰？」黛娜問。

「鬼魂。」珍娜回答。

凱蒂裹緊斗篷。「聽說那些鬼魂是死在這裡的恩典少女。」

「凱蒂最清楚了。」海倫低聲說，小鳥窩在她腿上。「她三個姊姊全被盜獵了。」

「那些鬼魂並非全都是無害的幽靈。」珍娜補上一句。

「什麼意思？」梅格問。

「那些沒被清點到的女生，那些消失的女生依然保有魔力，就算死後也一樣。」

儘管在城裡禁止談論恩典之年，不過我們顯然全都聽說過一些事。那些傳聞或真或假，有些甚至亦真亦假。我忍不住想，如果把我們知道的所有事全說出來，或許能夠設法解開這個複雜的謎，但感覺太難以捉摸、太無法掌握，有如企圖抓住煙霧。

「我姊姊那年，有個得到頭紗的女生去了森林裡。」娜妮特說。「那時候恩典之年已接近尾聲了，她覺得有什麼在監視她的一舉一動，她早上醒來時會發現辮子不一樣了、絲帶尾端綁在腳踝上，黑暗中有竊竊私語的聲音。她終於決定去森林裡找尋騷擾她的人，但從此一去不回，連遺體也沒有。」

「是奧爾佳・維川嗎？」潔西卡低聲問。

娜妮特點頭。

我感到一股惡寒，那就是漢斯因她成為衛士的女孩。我永遠無法忘記，那天他回到廣場的表情，然後看著她妹妹被驅逐到邊緣地帶。

柵門傳來砰一下聲響，有幾個女生尖叫、倒抽一口氣，但我們所有人都提高警覺，有其他生物接近了。

珍娜以顫抖的手舉起提燈，照亮門前地上，那裡有一堆鼓鼓的東西。

「那是什麼？」有人低聲問。「屍體嗎？」

「說不定是盜獵賊……」

我們小心翼翼地集體行動，一起上前察看。

珍娜走到能夠看見的距離，用腳推推那個神祕的東西。「只是政府配給的袋子。」她大笑。

「嘿，那不是泰爾妮的家徽嗎？」莫莉指著繡在麻袋上的三把劍。

海倫擠上前。「泰爾妮，是妳做的嗎？是妳用魔力讓袋子回來的嗎？」

「不是。」我搖頭。「我發誓，不是我。」

「怎麼可能？」梅格問。「我們都看到袋子被琪絲——」

「我沒有那麼冷血。」琪絲汀微笑說。

✿

最後的餘燼熄滅前，我們多點燃幾盞提燈，魚貫地走進狹長而陰鬱的木造建築。雖然沒有人說出口，但其實大家都不想被集體關在裡面。雖然不像在教堂時那樣鎖門、點名，但在這裡的感覺更加危險。我們熟睡時毫無防備，任何事都可能發生，而且不會傳出去。

屋裡一共只有二十張架好的鐵床，上面放著床墊，其他全都像老舊骨頭一樣堆在角落，而一半沒有床墊。我甚至不願意去猜想床墊的下落，這是個沉重的提醒，有多少人將無法回家。

琪絲汀躺在一張架好的床上測試，伸直一雙長腿。

珍娜坐在旁邊的床上。「真不敢相信，我們得睡在這裡。」她皺起鼻子，看著髒兮兮的床墊。「之前睡這張床的人好像會尿床。」

「我們來這裡是為了耗盡魔力，其他都不重要。」琪絲汀嘆息。「更何況，只要等有床墊的人死掉，妳就可以拿走她的床墊，鋪上兩層。」

我猛然轉頭看她，真不敢相信，她竟然能輕輕鬆鬆說出這種話，好像認定有人會死——問題不是如何死，而是何時死。

我環顧房間，想著是否有辦法改善。或許葛楚說得沒錯——只要我有用處，或許她們會開始信任我……聽我說話。

「剛才我在空地外圍看到一叢薰衣草。」我假裝觀察堆在一起的床架。「將薰衣草和小蘇打混合之後可以用來清洗床墊，明天早上我來弄個洗滌站。我們也可以建造儲雨桶，儲存飲用水，還有——」

「我們不需要那些東西。」琪絲汀打斷我的話。

珍娜用眼神求她。「可是井水的味道好怪。」

「我們要喝井水，就像之前的所有恩典少女一樣。」琪絲汀說。

「那是她的魔力嗎？知道很多事……懂得植物的功能、如何解決問題？」一個女生悄聲說。

「那才不是什麼魔力。」琪絲汀凶巴巴地說。「她會懂這些，只是因為她爸爸把她當兒子養。」她說著並起身，朝我步步逼近。「妳下面有雞雞嗎？說不定妳根本不是女生。」琪絲汀一手抓住我的腿間，我用盡意志力立定不動默默承受。「說不定妳喜歡女生？這是妳的祕密嗎？」她在我耳邊低語。「這就是妳一直不敢加入我們的原因？」

「拜託不要這樣。」葛楚說。

「關妳什麼事？」琪絲汀的視線猛然轉向她。

想到這種罪名的懲罰，我不禁哆嗦。在城裡，這樣的人會被送上絞架。在琪絲汀的專制下，肯定會有更慘的下場。

「我很好奇，妳的魔力會是什麼？」琪絲汀挑釁葛楚。「墮落的魔力。」她低頭看著她指節上的疤。「只有罪人才能擁有的魔力。」

我知道，我對葛楚說過我會保持低調、接受懲罰，但我可沒有說過我會默默坐視她懲罰別人。

「不要欺負她。」我說。

「哎呀，終於出頭了呢。」琪絲汀狡詐地看我一眼。「我還在想要等多久妳才會顯露本性，凶婆娘泰爾妮。」

「沒錯，妳很會取綽號，是吧？」

「別這樣。」瑪莎拉扯我的衣袖。「妳也看到蘿拉的遭遇了，她的魔力很可怕。」

「蘿拉一路都在撿石頭，偷偷藏在裙子的摺邊裡，她選擇死亡。」

琪絲汀全身一僵，彷彿背脊被插入一根鐵棒。「妳是說我撒謊嗎？我大發善心，將妳的配給變回來，妳竟然這樣說我？難道妳想表示我的魔力不是真的？」

「不是。」我用力吞嚥。「我不是那個意思。我只是覺得，我們不該操之過急。要觀察一切……質疑一切……無論狀況看似如何。」

「這很像亂黨會講的話。」琪絲汀說。「在城裡，他們會把妳綁在鐵樹上，活活地燒死。」

「問題是，現在我們不在城裡。」我強迫自己迎視她的雙眼。「只要我們團結合作，只要我們小心謹慎，說不定沒有人會死。」

琪絲汀大笑，但其他人沒有加入，她逼近到我面前，我能感覺她的氣息吹在皮膚上。「儘管否認吧，不過妳的內心深處一定也感覺到了。妳很清楚在這裡必須發生什麼事，妳很清楚我能怎麼對付妳。」

整個房間安靜下來，像絞刑前一刻的那種寂靜。

琪絲汀瞇起眼睛看我。我盡可能保持冷靜，表現出一點都不害怕的樣子，但我的心臟跳得好用力，她肯定聽見了。

「我想也是。」她扯掉綁頭髮的紅絲帶，將辮子抖開，蜂蜜色的波浪長髮自由散落肩頭。其他女生彷彿集體倒抽一口氣，對這種大膽的舉動感到既羨慕又害怕。除了親生姊妹，我們從不曾看過其他女生放下頭髮的樣子。

瑞薇娜也動手拆絲帶，但琪絲汀抓住她的手腕，非常用力，我看到她的手指發白。

「只有已經獲得魔力的人才能解開辮子。」

她緩緩走回房間另一頭，所有女生嫉妒地看著她。就連我也在想，能自由解開頭髮感覺有多棒。

「有頭紗的女生睡這邊。」琪絲汀率先占據對面靠牆的那張床，舞臺中央的位置，方便她觀察新王國。

有頭紗的女生爭搶最好的床墊，每個都想睡在靠近琪絲汀的地方，我、葛楚及其他人站在一起。琪絲汀在沙地上畫了一條線，這顯然是種測試，她想看我們會怎麼做。假使我們決定加入，她很可能只會大笑一場，然後把我們趕回去和其他人在一起。然而，假使我們不加入，她會視為宣戰。

我還在思考該怎麼做才對，葛楚勾住我的小指。那陌生的溫度、堅定的力道，令我猝不及防。

「來吧，泰爾妮。」她將我拉回去，我很驚訝她竟然選擇這邊，但我也很高興。

琪絲汀和其他人不該這樣炫耀頭紗，有些人一定覺得她們在傷口上灑鹽。但是除了殘忍之外，這種做法也很蠢，她們忽略了一個事實：**沒頭紗的女生人數比較多。**

我們其他人將堆在一起的床架搬下來，拖到房間另一頭擺好。金屬在老舊橡木地板上拖行的聲音令我牙齒發酸。我忍不住想起先前睡在這裡的女孩，她們是否像我們一樣害怕？她們發生了什麼事？

幾分鐘後，珍娜低聲對琪絲汀講了幾句話。

「好啦。」琪絲汀沉重嘆息。「除了泰爾妮和葛楚，其他人想來也可以，但不要太靠近。」

瑪莎和其她沒有頭紗的女生互相對看，然後看看我。我以為她們會立刻把握這個機會，把床拉到房間另一邊，沒想到她們只是將寢具擺好。

熟悉的熱潮竄過我的四肢，刺痛我的眼睛後方，但這次並非因為憤怒。這個小小的反抗令我感動，也給我一絲希望。

我打開袋子，將寢具鋪在彈簧已露出的床墊上，發現裡面藏著一條皮革編成的辮子流蘇，那是馬廄裡用來裝飾馬鞭的東西。「漢斯。」我低語，摸摸那編織精緻的辮子，我知道這是他的手藝。說不定他是在搬運配給到城門時偷偷塞進去的，但也可能是他將袋子從閘門丟進來之前放進去的，讓我知道是他做的。假使琪絲汀的魔力與這件事毫無關係，那又會發生什麼事呢？

那個女孩帶我穿過森林，但感覺不太一樣。

樹比較高，鳥叫聲也不一樣，就連遠處的水流聲也變了；平常只有河水節奏平穩的流動聲響，但現在有一種緩慢湧起的感覺，緊接著變成像豬油放在熱鍋裡的聲音。我記得，剛到島上的時候聽過——波浪拍打卵石岸的聲音。

「這是什麼地方？」我問，在濕滑的岩石上絆了一跤。「今天有聚會嗎？」

她沒有回答，她只是不停往前走，到了一排樹前面，她終於停下腳步——但那也不是樹——而是巨大杉樹原木建成的圍籬。

她伸手用掌心壓住圍籬，木頭崩裂。

我看不到另一邊有什麼，但我聽得見——有沉重的呼吸來回移動著。

「不要！」我把她拉回來。「外面有盜獵賊，他們在等著獵殺我們。」

她回頭看著我，灰眸直直刺穿我。

「我知道。」她低聲說。

我猛抽一口氣醒來，我花了整整一分鐘才想起來這是什麼地方。

我翻身，發現葛楚盯著我看，我無法解讀她的表情。真的很奇怪，之前我完全沒有留意她，我認定她是身陷狼群的驚恐平凡小白兔，但她絕沒有那麼簡單。

「妳剛才在做夢。」她小聲說。

「沒有，我沒有。」我把斗篷拉緊。「我只是自言自語。」

「沒關係的。」

「可是……」我看看四周，想知道還有誰聽見。

「恩典之年發生的事，絕不會傳到營地外，妳很清楚。」

她說這句話的語氣，隱藏其中的黑暗，讓我不禁懷疑這條規定根本是我們自己訂下的，為了避免遭到定罪。

「妳有沒有……做過夢？」說出這三個字非常困難。

「我好像有過一次。」睡在另一邊的海倫說。

我翻身，看到她把膝蓋縮在胸前，暴風雨時，我妹妹佩妮都會這樣縮成一團。

「不過我媽制止了。」海倫輕輕撫摸腳上幾道看來像是尺造成的傷疤。

我不禁想起自己的媽媽。她知道我會做夢，但她從不曾因此懲罰我。以前我從來沒有想過這件事。

「妳夢到什麼？」葛楚問。

我考慮是否該說我夢見小馬、帥氣丈夫，但我無法說出這樣的謊言。在這一刻我才意識到，原來我一直渴望能夠說出祕密……與同性建立情誼……成為朋友，或許她們會相信我，或許不會，但我必須把握這次的機會。「我夢見一個女孩。」我抬頭看她們，想判斷她們的反應。

「噢。」海倫滿臉通紅。

「不是啦，不是那樣。」這句話暗示的意思讓我突然尷尬起來。

「繼續說。」葛楚輕聲說。

「她的眼睛和我一模一樣，但頭髮是深色的，剃成平頭。她的右眼下方有個草莓形狀的胎記。一開始，我以為她是我同父異母的妹妹，出生在邊緣地帶——」

「所以經過那裡的時候，妳才停下腳步那樣看她們。」葛楚說。

「對。」我低聲說，沒想到她的觀察力竟然如此敏銳。「但她不在那裡。」

「她在妳夢裡做什麼？」海倫讓斑鳩依偎在她的下巴底端。

「通常，她帶我穿過森林去集會。」

「怎樣的集會？」瑪莎用手肘撐起上身。

我想停止這個話題，不再說下去，但我看到她滿懷期待的表情，心裡想，在這種時刻，我還怕失去什麼？

「所有的女性——主婦、女僕、工人，就連邊緣地帶的女人也在。她們聚集在一起，胸口別著一朵紅花——」

「哪種花？」和我相隔兩張床的莫莉輕聲問。

「那種花沒有名字，有五片小花瓣，中央是深紅色。不知道為什麼，感覺非常熟悉，但又說不出在哪裡看過。但法洛太太跳下絞架時，手裡好像拿著那種花。在邊緣地帶，我好像看到一個女人把那種花編進頭髮裡。從湖岸來鬧門口的路上，我也看到一朵。有沒有其他人看到？」我問，因為期待而心臟悸動。

她們彼此互看，然後搖頭。

彷彿察覺我的失望，葛楚說：「那是因為我們沒有留意。」

我望著門口。「不過，今晚的夢境不一樣了。我不在家，不在城裡……我好像在這裡……在森林裡。」

「很恐怖嗎？」露西抱著毯子。

我點頭，不知道為什麼，但我的眼睛濕了。

「說不定這就是妳的魔力。」娜妮特蹙眉沉思。「妳的夢……那個女生……那種花。或許妳能預見未來。」

曾經有段時間，我非常希望真是如此，勝過一切，然而在今天的這場夢中，沒有一句鼓勵的話語，沒有眾人帶來的安慰，只有我們兩個在漆黑森林裡。我不想被想像力左右，但我忍不住揣測，她是否想告訴我什麼，是否想讓我看到我將如何死去。

我一手按住肚子、手指張開，模仿第一天晚上琪絲汀的動作。「這感覺不像魔力。妳們有感覺到什麼嗎？」

「還沒有，但琪絲汀——」海倫說。

「妳們記得嗎？幾年前的夏季，席雅・拉金身上冒出很癢的紅色疹子，因為感染她差點死掉，後來和她同年的女生也都得了那種病？」我問。

她們互看一眼，然後點頭。

「他們說那是詛咒，有個女生的魔力太早覺醒，她隱匿並且傳染給其他人。我爸爸治療過她們每個人，他說有些女生抓得皮都破了，但根本沒有長疹子。」

「意思是她們假裝的？」瑪莎問。

「不，我認為她們真心相信自己病了。」我往琪絲汀的方向看過去。「這才是最可怕的事。」

✿

粗糙的原木之間透入陽光，空氣中漂浮著閃亮的小光點。我知道那些是長年未清理的雜草花粉，也可能是多年前恩典少女留下的皮屑，若非如此，或許我會覺得那畫面很漂亮。想到這裡，我不禁屏住呼吸，彷彿吸進她們的皮屑會害我落到像她們一樣的悲慘下場——只是在另一個沒有床墊的床架，胡亂地堆在一起——只剩下無力的紅絲帶釘在閘門上。

我下床，穿上靴子，躡手躡腳穿過小床組成的迷宮。這段旅程讓我全身痠痛，腎上腺素消退後殘留肌肉不適，也可能只是因為床的彈簧太硬，一直戳到我的背。總之，我只想找片柔軟的松針床，躺下來睡一整天。

我悄悄出門，深吸一口新鮮空氣，但沒有帶來神清氣爽的感受。

城裡那些舒適且慣常的東西，全都被奪走了，甚至連我們共通的語言也遭到剝奪。這裡沒有溫室、沒有精心培育的鮮花，只有雜草。沒有了花，我不知道彼此該如何溝通。我很想相信我們能以文字對話，但看著行刑樹，我感覺得出來，能溝通的很可能是「暴力」。

畢竟這就是我們所熟悉的方式，我們從小學習的方式，但我忍不住想，或許我們可以不要那樣。

我在空地繞了一圈，記下要處理哪些事，以便度過這一年。至少，我們必須在有遮蔽的地方煮飯、吃飯，也要有洗滌處……要收集足夠的柴火準備過冬。

我走到森林邊緣，研究標示界線的矮樹墩，看來這些女生從不會離開這個範圍。我很好奇，這片森林有多深、通往哪裡，裡面住著多少生物，然而，無論空地外有多恐怖的東西、發狂動物、懷恨冤魂，總之我們被困在一道比巨人還高的圍籬中。風吹過樹梢，讓殘存的秋葉瑟瑟顫抖。不知為何，這讓我也哆嗦起來。

或許我對營地還很陌生，也不知道以後會發生什麼事，但我十分瞭解大地。這座島不在乎我們是不是恩典少女（由上帝與祂所選的男性送來這裡，耗盡我們的魔力），冬天一樣會來。我從空氣中的寒意感覺得出來，今年冬天會很不好過。

木樁打進地面的聲音吸引了我的注意。在行刑樹後面，往東側圍籬的方向，琪絲汀似乎忙著豎立幾根木頭。我以為我是最早起床的人，但是從眼前的狀況看來，她肯定幾個小時前就起床撿拾掉落的大樹枝、削尖尾端。我猜想她大概在建造營地需要的設備（或許是洗滌棚的支架，甚至可能是讓大家圍著跳舞的五月柱）然而，當她將最後一根木樁敲進地面，後退觀察成果，我終於明白那是什麼了，是日曆，每根柱子代表一次滿月，今年有十三次，是個惡兆。我很想相信她只是單純想記錄我們在這裡多久了，但她這樣豎立木樁絕不是巧合。在城裡，滿月之日就是行刑之日，女性罪孽的圖騰。

琪絲汀彷彿感應到我來了，她轉身回頭看，她的眼神令我發毛。距離下次滿月還有二十六天，我還有二十六天可以思考如何解決。

要是我想不出辦法，我絕對在她的行刑清單上名列前茅。

「讓開，有頭紗的人先用。」我聽到有人大吼。

我看向儲藏室後方，發現珍娜與潔西卡推開人群走到水井前，搶走貝卡手中的水桶。

我很想躲在後面，消失在森林背景中，但那種日子已經結束了。昨晚我惹怒琪絲汀，狀況更是雪上加霜。我以為我是一匹孤狼，但即使只過了這麼短的時間，我已經覺得要負起責任照顧葛楚和其他人。我們是其他人，這麼說感覺很惡劣，但我們從小就受這樣的教育（沒有頭紗的女生、沒人要的女生、沒人看上的女生）我原本也應該是其中一個。不過，要是我開始想這件事、想麥克的行為，我一定會氣到無法理性思考。

我深吸一口氣，往前走向水井。「怎麼了嗎？」

站在最前面的女生垂下面紗瞪我，然後慢慢走向琪絲汀。

我們站在那裡，互相注視，想著有沒有人在睡夢中發生了變化，但我們感覺都像之前一樣。同樣害怕……同樣迷惑。昨天晚上，大家情緒都很激動，下了楚河漢界。然而，好好休息一夜之後，一切都可能有轉圜的空間。我不怪她們，琪絲汀顯然刻意要對付我。葛楚……唉，葛楚是另外一回事。我知道女孩們和她相處仍有戒心，但我認為她沒有犯罪。我很想知道，要過多久葛楚才會說出當時的真相。

「我們要喝這種水嗎？」莫莉嗅嗅桶子裡的水。

「泰爾妮昨天不是說要做儲雨桶？」瑪莎問。
葛楚推我上前。
我清清嗓子。「我認為井水可以用來洗澡、洗東西，飲用和煮飯就用雨水。」
「昨天琪絲汀說的話，妳們都聽見了。」塔瑪拉衝向前，手忙腳亂地將手從頭紗下伸出，用白蠟杯從水桶裝了一杯水。「我們要喝井水。」
她一走遠，瑪莎立刻問：「妳認為做一個桶子需要多少時間？」
「兩天。」我回答。「前提是要有適合的工具。」
「唉，由此可證。」瑪莎從水桶裝了一杯水，一飲而盡，她作嘔一下。「恩典少女是來享福的。」
我不知道她是絆倒或沒站穩，總之瑪莎搖晃了一下，不小心把水桶推進井裡。她抓住繩索，差點和水桶一起跌落。「我沒事。」她大聲說，她的裙子掀得半天高，我們得抓住她的雙腿把她拉回來，一個東西打到我的頭，帶給我靈感——真正的當頭棒喝。
「**裙撐**，我們可以用鯨骨裙撐當桶箍，弄彎木板做水桶。」
「可是妳也聽到她們剛才說的話了。」貝卡咬著指甲旁的硬皮。
瑪莎又站穩，眼神亮起淘氣的神采，她說：「她們喝她們的水，我們喝我們的。」
這群女生緊張地互看一眼，然後點頭同意。

在城裡，若是剪破衣服、脫掉襯裙足以換來一頓鞭打，但在此一切都不一樣了，這個領悟帶給我們力量。

早餐是儉樸的玉米糕，吃完之後，我們拿起斧頭，從挖出灰燼中所有能找到的釘子，然後出發往西走，遠離琪絲汀及她的隨從似乎什麼也不打算做，只是跪在地上祈禱。

或許魔力遲早會吞噬我們，讓我們變得近乎野獸，或許盜獵賊會將我們誘拐出去，切成小塊裝進漂亮瓶子裡，不過在這些事發生之前，有很多工作要完成。

在空地的西側盡頭，我們在一片白蠟樹和橡樹前停下。在森林邊緣，我看中一棵枯樹，這棵樹已枯死很久所以相當乾燥，這樣我們就有足夠木柴能生火，慢慢等其他木柴曬乾。

我等其他人發表意見，看看她們認為第一刀從哪個角度切下最好，但她們似乎不知所措，顯然只有我一人知道如何砍樹，於是我從最基本的原理開始講解。

「重點在於要製造出很大的裂痕，一旦做到這一點，很快木頭就能劈開，像這樣。」我揮舞斧頭砍進樹幹，拔出來之後交給莫莉，她小心翼翼接過去，彷彿收下追求者送的鮮花，但第一次成功劈開木頭之後，她露出笑容，將斧頭握得更緊。她砍到手臂無力，像蛋奶霜一樣軟綿綿，才將斧頭交給露西。

露西高高舉起，準備劈第一刀。

「等一下、等一下、等一下。」我急忙大喊，抓住斧柄。「妳至少得要睜開妳的眼睛吧？」

其他女生大笑。

「沒關係，別在意，妳以前又沒做過。」我安慰她。「但真的要小心，我在醫療所看過很多砍柴造成的外傷，妳不會相信有多誇張。」

聽到這句話，她們全都安靜下來。

「來……」我調整她拿斧頭的姿勢。「雙腳分開，手抓穩，用鼻子深吸一口氣。」我邊說邊後退。「從嘴巴吐氣，同時眼睛鎖定目標，砍下去。」

露西慢慢做好準備，當斧頭接觸到木頭，發出很痛快的聲響。樹開始搖晃，我抬頭觀察樹會往哪個方向倒，樹倒下時，我們全跑向另一邊，我們大笑、歡呼，且喝采。

把樹砍成段，再將每一段劈成四半，這個工作很辛苦，但似乎正是我們需要的。這群女生輪流去井邊打水，從儲藏室偷蘋果乾，這一天慢慢過去，我們有說有笑，彷彿一起工作很多年了。或許是因為離開城鎮，或許是因為難得能運用體力做有用的事，但我相信昨晚我敞開心胸告訴她們做夢的事、夢中那個女孩的事，似乎讓她們得到了許可，也可以開懷做自己。

我看看四周，很難想像短短一年內，我們會彼此猜忌，犧牲小塊的血肉，將這個地方燒成灰燼，不過，倘若現實真如琪絲汀宣稱的那樣呢？願上帝護佑我們。

女孩們一個個拆下裙撐，我開始動手製造儲雨桶，我從一棵大橡樹上砍下大片的木柴。我只看過農地的人做過幾次，但我不能讓她們知道。自信是關鍵，我爸爸總是這麼說。他看診時，即使不確定該如何治療，也絕對不會表現出來。他擔心，假使流露一絲猶豫，病患就會回到黑暗時代——得去喝動物的血、依賴祈禱尋求治療，萬一他們買到黑市貨，那就更糟了。他需要贏得病患的信任，他需要讓他們相信，他能夠治療他們，即便他其實做不到。

我動手切割木板，準備製作桶壁。愛莉問：「妳爸爸為什麼要教妳這些？」

出乎意料的激動情緒湧上。「大概是因為他沒有兒子，我是最接近的替代品。」不過，說出這句話的同時，我不禁思考是否有更深層的原因。我很想相信，他之所以教我，是為了讓我能在這裡好好照顧自己。倘若真是如此，也就表示他很清楚這個地方的真相，但仍將我送來。離家的前一天晚上，他說不該教導我……感覺彷彿不該生下我。

「泰爾妮？妳沒事吧？」愛莉問。

我低頭一看，這才發現手在抖動，我不知道我站在這裡呆望前方多久了，但應該有一段時間，因為所有女生都憂心忡忡地看著我，我以前從來不會這樣。

「來，妳們試試看吧？」我將斧頭塞進愛莉手中，只要能轉移她們的注意力，什麼都好。

她舉起斧頭準備揮，卻一下子失去平衡，不停轉圈，最後終於跌倒在地上，差點砍掉自己的一隻腳。

我們圍過去，瑪莎說：「給她一點呼吸的空間。」

娜妮特端來一杯水，舉到她唇邊。

「我不知道剛才是怎麼回事。」她低聲說，臉頰漲紅，眼睛無法聚焦。「感覺好像我的頭變得很輕，隨時會飄走。」

海倫說：「或許這就是妳的魔力，或許妳可以漂浮在半空中……飄向星空。」

「也可能只是因為我們累壞了。」我撿起斧頭，插進樹墩中。「走來這裡的旅程很漫長。」

「泰爾妮說得有道理。」瑪莎躺在草地上。「除非真的發生什麼事……除非真的確定……不然最好先不要想太多。」

一個接一個，我們全都躺在乾枯的草地上，望著天上的雲朵，我們的身體疲憊，心靈完全敞開，能夠拋去偽裝、暢所欲言。

「我不知道自己要期待什麼……不過，不是這樣。」露西瞇眼望向圍籬，一隻小蛾繞著她飛舞，停在她的手臂上。「我以為我們得對抗盜獵賊。」

「或是對抗冤魂和野生動物。」派翠絲說。

「我以為一走進閘門，魔力就會瞬間降臨。」瑪莎從草地上撿起柳絮，吹氣讓種籽飛走。「可是什麼都沒有發生。」

「我很高興能離開城鎮，我爸媽的表情非常失望，要是再多看一秒，我一定會爆炸。」娜妮特說。

「我一開始就知道不會拿到頭紗。」貝卡望著矢車菊藍的天空。「我今年五月才初經來潮，沒有人想要晚開的花。」

莫莉說：「總比完全不來好。頭紗我想都不用想，磨坊和製酪場應該也沒我的份，我注定要去田地了。」

「我不介意沒有拿到頭紗。」瑪莎說。

她們全部驚愕地看著她。

「怎樣？」她不以為意地聳肩。「至少我不用擔心因難產而死掉。」

她們一臉驚恐，卻沒有人要爭辯。她們能說什麼呢？這是事實。

「我以為會有人給我頭紗。」露西坦承。

「誰？」派翠絲用手肘撐起上身，等不及想聽精彩八卦。

「羅素‧彼德森。」她輕聲說，彷彿說出他的名字感覺像用力壓剛出現的瘀血。

「為什麼妳以為他會給你頭紗？」海倫問，拿一小塊蘋果餵小鳩。「大家都知道他和珍娜交往很多年了。」

「因為他承諾會給我。」她喃喃說。

「是喔。」派翠絲翻個白眼。

我說：「她沒有說謊，我在草原看過他們在一起。」

露西轉頭看我，大滴的眼淚奪眶而出。

我努力克制，不去回想當時她的模樣——她的眼睛注視上帝，羅素在她身上悶哼，低聲說著空泛的承諾。

「那妳為什麼去草原？」派翠絲問，顯然想挖出骯髒的祕密。

「因為麥克，以前我們經常在那裡見面。」我回答。

「琪絲汀說得沒錯。」一個女孩輕聲說。

「不……從來沒有。」我抬頭看是誰講的，但我無法分辨。「不是那樣，我們是朋友，沒別的，我收到頭紗時比所有人都驚訝，當時我也以為一定是湯米或法洛先生。」

「如果是湯米，那我可以接受，至少他的牙齒很齊全，不過怪老頭法洛……」愛莉皺起鼻子。

娜妮特用手肘戳她一下，朝葛楚一撇頭，不過葛楚假裝沒聽見。仔細想想，她竟然這麼會假裝，實在很悲哀。

大家尷尬地沉默了一下。我努力找話說，只要能轉移她們的注意力，什麼都好，這時葛楚說：「我爸媽說那是奇蹟。是啦，被判處墮落罪的女生，很難得到頭紗。」她的坦率似乎讓所有人都放下成見，我們全都不由自主望著她指節上厚厚的疤。我想告訴她，那不是奇蹟，她值得擁有頭紗。不過她說得沒錯，在恩典之年的歷史上，從來沒有犯過罪的女生得到頭紗，尤其是像墮落這麼嚴重的罪名。

「很好笑。」葛楚雖然這麼說，但表情毫無笑意。「這個罪名讓我無法得到同齡男生的頭紗，卻是怪老頭法洛選上我的原因。」

「什麼意思？」海倫問。

她深呼吸以穩定心情。「當他掀開頭紗，彎腰吻我的臉頰時……他用力抓住我的腿間，在我耳邊說『墮落最適合我了』。」

我感覺一股陌生的熱潮爬上脖子和臉頰。

或許大家都一樣，因為瞬間變得好安靜，我幾乎聽見柳樹種子落在草葉上的聲音。

無論那張版畫印了什麼，我知道葛楚・芬頓不該受這種苦。我相當確定，絕對是琪絲汀在搞鬼。

我們回到營地，帶著足夠用上一個月的柴火。我們一排排地堆在儲藏室的屋簷下，忽然聽到空地東側傳來尖叫，我們拋下所有東西，跑過去想幫忙，看到的場面卻令我們感到困惑又害怕。一群女生手牽手排在瑞薇娜身後，彷彿一道防護線。瑞薇娜朝天空高舉雙手，肌肉顫動、青筋冒出，汗水沿著脖子流下，她的動作彷彿抓著一顆隱形的球，因為太重而發抖。

「加油，再低一點。」琪絲汀鼓勵。

「她在做什麼……怎麼回事？」瑪莎輕聲問。

「別吵，笨蛋。」一個戴著頭紗的女生用氣音斥責。「她在讓太陽落下。」派翠絲傳話給我們，彷彿不知我們剛才認真在聽。「她以為她能讓太陽落下。」

「或許是真的。」海倫輕聲說，驚嘆地看著。

「感覺今天太陽確實比較早下山。」露西跟著說。

她們看著她悶哼、流汗、用力，我從她們的眼神感覺得出來，她們一直在等待這一刻，認為恩典之年應該要像這樣才對。

我很想告訴她們，在冬至之前，太陽每天都會早一點落下。不過，就連我也開始懷疑了。

太陽終於完全落下，瑞薇娜癱倒在地，滿身大汗、徹底虛脫。那群女生急忙跑過去，扶她站起來，拍她的背道賀。

「我就知道妳能辦到。」琪絲汀伸手，一把扯下瑞薇娜髮尾的紅絲帶，我感受得到她身上無比痛快的解放，不只是因為我想要感受微風吹過我的頭髮，雖然那樣一定會很舒服——而是她們之間共有的那種使命感，無論如何都不會動搖。

瑞薇娜跪下禱告，然後她們全部加入。

「請將我從邪惡中釋放，讓魔力燃燒殆盡吧，讓我能夠以淨化的姿態回歸，配得上您的愛與恩慈。」

「阿門。」那群戴著頭紗的女生說。

她們赤腳跪在地上，沐浴在金黃色的夕陽餘暉中，彷彿不屬於這個世界。她們已經不是小孩，而是即將獲得力量的成熟女人，她們得到了魔力。我對自己承諾過，要保持腳踏實地，絕不會屈服於迷信與幻想，那麼，我為什麼發抖著？

✿

圍坐在火邊吃晚餐時，大家都很安靜，氣氛緊繃，兩大陣營各自藏著祕密。我很想說出我們的不滿，大家開誠布公，一起解決問題，不過只要琪絲汀掌權就不可能實現。

「看什麼看？」琪絲汀問。

我急忙轉開視線。

琪絲汀對珍娜耳語，珍娜再對潔西卡耳語，潔西卡對塔瑪拉耳語，我知道她們在說我的事。我不知道她又在散播什麼謊言，又幫我取了什麼絕妙的綽號，但我知道她又想搞鬼。

森林傳來尖銳鳴叫，所有人都忘記呼吸，注視著漆黑的森林。

「一定是冤魂。」珍娜輕聲說。「我聽說，要是太靠近，會被她們附身，讓人做出不想做的事。」

「梅蘭妮雅・魯緒克不就是這樣？」漢娜問。「我聽說，冤魂占領她的頭腦，一直對她呢喃，誘惑她去森林裡，告訴她去了就能得到頭紗。後來她終於抵抗不住，他們將她的屍體切成十二塊，扔在圍籬外面。」

那個聲音再次響起，激起一片慌亂驚呼與緊張低語，大家紛紛猜測鬼會先抓誰。

「不過是駝鹿罷了。」我說。

「妳怎麼知道？」塔瑪拉凶巴巴地說。

「因為往年這個季節我都會陪爸爸去北方森林，去幫沒來城裡做生意的毛皮獵人檢查身體狀況，那只不過是正在找交配對象的駝鹿。」

「無論是什麼……總之很詭異。」海倫將小鳩塞進斗篷裡。

「妳以為妳什麼都知道，其實妳根本不知道。」潔西卡瞪著我說。

「至少我知道，我們砍了足夠一個月使用的柴火，可用來煮飯、打掃、製造儲雨桶，而妳們做了什麼？」

「做那些事只是浪費時間。」琪絲汀端起故作溫柔的笑容。「妳要擁抱魔力，不然每過一天都是浪費。」

「我們該去睡覺了。」我站起來，假裝打呵欠。「明天會很忙……妳知道，建造洗滌處、水槽……那些真正有助於讓我們存活的東西。」

琪絲汀說：「妳以為在幫助她們，其實根本不是，妳只是在耽誤她們。」

我假裝沒聽見，但我不擅長假裝。

「希望那個水槽是給骯髒葛楚用的。」一個有頭紗的女孩在我們身後大喊。「她很需要的。」

圍坐在營火旁的人哄堂大笑，我真想回頭揍她們一頓，但葛楚搖頭。她以迅速而精準的眼神制止我，我爸拿著頭紗進教堂時，我媽也用那樣的眼神看我。

「不要。」她輕聲說。

其他女生經過我們身邊魚貫走進宿舍，我拉住葛楚。「我知道那張版畫是琪絲汀的東西，妳應該告訴大家。」

「這是我自己的問題。」她堅定地說。「答應我妳不會插手。」

「我保證。」我回答，因為強迫她而感到內疚。「不過，至少告訴我妳為何願意背黑鍋。」

「我以為這樣會比較輕鬆。」葛楚望著前方，但我聽得出她的情緒。「我以為只要我扛下罪責，她就——」

「妳們要進來嗎？」瑪莎拉著門。

葛楚急忙過去，慶幸不用繼續說下去。

我們把提燈轉暗，各自爬上床，望著梁柱上的蜘蛛網，試著想像圍著營火的女生們在做些什麼。

「萬一是真的呢？」貝卡打破沉默。「萬一我們真的在浪費時間呢？萬一我們回城裡時還未耗盡魔力呢？我們會有什麼下場？」

「我們才剛到而已。」我調整姿勢，避免壓到彈簧。「還有很多時間可以慢慢來，她們只是想嚇唬我們。」

「但很有效。」露西將毯子拉到鼻子上。

「至少我一點也不想這麼快發瘋。」瑪莎說。

「我很晚才來初經。」貝卡低語的聲音流露出濃濃恐慌。「萬一我的魔力也一樣呢？萬一很晚才來，我來不及全部消耗殆盡，那該怎麼辦？」

「不一樣啦。」派翠絲說。

「妳怎麼知道？」

低沉的吼叫聲在森林裡迴盪，我們全都不敢呼吸。

「只是駝鹿，對吧？」娜妮特問。

我點頭，但我也不太確定。

「妳們有沒有注意到琪絲汀今晚看我的眼神？」露西在毯子底下說。「她一直很討厭我，我有三個妹妹……萬一她用魔力讓我做出什麼事……萬一我跑進森林，屍體沒有發現……」

我說：「我們想太多了，這就是她想要的結果，我們必須團結合作，保持理智。」

「可是妳也看到瑞薇娜的魔力了。」愛莉說。

「我們只看到她做出拿著球的樣子。」我說。

「可是我感覺到了。」莫莉將雙手掌心按在下腹。「有一瞬間，我看到太陽在她手中，和她合而為一。」

「我以為太陽會像蛋黃一樣，在她手中裂開。」愛莉低聲說。

我很想力排眾議，找到合理的解釋，但老實說，我也感覺到了。

「嘿，海倫跑去哪裡了？」我發現她的床鋪空著，也沒有斑鳩的叫聲。

「她留在營火旁了。」娜妮特望向門口。

或許是我想太多，但我敢發誓，我在她的語氣中聽出一抹悲傷與渴望。

或許她們全都希望留在營火旁。

儘管我不願意承認，儘管我很想埋藏這個念頭，但我心中有一部分忍不住想，萬一琪絲汀說得沒錯……會不會我真的只是在耽誤她們？

說不定有問題的並非恩典之年，說不定有問題的是我。

✿

接下來幾個星期，我們忙著清理焚燒過的瓦礫，搭建有遮蔽的烹飪區，製造儲雨桶、砍柴，也分攤各種雜務，而琪絲汀則忙著「幫助」有頭紗的女孩擁抱魔力。

一開始只是些傻事，分派一些挑戰藉此引出她們的魔力，清晨露水未乾時一起編花環，吟唱夏娃讚美詩歌；圍坐在行刑樹下講述富含道德寓意的故事。不過，這些一開始看似無害的任務，漸漸變得危險至極。然而，所有恐怖的事不都是這樣嗎？一開始緩慢平淡，像是螺絲被稍稍扭動的小動作。

夜復一夜，琪絲汀從營火邊回房時，都會多一個魔力覺醒的人，眼神恍惚、長髮垂落，並自稱擁有瘋狂的能力。

塔瑪拉說她聽見風對她低語，漢娜說她只用視線就能讓杜松子枯萎。我很想說，這些只是她們的想像力作祟，受到社交壓力影響，迷信過度，但感受到奇異變化的人不只她們而已。我們其他人也不太對勁，但我無法解釋。

我們頭暈、沒胃口、看到雙重影像，除此之外，我們的瞳孔變得很大，虹膜逐漸消失，柔和黑暗侵蝕色彩與光亮。我一直告訴自己不過是疲勞過度，也可能是營地有某種疾病傳播，但我越是想找出合理解釋，狀況就越嚴重。

滿月漸漸接近，我們集體來經，所有人在同一時間開始流血，就連莫莉也不例外，彷彿一群母狼。我試著說服大家，就算發生了難以解釋的狀況，也不代表就是魔力，但她們還是一個接一個將床移向另一邊，難以抵擋魔力與神祕的故事。

說實話，我無法責備她們。從小我就對恩典之年充滿質疑，但現在就連我也開始有所懷疑了。

懷疑我自己的理智。

幾天之前的夜裡，我們圍坐在營火旁，梅格把手放在火上。她宣稱「我不覺得燙」。她看著琪絲汀，我感覺到她們默默地交流，傳遞著一股隱形的能量。或許只是我想太多，或許是琪絲汀的魔力，一種我無法理解的語言，然而在下一瞬間，梅格把手伸進火裡，皮膚冒出水泡，有如無數鳴叫的牛蛙。

「妳在做什麼？」我大喊，急忙將她從火邊拉開。

梅格抬頭望著我，放大的瞳孔一片漆黑。

她沒有尖叫、沒有痛哭，只是狂笑。

她們所有人都在笑。

沒多久，瘋狂的流言在營區肆虐，據說有冤魂作祟。有東西消失了，或在半夜被砸爛，最妙的是，冤魂只會破壞我建造的東西，但我決心不因此恐懼。

儘管營區的狀況變得無比瘋狂，我仍盡量維持生活規律，每天操持雜務，不過漸漸地，連我自己都越來越不可靠，其他女生更是幫不上忙。比起做苦工，坐在火邊講鬼故事、聊魔力有趣多了，但我對自己發誓，一定要保持理性。假使魔力真的吞噬我，那也沒辦法，但我絕不會不經思考、反抗就認輸。

每天一大早，我會帶著願意做事的人一起去空地西側，動手進行一個又一個毫無用處的計畫，但不久我們就會迷失在雲端……風中……樹林裡。

我不禁想起城裡的女人——用手指撥弄水面、仰頭迎接晚秋微風，她們是否在回想這裡的感受？是否想要重新找回自己？

我感覺自己彷彿遺漏了什麼……那一片最關鍵的拼圖。但我望著圍籬，大海般一望無際的杉木柱延伸數英里，我猛然領悟到——儘管我們被迫來到這裡，像動物一樣自生自滅，但這段時間卻是我們人生中最自由的時期，很可能永遠不會再有這樣的自由。

我不知道為什麼想笑，但明明一點也不好笑。但葛楚、瑪莎和娜妮特全都跟著一起笑，我們笑到流眼淚了。

走回營區的路上，我們有種不祥的預感，或許只是因為天氣變差，但感覺似乎還有其他原因。緊繃的氣氛日益累積，我不知道累積到最後會有什麼結果，但幾乎就在眼前，能在空氣中感覺到。

接近營火時，我們發現其他女生已聚集在那裡，低聲傳著越來越誇張的謠言，她們的漆黑眼眸有如濕潤的頁岩，跟隨我們的一舉一動。

我們從儲雨桶舀了一壺水，拿了一把果乾和堅果，逃離她們沉重的視線，躲回宿舍裡，卻發現又有四張床搬到了對面——露西、愛莉、貝卡、派翠絲，她們全都屈服了。

沒有人說話，但我知道我們都在想下一個會是誰。肯定會發生什麼，只是時間的問題。

悲泣吶喊響徹森林，我嚇得縮成一團。我不確定是惡夢還是現實，但最近兩者之間感覺再也沒有區別。

我仔細聆聽，卻只聽到其他人沉睡的聲音，小鳩在海倫懷中低聲咕咕叫。我低聲安慰自己，「沒事了。」

「真的嗎？」葛楚問。

我轉身面向她。我很想說「真的」，但我已經無法確定了，我無法確定這一切。我忍不住一直看她的手背，在燈光下，有如粗繩的疤痕映出粉紅與銀白。

「快問吧。」她低語。「我知道妳很想問。」

「什麼意思？」我想裝傻，但就像葛楚說過的那樣，我很不擅長假裝。

「妳想知道那張版畫上印了什麼。」

「假使妳不想說，我能理解——」

「是一個女人。」她低語。「長髮垂肩，螺絲髮快要碰到胸部，一條像蛇般的紅色絲帶纏在她手上。她的臉很紅，頭往後仰。」

「注視上帝嗎？」我想起以前學校教的東西。

「不。」她的語氣彷彿在做夢。「她的眼睛半閉，但感覺彷彿注視著我。」

「表情很痛苦？」我想起幾年前政府從幾個毛皮獵人身上搜出的圖畫，上面畫著女人被綑綁的模樣，扭曲成猥褻的姿勢。

「完全相反。」葛楚看著我，眼神明亮。「她感覺很快樂，像是狂喜。」

我的想像力奔馳，這違背了我們所學的一切。我們都聽說過謠言，在邊緣地帶有些女人樂在其中，但這個女人有紅絲帶，顯然是我們的一員，這個想法讓我用力吞嚥下口水。「他們對她做了什麼？」

「這就是重點。」葛楚低語。「只有她一個人，她在撫摸自己。」

這實在太驚人，我的氣息卡在喉嚨裡。

「骯髒葛楚。」有人在黑暗中說，整個房間爆出笑聲，一陣奚落。

我很想告訴她們，那張版畫的主人是琪絲汀，葛楚只是背了黑鍋。但我曾出言保證，這件事怎樣都不該由我來說。

我看著她縮回毯子下，我為她感到心痛。

✿

為了暫時放下煩惱，不去想營區每況愈下的情形，我獨自去西側邊界砍柴。

我已經不期待其他人幫忙了，但葛楚的缺席讓我有點擔心。那天晚上，宿舍其他女生聽到她描述那張版畫，從那之後，她就很少加入……變得疏遠。

有些女生交頭接耳，說一定是她的魔力降臨了，不過我認為她只是感到羞恥。她一定覺得又回到在廣場上受罰的時候。我想幫她趕走壞心情，但我已經自顧不暇了。

就在今天早上，我有種奇怪的感覺，好像有一百萬隻火蟻在身上爬，但一看卻沒有東西。我無法形容發生的這些現象……我不知道如何描述……但這仍然不代表是魔力。

接近西側邊緣時，我感覺到身體裡竄動的一陣熱流，彷彿體內燃燒了起來。我脫掉斗篷，掛在旁邊的樹墩上，深吸一口清涼的空氣。「無論怎麼回事，一定會過去的。」我低語。

我拿起斧頭，看準一顆老松樹。我一手扶著樹幹站穩，手指開始發麻。粗糙樹皮上的深溝彷彿因為能量而悸動，或許能量來自於我，但我感覺樹想告訴我什麼。

我將耳朵貼在樹皮上，我敢發誓真的聽見低語聲。我想一定沒錯，我的魔力降臨了，這時我才察覺聲音其實來自身後。

我回過頭，發現琪絲汀坐在樹墩上撫摸我的斗篷，指甲刮過羊毛布料。我不知道她在那裡看我多久了，總之我不喜歡她這樣。我張望她身後，納悶她的隨從在哪裡，不過好像只有她一個人。

「快放下，那是我的。」我握緊斧頭。

「我才不要妳的斗篷呢。」她放在旁邊。「這好重喔，難怪妳變得這麼壯。」

我低頭看手臂，明白這句話絕非讚美。

「能做有用的事感覺很棒。」我一把從她手上搶過斗篷穿上。「妳也該試試。」

「因為這就是女人最大的罪孽，不是嗎？」她將一束被陽光照亮的長髮捲在手指上。「沒有用處。」

她的語氣令我感到驚訝，但我必須保持謹慎。「琪絲汀，妳來這裡有什麼事？」

「我需要妳。」她深深嘆息。「所有人都需要妳，妳可以幫助大家。」

「如果是魔力的事……我無法擁抱我沒有的東西——」

「妳說得沒錯，我也認為妳沒有魔力。」

「什麼？」我猛抬起頭。

「我認為妳隱藏了很多年，就在我們眼前把魔力燃燒殆盡。」她站起來，慢慢朝我走來。「因此妳才贏得父親的寵愛，讓他教妳那些事，妳之所以能從我手中偷走麥克，也是因為如此。妳濫用魔力，現在卻希望她們掩埋魔力，妳有沒有半點良心呀？」

「良心？」我昂起頭。「妳有什麼資格說這種話？也不想想妳把葛楚害得多慘。」

「我哪有害葛楚？」她瞇起眼睛。

「省省吧，少來裝無辜那套，我全都知道了。」

「真的嗎？」她臉上閃過不自在的笑容。「如果葛楚成為營區第一個倒下的人，那就太可憐了。」

「休想威脅我。」我握緊斧頭。「我們沒有理由一定要死在這裡。」

「泰爾妮，人都會死。」她的嘴角往上勾。「在城裡，他們奪走的所有東西，都等於讓我們死去一點，但在這裡不一樣……」她敞開雙臂，做個深呼吸。「恩典之年屬於我們，這是我們唯一能得到自由的地方，再也不必壓抑情緒，再也不必放下自尊。在這裡，我們想怎樣都可以，只要全部發洩出來。」她的眼睛湧出淚水，五官變得柔和。「我們可以不必感受那些情緒，再也不必感受了。」

我蹣跚後退，靠在樹幹上，感覺手指下的樹木……一點真實的東西，讓我能抓緊現實。但這真的發生了。看來琪絲汀畢竟也是人，我以為我終於理解她了，她很害怕。

我心裡有一部分想放棄……想相信，想成為她們的一分子，這樣我就不用壓抑憤怒，全然地解放，但我做不到。或許是夢中女孩的記憶，或許只是我自己的問題，總之，我知道我可以拒絕沉淪。

「我幫不了妳。」我低聲說。

「那我也幫不了妳。」她回答，表情變得冷酷，戴回她平時的面具。「我認為妳已經做得夠多了。」她從我手中搶過斧頭。「接下來交給我吧。」

✿

我在邊界來回踱步許久，努力思考剛才發生的事，我該怎麼做，我想通之後回到營地打算告訴大家，此時卻聽到說話的聲音。我閉上眼睛想讓聲音停止，但這次不是我腦袋裡的聲音。

「這樣做才對……對你們兩個都好……對整個營區都好。」

我張望儲藏室後方，看到葛楚和琪絲汀一起站在那裡。「嗨。」我大聲說。

葛楚抬頭看我，她的臉很紅，滿是淚痕。

「妳自己決定。」琪絲汀說完之後回到營地。

「決定什麼……什麼事會對整個營地都好？」我問。

她用髒兮兮的手背抹臉，顯然想要鎮定下來。「今晚，琪絲汀要召集大家……因為是滿月。」想到在城裡時滿月集會的意義，我握緊拳頭，很想知道我的哪根手指會先被砍掉一節。「我們不必去。」

「大家都同意了。」她望向空地。「所有人，除了妳。」

「噢。」我深深呼一口氣，盡可能不表現出強烈的失望。

「她們都在說……她們都有疑慮。」

「妳呢？」我問。

她望著捧在她掌心的乾枯接骨木花，這是老派的花，現在已很少有人用了，意思是赦免。

「那是她給妳的？」

葛楚握住花，彷彿握著最脆弱的蛋。

「妳很清楚，妳不能相信她，她不是神，也不能赦免妳，尤其是她都害妳背黑鍋了。因為她，妳才會受罰，別忘記她對妳做了什麼。」我伸手把她的手掌轉過去，讓她看清上面的疤，但她抽回手，同時蹣跚後退幾步。

「她道歉了。」葛楚慢慢找回平衡。「我們又是朋友了。」

「朋友？」我大笑。

「妳不懂那種感覺……遭到所有人排擠……辱罵。」

「看看現在的狀況……沒有任何人願意幫我。」

「但那是妳自己的選擇，妳從來不想加入我們。」她搖頭，神情流露痛苦。「只要妳願意接受魔力——」

「我根本沒有感覺到，要我如何接受？或許大家都生病了，不過，無論發生在我們身上的——」

「她說妳是異端。」她的下巴顫抖。「妳是亂黨。」

我不知道為什麼，這句話為讓我想笑。在城裡，一旦遭到指控為異端，甚至不必動用絞架，直接活活燒死。我拉緊斗篷。「琪絲汀想要掌權，所以刻意製造混亂。」

「妳錯了。」葛楚緊皺眉頭。「她真心相信，只要擁抱魔力、正視內在的黑暗，她就能得到淨化，以純淨之身回家。擺脫罪孽，重新開始。」

「什麼罪孽？身為女性嗎？」

「我們全都有罪。」她低語。

樹林傳來鳴叫，葛楚嚇得一縮。

「只是烏鴉而已。」雖然我這麼說，但這次我也不確定，我甚至不清楚究竟有沒有聽見。我抬起頭，天上的雲飄得好快，看得我頭暈目眩。我垂下視線，想再次集中精神。「琪絲汀今天來找過我，她只是想利用妳修理我。」

「泰爾妮，別以為所有事都是因為妳。」

「那是為什麼？告訴我呀，妳究竟在煩惱什麼？」

她抬頭看我，放大的瞳孔茫然無神。「我不想繼續當『骯髒葛楚』了，我只希望不要再聽到這個綽號。」

「如果是因為其他女生……我可以找她們談談……我可以說服她們——」

「我不需要妳幫忙了。」

「我不懂。她脅迫妳嗎？她承諾了什麼？」我說。我仔細觀察她的臉，想找出任何蛛絲馬跡，但葛楚很善於假裝。「妳在隱瞞什麼？」我問。

葛楚望向行刑樹，我看不到她的表情，但我察覺到她繃緊下顎，感覺彷彿她強迫嘴巴閉緊，以免透露出她不願意說的事。「我們最好不要再交談了。」她說完之後離開加入其他女孩。

✿

那天接下來的時間，我忙著採集楓糖、在營地邊界撿拾木柴，讓頭腦被其他事占據，讓我能遠離營地，但我感覺有如困在強烈急流中的漂流木。

我決定回營地時，手早已滿是水泡、面目全非。我走得很慢，一方面是因為我不希望琪絲汀以為我認真看待這次集會，但也因為我心中有一部分感到害怕。我聽到幾個女生說，她們只是凝視火焰，魔力就降臨了，我一直認為這一切絕對有合理的解釋。毫無疑問，我們變得很虛弱，不堪一擊，但假使她們想屈服，我也無法制止。人只會看到自己想看的東西，我也一樣。

我走近營火，木柴燒得霹啪作響，但空氣中的電流一樣強烈。那群女生四周的空氣彷彿隨時會點燃。遠方劃過閃電，傳來悶悶的轟鳴，彷彿世界另一頭傳來的雪崩回音。

我本能地在人群中找到葛楚，但她沒有招手要我過去，她好像根本沒有看到我。我想解決這個問題，無論我做了什麼事惹她不高興，我願意道歉，但或許現在她需要空間。只要能有多一點空間，我願意不惜一切交換。我望著將我們與外界隔離的那道圍籬，目前為止，盜獵賊還沒有做出任何企圖引誘我們出去的舉動。要不是我親眼見過一個，我可能會懷疑他們是否真的存在。我很想知道他們是否正在觀察我們，下注打賭下一個倒下的是誰。

雷聲大作，這次更為接近。

「大家有沒有聽到？她想和我們溝通。」琪絲汀說。

「只是打雷而已。」瑪莎喃喃說。

「只是打雷？」琪絲汀用刻薄的語氣誇張地說。「容我提醒妳夏娃的故事，她是自然之母，她曾經也是恩典少女，我認為她想和我們其中一個溝通。」

「她想說什麼？」塔瑪拉縮進斗篷裡。

「她想警告我們。」琪絲汀壓低下巴，營火在她臉上投射出鬼魅般的陰影。「夏娃的遭遇也可能發生在我們身上，如果我們學不到教訓……如果無視她的警告。」琪絲汀注視著我。「就像妳們之中某些人，夏娃曾經也不相信，她當面嘲笑上帝，她一意孤行保留魔力，回家之後，她假裝已經淨化了，但一天天過去，魔力在她體內不斷成長，最後終於再也控制不住。在一個滿月的夜裡，就像今天這樣，她殺光了全家人。」

整群女孩發出厭惡的叫喊。

「要不是議會的男人阻止，她會將他們也全部殺光。」

我一直認為這是無稽之談，毫無根據的寓言故事，但從圍坐在火邊的人臉上，我看得出來她們深信不疑。

琪絲汀揚起下巴，望著烏雲翻騰的夜空。「當人們在廣場燒死她時，天空裂開、將她吸了進去，她的故事時刻提醒我們不要重蹈覆轍。」

轟然的雷聲，嚇得所有人跳了起來。

「快聽呀。」琪絲汀低語。「她堅持要我們聽她的話，如果我們之中有人正在和她溝通，快點承認吧。擁抱妳的魔力，只有這樣才能拯救妳自己。」

一個坐在後面的女生怯怯地舉起手。「我聽到了。」

琪絲汀揮手要她上前。

是薇薇安・拉森，像小老鼠一樣的女生，她的表哥給了她頭紗，琪絲汀這一輩子不曾正眼看過她，我懷疑她根本不知道她的名字，但薇薇安此刻如同沐浴於明媚陽光，因得到琪絲汀青睞而洋溢喜悅。

「告訴我們，她對妳說了什麼？」

「就……就像妳剛才說的，她警告我們會發生什麼事。」薇薇安雙手交握。

「她有沒有說我們之中有個異端……亂黨？」

天空又響起雷鳴，薇薇安不安地看我一眼。去年我在草原碰巧看到她和一個工廠的男孩在一起，當時她也是這樣看著我。「我不確定。」

我假裝沒察覺，但我感覺到四面八方的視線集中在我身上。

「慢慢來吧，繼續聽下去，朋友。」琪絲汀扯下薇薇安的紅絲帶，用手梳開那一頭油膩的亂髮。薇薇安望著月亮微笑，彷彿她剛剛逃離了惡魔，逃離了我。

「我只希望妳們其他人還來得及悔悟。」琪絲汀在火邊踱步。「妳們辛辛苦苦建造的那些東西……」她推倒一個烹飪架。「全都毫無意義。」

「怎麼會毫無意義？」我忍不住出聲駁斥她的說法。「我們的辛苦勞動，顯然讓妳受惠不少。」

琪絲汀轉身看我，專注的眼神令我全身發毛。「過得舒服、吃得飽，無助於讓魔力降臨。我們被送來這裡就是為了吃苦，為了擺脫我們體內的劇毒。」在火光下，她的眼睛感覺很瘋狂，充滿惡意。「我們之所以來到這裡，是因為夏娃用魔力誘惑亞當，以熟透的果實毒害他。假使我們不使用魔力，不擺脫內在的魔鬼，妳們都很清楚會發生什麼事。妳們都看到了，那些回去之後依然企圖保有魔力的女性，她們有怎樣的下場——被送上絞架……甚至更慘。」

一波恐懼顫抖傳遍整群人……傳遍我全身。

「不過，假使泰爾妮說得沒錯呢？」後排傳來一個小小的聲音，是娜妮特，她的床就鋪在我旁邊。「萬一這只是我們的想像力，或是某種疾病呢？」

琪絲汀不但沒有爆怒，反而冷靜下來，是令人害怕的冷靜。「是因為泰爾妮的邪惡夢境，妳才這麼想的嗎？」

我看看營火四周，很想知道是誰說出去的，但現在我有更嚴重的問題。

「妳看不出來她的陰謀嗎？她想灌輸妳們惡魔的思想，企圖讓妳們無法專注在重要使命上。」琪絲汀說。「她並不特別，看看她，她就連唯一真正的同夥也留不住。」琪絲汀意有所指地看著葛楚，我最擔心的狀況真的發生了，她只是利用葛楚來修理我，而且葛楚也很清楚。

「泰爾妮希望妳們保留魔力，等妳們回到加納郡，就會被送上絞架，她想以這種方式除掉我們。」

「為什麼我要做那種事？我們所有人都是一體。」

「**一體**？」她大笑。「以前在城裡時，她是否曾主動對妳們任何人表達善意？她是否曾對我們的生活表示關心？這就是她的魔力，讓我們互相敵對……忘記我們是什麼人……該做什麼事。」

「妳說謊。」我抗辯，但似乎已經沒人肯聽我說話了。

「妳。」琪絲汀指著人群中央的一個女孩，黛娜‧賀森，她小心翼翼地上前。「妳不是說過，妳家族的女性都有與動物溝通的能力？」

「對……但是……」

「脫掉衣服。」

「什麼？」她緊抱住胸口。

「妳聽到我說的了，快脫掉。」琪絲汀一手摸著黛娜的辮子，在她耳邊低語。「我要幫妳，我要讓妳自由。」

黛娜看看營火周圍，但沒有人敢插手，就連我也一樣。她顫抖著吐了一口氣，脫下斗篷、外衣，及內衣。

她站在那裡發抖，在月光下盡可能遮掩身體，琪絲汀站在她身後，雙手掌心按住她的下腹。「妳這裡應該感覺到了。」她張開手指，迫使黛娜顫抖吸氣。「妳有沒有感覺到暖流？有感覺到麻癢嗎？好像血液想要衝出表面、想要尖叫？」

「有。」她低聲說。

「那就是妳的魔力，抓住它、迎接它，不停拉過來。」

黛娜做了幾次沉重的呼吸，然後緊閉雙眼。「我好像有感覺了。」

「現在趴在地上。」琪絲汀命令。

「為什麼？」

「照做就是了。」

黛娜聽從，跪下趴在地上。

我很想挺身解救她，讓她不用受這種羞辱，但她已經被琪絲汀控制了，她們每個人都一樣。或許我也是，因為我無法轉開視線。

琪絲汀解開黛娜的紅絲帶，鬆開她的赭紅長髮，黛娜的指甲陷入泥土。

所有人激動地專注觀看，琪絲汀在她身邊繞圈，將紅絲帶纏在手上。「尋找森林裡的動物，感受牠們的存在。」

「我不知道該怎麼做。」黛娜說。

琪絲汀凌空揮舞紅絲帶，鞭打她的臀部。我相信應該不痛，但她吃了一驚……我們全都吃了一驚。

「閉上眼睛。」琪絲汀命令。「感覺森林裡的每個心跳，鎖定某個心跳，並專注在那個節奏上。」她繼續繞圈踱步。

「我聽到了。」黛娜抬起頭，眼睛望向森林遠方。「我感覺到體溫、血液，及潮濕毛皮的氣味。」

森林中傳出嗥叫，所有人屏住呼吸。

琪絲汀將黛娜的頭髮往後拽。「回應。」她說。

黛娜嗥叫回應，將脖子拉到最長，我看到她的每條筋都拚命迎向魔力，像是渴望偉大，希望被比自己更強的東西占據。

琪絲汀終於滿意了，她放開她。黛娜站起來看著我們——臉頰發紅、頭髮散亂狂野，淚水滑落臉龐，眼睛瘋癲失神。「魔力是真的。」她說完之後再次嗥叫，然後癱倒在琪絲汀懷中。

✽

我被悶悶的笑聲吵醒，發現雙手與腿間都是血。

我從床上跳起來，發現宿舍的這一側只剩我一個了，深紅血液滲透我的內衣，一群女生掩著嘴指指點點，嘻嘻哈哈地笑。

「是我的魔力喔。」琪絲汀大笑，手中拿著一根長羽毛，尖端染了血。

我看葛楚一眼，但她不肯看我。

我拿起靴子，逃出滯悶的宿舍，走向儲雨桶想清洗，卻發現桶子被劈碎了，這是最後一個了。我花了好幾個星期的時間，慢慢將木板彎出正確的弧度，氣候漸漸轉變，春天來之前，不可能重新做了。琪絲汀一定會說是冤魂作祟，但我很清楚是她幹的，滾燙憤怒燒上我的臉頰。我非常生氣，但我必須保持冷靜，她們很可能正在監視我，我絕不能讓她們知道我受到影響，否則我就慘了。

我直直走向水井，想把桶子從井邊推下去，但桶子被冰凍黏在石牆上。我努力想移動桶子，卻聽到詭異無比的聲音。

是歌聲，至少聽起來像歌聲。

我離開井邊，往閘門走去，那裡有個小小的身影蹲在地上，有清亮的聲音、嬌小的體型……一瞬間我以為是夢中的女孩。我想奔向她，但我強迫自己小心慢慢走。**不要相信任何人，就連自己也一樣**，媽媽的話在我腦中迴盪。

我在她前面蹲下，但我看不到她的臉。我伸出顫抖的雙手，掀起髒兮兮的面紗，是艾美・杜蒙。她一直很安靜、很不起眼，我差點忘了她的存在。

我傾身靠近，聽她在唱什麼歌。

金髮的夏娃，高高坐在搖椅上。

大風吹呀吹，夜晚悄悄來，為遭她詛咒的每個男子哭泣。

這是首古老的兒歌。小時候我不曾細思歌詞，但此刻……此地……這個瞬間，歌詞有了截然不同的含意。

女孩要當心，如果不聽話，將會早早進墳去。

沒有屬於自己的子女，無人關心——

她突然停止歌唱，雙眼注視閘門，呼吸在胸中變得越來越淺，但節奏不符合我聽到的喘息。我隨著她的視線看向我身後。

一開始我只看到閘門，粗大的原木上有無數刻痕，然而在外面，從原木的縫隙間，我看到一雙眼睛……深色雙眼注視我們。

「他們會聞到妳的血。」她抬頭對我微笑。

我後退，無論究竟怎麼回事，我只想逃離，這時我的視線變得模糊。我在空地搖搖晃晃走著，想找到能依靠的東西，找到水井，只要喝點水就會好。我的雙手伸向石頭井壁，我的腿突然發軟。我的頭撞上牆面，我像一袋骨頭般癱倒在地。

✿

我的眼睛慢慢聚焦，我聽到有人說：「妳只要跑去湖邊再回來就好。」

我抬起頭，看到幾個女生聚集在鬧門前。

「只要妳擁抱魔力，我就會鬆開妳的辮子。」琪絲汀的語氣彷彿在拐騙小孩。「妳可以成為我們的一分子。」

站起來比我想像中辛苦，我的頭陣陣劇痛，暈眩讓眼前的圍籬時而模糊、時而清晰，就像看爸爸的顯微鏡時調整刻度那樣。

「可以幫我抱小鳩嗎？」海倫將小鳥送到琪絲汀面前。琪絲汀做個厭惡的表情，把潔西卡推過去接下那隻鳥。「牠最喜歡窩在下巴底。」海倫說。

「等一下。」我說著走過去。「她不能走出圍籬，外面有盜獵賊。」

珍娜氣急敗壞地看我一眼。「我們以為妳死了。」

「是喔……可惜運氣不好。」我從她身邊走過。「海倫，妳不能去。」

「我會隱形。」她笑嘻嘻說。

「從什麼時候開始的？」我問。

「妳滾開。」塔瑪拉把我推到一邊。「雖然其實她不需要幫助，但我們派艾美去東側圍籬，她一直唱個不停，一定能引開盜獵賊。」

我瞇起眼睛往東側望去。我似乎看到艾美嬌小的身影蹲在圍籬旁，但我無法確定。

我狂亂地蹣跚繞過那群人，想找個人說服海倫不要做傻事，這時我的視線落在葛楚身上。「妳一定要想想辦法。」我低語。

儘管她轉開視線假裝沒聽見，但我從她的雙眼中看到真實的恐懼。

「妳只要集中精神，感受妳的魔力。」琪絲汀一手按住海倫的小腹。「記住，就算真有什麼狀況，我也會用魔力讓盜獵賊聽從我的命令。」

海倫抬頭看她，然後點頭，但我看得出來她不對勁……她整個人恍恍惚惚，感覺像是韋佛太太做的人偶，眨著一雙大眼睛。

「我甚至願意讓妳戴我的頭紗，作為保護。」琪絲汀將頭紗放在她頭上。「這代表我對妳有十足的信心。」

「喂，那是我的頭紗！」漢娜在人群中大喊，但很快就被制止。

琪絲汀放下面紗，她們打開閘門。我知道我應該轉身走開，這是海倫自己做的選擇，但我忍不住想起她腳上的疤，她媽媽為了阻止她做夢而打傷的地方。

「善意的種子。」我低語。

我很害怕，甚至不敢靠近閘門，更別說走出去，但我不能眼睜睜看著她死。

我推開那些女生，要衝出去追她，有幾個人尖叫要我快點回去，但琪絲汀說：「讓她去吧。」

我一離開圍籬的保護，從大湖吹來的強風就幾乎令我招架不住，讓我無法呼吸，蹣跚後退幾步。開闊、空曠……或許我被關在裡面太久了，出來之後我並沒有感到自由，我只覺得……暴露。

遠方傳來嘎嘎叫聲，彷彿鑽進我的皮膚。我不確定是真的有聲音還是想像力作祟，總之，這讓我重新集中精神。

我察看前方廣闊的大地，秋季的低調色彩逐漸變換成冬季——藍變灰、綠變棕——我看到有東西在動，頭紗有如一群小河蚊纏在海倫身上。我奔向她，打手勢要她回去，但她的眼睛注視北方，凝視一個迅速逼近的盜獵賊，光是他的身影就讓我頭暈。他從頭到腳包裹著炭黑色薄布，手中拿著閃亮的利刃。我心中的每個部分都想轉身逃跑，但我不能讓她這樣死去，如此無謂。

我加快腳步，大喊她的名字。

她看著我，臉上出現極度驚恐的表情。「妳看得見我嗎？」

「快跑。」我把她推向圍籬，然後往反方向跑。「快跑！」我大喊。我回頭張望，確定盜獵賊中計了，偏偏此時我被樹根絆倒，跌在冰冷的地上。我沒有閉上眼睛準備迎接死亡，反而翻身面對即將殺害我的人，他舉起刀準備砍下去——但又停住了。

「踢我。」蒙住他口鼻的黑布中傳來輕聲低語。

我不知道真的是他說的，還是因為我病得太嚴重，總之我不打算慢慢確認。

我將膝蓋往內縮，用盡力氣狠狠踢他。他往後翻倒，彎腰倒在地上。

我考慮要不要乾脆撿起他的刀，就地割斷他的喉嚨，但他看我的眼神令我遲疑——他的眼眸中有一種特別的東西。我懷疑，他該不會是我之前在小徑上遇到的同個盜獵賊……放我走的那個。我站在他身邊彎腰察看，確定是他沒錯，我心裡感覺得出來。我伸手想撥開他蒙面的布，這時四面八方響起呼哨，我急忙離開他衝向閘門。

海倫進去之後，門慢慢關上。我想著她們一定不是故意的，只是因為沒看到我，然而當門栓鎖上時，我明白這是琪絲汀的命令。

盜獵賊的呼哨瘋狂地此起彼落，營地裡的女生不停尖叫，我無法思考、無法呼吸。我拚命催促雙腿奔跑，這時一陣暈眩忽然來襲，腳下的地面變得歪斜，但我不能認輸。假使我無法跑回圍籬，只能被裝在小瓶子裡送回家了。我跳上閘門，抓住那些死去少女留下的絲帶，用力將自己拉上去，到了沒有絲帶可抓的地方，我將指甲摳進滿是刺的木頭，一路爬上最頂端。我努力把腿往上踢，想找到可以踩的地方，但我的大腿彷彿如鉛塊般沉重。一個盜獵賊逼近到能砍到我的距離，我用盡所有力氣成功翻過去，然而才剛在另一頭落地，琪絲汀立刻騎在我身上。

她的鼻翼翕動、眼睛冒火，將我壓在地上，用斧頭抵著我的喉嚨。

「妳為什麼要多事？」她質問。「為什麼要插手？妳差點害死她。」

「我救了她……」我努力從刀鋒下發出聲音。「要是我不插手，她一定會——」

「平安無事！」琪絲汀尖叫，太陽穴青筋暴露。「妳以為是誰救了妳？」她將刀鋒更用力往下抵。「是我，是我讓那個盜獵賊住手。她們全都看到了。」她說，看一眼身後那群女生。「妳還是不肯承認我們的魔力？」

我想開口說話，但我很害怕，我怕刀鋒繼續往下壓，但更怕我的答案。「我……我不知道他為什麼住手。」我低語，眼淚湧出。「但之前也發生過……在小徑上。」

琪絲汀厭惡地搖頭。「如果妳想繼續抗拒魔力，想要回去之後上絞架，那妳儘管繼續下去吧，但不要把其他人拖下水。」她移開斧頭，我猛吸一口氣，握住喉嚨。

琪絲汀站起來看著大家。「我們已經很努力幫她，但她沒救了。如果有人和這個異端分子來往，被抓到就必須受罰。」

我躺在地上，看著她們走回營地，我從她們的眼睛感覺得出來，這是讓她們徹底相信的證據，而我只能給她們一個二手夢想。

然而，我很清楚我看到了什麼，很清楚感覺到了什麼。

她們大可稱之為「魔力」。

我大可稱之為「瘋狂」。

但只有一件事毫無疑問。

這裡沒有恩典。

✿

黎明之前，一波恐怖的呼哨在樹林中迴盪，太陽緩慢黏滯地從東方圍籬上升起，艾美已經不在鬧門邊了。我聽幾個女生交頭接耳，她們說琪絲汀把她變不見了，因為她一直唱那首歌，實在太煩了。然而，早在恩典之年來臨之前許久，我就從艾美的眼神看出，她太細膩了，無法適應這個世界，而她現在離開了。

再也沒有人和我說話，甚至沒有人看我。

儲雨桶全毀，我沒有選擇，只能喝井水，但每次我接近水井，她們就會驅趕我。

我跑去邊界，趴在地上舔葉子上的露水，但這樣反而讓我更想喝水。我的舌頭變得很厚，彷彿占據了整個口腔，有時我覺得舌頭越來越腫，快要讓我窒息死亡。

我沿著半月形的圍籬走，從最西邊走到最東邊，聽著湖水的波浪起伏，但我還聽到其他聲音。是呼吸聲，很粗重，不時出現，有如活生生的陰影。有時候，我告訴自己那是走在我身邊的麥克，但麥克很愛說話，每次都講個不停。也可能是漢斯，但那個聲音感覺沒有呵護的意味。最讓我崩潰的其實是沉默，那個人不說話，在內心深處，我知道他是那個盜獵賊。

「我知道你在。」我輕聲說。

我停下腳步聆聽，但沒有回應。

我感覺自己像瘋子，或許我真的發瘋了。一來到這個被詛咒的地方，我就跨越了理性的界線，但我想知道，為什麼當時他在小徑上不殺我，為什麼我去追海倫時，他又放我走。我知道絕不是因為琪絲汀的魔力，因為那時候她根本不在現場。所以，讓他沒有動手的原因是什麼？

✿

黃昏時分，我被燉菜燒焦的氣味吸引到營火旁，我跟著其他人排隊，站在最後面。

我知道這樣很冒險，但我實在太餓了，顧不了這麼多，沒有食物、飲水，我很快就會死。

我到了前面，遞上我的碗，凱蒂將鍋底的最後一點殘渣刮出來，並倒在地上。我的胃發出憤怒咆哮，但現在我沒有選擇的餘地。

我彎腰想用碗盛起來，凱蒂卻一腳踩上去，泥濘的靴底濺起湯汁。

我看看其他女生，等著她們挺身而出，但沒有人動。這真的很傷人，我做了那麼多事想幫助她們……幫助整個營地。

我深呼吸穩定情緒，從她們憎惡的眼前走過，回到宿舍，卻發現我的床消失了，所有東西都不見了。我可以去角落搬下另一個死去女孩的床鋪，拖過來，任由她們在背後譏笑我，但我太累了。我累了，不想繼續抵抗，不想繼續在乎，我什麼都不想要了。我蜷起身體躺在地上，我努力不哭，但越想控制，哭得越慘。

宿舍門悄悄打開，我屏住呼吸，一動也不敢動，卻有一雙靴子朝我走來。幾年前的夏天，我和麥克在通往草原的路上發現一隻負鼠，我們以為牠已經死了，其實牠只是在裝死。當時，我們覺得這種求生方式很沒用。然而，當一個人無力抵抗、敵人眾多、心灰意冷，這種時候，除了裝死還能怎麼辦？

腳步聲停在我拱起的後腰前，我做好挨踢的準備，卻只聽到放下東西的細微聲響，然後腳步聲快速離開。我拿起提燈，瞥見青苔綠的斗篷從門縫消失，是葛楚。

她剛才站著的地方，多了一顆小馬鈴薯。

我急忙拿起來大咬一口，皮很燙，讓燙到的喉嚨嚐不出滋味，但我不在乎，只要能得到短暫溫暖，什麼都好。我很想一口氣吃光，用盡意志力才忍住，我不能那麼傻。畢竟不知道懲罰會持續多久，我將剩下的馬鈴薯藏進口袋，感受無比微小的一絲希望。

✿

「妳。」琪絲汀的音量足以喚醒整座島。「妳偷儲藏室裡的食物，妳竟敢當賊？」

「什麼？」我掙扎著用手肘撐起身體。「我沒有偷東西。」

「把口袋裡的東西拿出來。」琪絲汀對我大吼。

馬鈴薯。

「壓住她。」琪絲汀說。

其他女生抓住我，琪絲汀搜我的斗篷口袋。

滿意的笑容彷佛野火燒過她的臉，她掏出吃到一半的冷馬鈴薯。

「一開始就是她叫我們要分配物資、互相信任。」珍娜說。

「她說那種話只是為了要偷我們的東西。」另一個聲音嘶聲說，離我的後頸很近。

「不是我偷的，我發誓——」

「那是誰給妳的？」琪絲汀問。

我緊張地看葛楚一眼。「是我……我找到的。」

「撒謊。」她氣沖沖地說。

那群女生更用力壓制我。

「要怎麼懲罰愛撒謊的女生？」琪絲汀問。

「割舌頭。」其他人異口同聲回答。

琪絲汀低頭對我微笑，我看過那個笑容。「去拿鉗子來。」

那群發狂的女生把我拖出宿舍，拉到行刑樹下，我尖叫求她住手，但我知道沒有用。琪絲汀是這裡唯一的神，她想讓所有人知道這件事。

愛莉拿著生鏽的舊鐵箝跑來。

琪絲汀抓住我的臉，非常用力，我感覺牙齒插進臉頰內側。「把舌頭伸出來。」她命令說道。

我猛搖頭，淚水灼痛我眼睛後方，令我視線模糊，但我聽見葛楚大喊，「住手……是我給的。」她推開人群走過來。「那顆馬鈴薯是我給她的。」她把琪絲汀拉開。

「我給了妳改過自新的機會，我原諒了妳，但妳竟然做這種事？」琪絲汀狂怒。

「原諒她？」我脫口而出。「明明就是妳該求葛楚原諒。我知道妳做了什麼，那張版畫是妳的，是妳從妳爸的書房拿出來，結果卻讓葛楚背黑鍋。妳毀了她的人生。」

琪絲汀揚起一條眉毛。「她這麼跟妳說的嗎？」

「算了啦，泰爾妮，我們走。」葛楚勾住我的手臂。

「沒錯，那是我爸爸的版畫。」琪絲汀說。「但她被控墮落，並非因為此事。」

「拜託……不要說。」葛楚搖頭，神情充滿恐懼。

「妳知道她做了什麼嗎？」琪絲汀問，眼淚湧出。

「拜託不要聽……」葛楚敦促，但我堅持不走。

「她想吻我，那個當下我終於明白她是怎樣的人……想要什麼。」她的下巴因為憤怒而顫抖。「她想要我做那張版畫上的齷齪事，違背上帝、犯下罪孽。」

我感覺葛楚身體的重量，領悟到她一定腿軟了。我牢牢地撐住她，朝向宿舍邁出一步，葛楚的頭突然往後仰。

刀刃劃過她的後腦，發出恐怖聲響，我的血液凍結。

我回頭，看到她蹲在我旁邊的地上。琪絲汀站在旁邊，葛楚綁著絲帶的辮子纏在她的拳頭上。月光下可以看到尾端連著一塊血淋淋的頭皮。

✿

「妳太狠了。」我低聲說。

「而妳太傻了。」琪絲汀挺直背脊。「不過，我也不是冷血的人，是妳自己選的，要擁抱魔力，或放逐森林。」

所有女生都站在那兒，等著看好戲。

我想知道葛楚的看法，但她倒在地上縮成一團，像壞掉的蹺蹺板不停來回搖晃。

「我不能……」我低聲回答。「我不能接受我沒有感受到的東西。」

「那就這樣吧。」琪絲汀甩一下葛楚的頭皮。「再見。」

「現在？」我問，拚命控制呼吸。「我不能……現在很黑，至少讓我天亮再走。」

「我的善意已經耗盡了。」

「等一下。」我想讓她聽我說話。「我可以試試看，妳要我做什麼？脫光衣服對著月亮嗥叫？把手放在火上燒？在漆樹叢裡打滾嗎？」

「妳們有沒有聽到怪聲音？」她奚落地說，做出揮手驅趕的動作。「有隻討厭的蚊子在我耳邊一直吵。」

「不然我願意接受懲罰。妳要什麼？一隻手指……一隻耳朵……我的辮子嗎？妳要我做什麼都可以，千萬別逼我……」

「把她趕出去。」

那群女生毫不遲疑地撿起營火邊的石頭丟我。其中一顆從我的臉旁邊飛過，差點打中我的太陽穴，我急忙逃跑。

我走進濃密的森林，拚命找路，帶刺的樹枝劃過我的皮膚。我抬頭看天空想確定方位，但雲層太厚，月亮和星星都躲起來了，彷彿不忍見證。跑著跑著，我的裙子被抓住了，我瘋狂揮拳，卻只打中一叢灌木。我正想解開被勾住的裙子，卻聽到身後有聲音，也可能就在我旁邊，是冤魂想奪取我的身體嗎？還是想吃人的飢餓野獸？無論是什麼，我全身上下每吋皮膚都能感受到，有東西在監視我。

我用力將卡住的裙子扯下來，拔腿往反方向跑——至少我認為那是反方向。我的心怦怦狂跳，我的四肢因為用力過度而發燙，但我的頭腦一片空白，更深層的部位掌管主控權。

我在黑暗中竄逃，盲目奔跑，感覺過了好幾個小時，我撞上很硬的東西。

我大吃一驚，蹣跚後退，疼痛一波波傳遍四肢。一開始我以為是撞上了大樹，但我伸手去摸，發現那東西表面平滑，好像被刻意剝除乾淨。

「圍籬。」我低語，靠著原木癱軟坐下，很慶幸找到熟悉的東西，能讓我緊抓住現實。奔逃造成的熱氣很快就消失了，寒意滲透進來。我用斗篷裹住全身，這時我聽到沉重的呼吸。我希望是自己發出的聲音，然而，即使我用手摀住嘴，那個聲音依然在，十分規律，有如家中門廳的老爺鐘。

「是你嗎？」我從顫抖的手指間問。

沒有回答，但我發誓，我感覺到那個盜獵賊的體溫從原木間的縫隙傳過來，感覺就像之前在小徑上遇到他時一樣。

「為什麼你不殺我？」我雙手按著圍籬。「你放過我兩次了。」

我仔細聽，外面傳來刀刃出鞘的聲音。

「你不會傷害我的。」我低語，臉頰貼著刺刺的原木。「我知道。」

雲層散開，滿月與繁星露面，一把刀從原木間的狹窄縫隙砍進來，割傷我的下巴。

我跳起來，感覺到一陣暈眩，可能是因為動作太急，也可能是因為沿著喉嚨流下的溫暖鮮血。閃亮的金屬縮回原處，我從縫隙間偷看，發現冰冷的一對深色眼眸回望著，他的呼吸聲充滿我的耳朵，讓我聽不見其他聲音。我蹣跚後退幾步，世界突然傾斜，我倒在冰冷堅硬的地上，黑暗濃霧有如厚厚的鉛毯，鋪天蓋地而來。

冬

WINTER

光禿的樹枝上有閃耀的冰霜，在我頭頂搖晃著。我呼出的氣在空中凝結成濃霧，我用手肘撐起身體、看看四周，強風吹到我的下巴，我痛得一縮。伸手摸了一下，乾掉的血液黏黏的，我的指甲縫裡全是泥土，沾到傷口導致刺痛。

「昨晚的事是真的。」我低語。

我從刀鋒砍進來的縫隙張望，不敢相信我竟以為他不會傷害我。我再也沒有聽到呼吸聲，但我不敢靠近去確認。爸爸曾說過，我最大的優點是一次就能學到教訓。想到我倒在這裡，失去意識、鮮血直流，而他一直在外面看，就讓我感到一陣反胃。

我望著濃密的森林，將我和營地隔離，我知道我該怎麼做。無論有沒有鬼，沒有水絕對活不到明天。光是想到水，我的舌頭就一陣疼痛，動物也要喝水，所以這裡一定會有水源。

我站起來，暈眩的感覺又來了。我學會先用手撐住膝蓋，讓天旋地轉的感覺停止。

我覺得想吐，但只乾嘔了幾下，因為我沒東西可吐，連口水也沒有。

我扶著一棵小樹站穩，往森林踏出第一步。風在高處的樹枝間呼嘯，我怕得發抖，就連腳踩在落葉上的聲音，感覺也很陰森。

以前我很愛森林，有空的時候都會跑去探索藏在深處的寶藏，但現在不一樣。一隻鳥發出尖銳警告，我很想知道，牠是想警告其他鳥，抑或是想警告我。

「我是爸爸的女兒。」我低語，挺直背脊。我相信醫學、相信事實、相信真相，絕不會屈服於迷信。或許，鬼魂這種東西，只能傷害相信他們存在的人。我必須這樣想，此刻我的精神只是勉強支撐。

我不知道自己身在何方，不知道昨晚離開營地後走了多遠，我抬起頭想確認方位，但天空毫無線索。那顏色彷彿被人抹上河泥，是單調無盡的灰白。在城裡時，陽光無關緊要，但是在這裡，陽光攸關生死。

陽光短暫露臉，我急忙跑去照到的地方，希望能感覺溫暖，但當我到達，陽光已經消失了。我覺得老天故意欺負我，彷彿夏娃在捉弄我。

我爬上一顆大石灰岩，想捕捉另一抹陽光，卻看到一片亮綠色藻類掛在一個小水池邊。光是看到水，我的喉嚨就乾渴到發熱。我有多久沒喝水了？幾個小時……幾天……我不記得了。走過去的時候，我看到了什麼，一條晃動的尾巴，有個小動物蹲在池邊。

牠抬起頭，兩隻晶亮的黑色眼睛回看著我，我認得那豎立的耳朵、尖尖的鼻子、黃銅色的毛皮，但感覺不太對勁。

我用力眨眼睛，看清那是一隻狐狸，但好像有人在牠的臉上用紅色顏料畫上笑容，弄得嘴巴和鬍鬚都是。我聽說過森林裡的動物都發狂了，但我靠近一看，發現牠腳邊有一隻癱軟的小兔子。鮮血流進死水中，有如在雨水中打翻的墨汁。

我反胃，我的頭感覺好像隨時會脫離身體飄走。我將臉貼在滿是青苔的冰涼石頭上，想要控制住自己。「沒事，很快就會過去了。」我考慮要等狐狸離開，去喝染血的池水，但這時一陣風吹來，我順著風吹的方向爬上一道陡峭山坡，想起媽媽說過，最好的水來自於高處的山泉，池子裡的水一定有源頭。

我聽見隱約的水流聲，跟著聲音走，沿著冬青樹叢走上滿是樹木的山丘，每次我想扶著樹叢，手就被刺傷。我的腳步不穩，視線非常模糊，每走幾英尺就得停下來清醒一下，但當我終於爬上頂端時，看到最令人欣喜的畫面——水從石灰岩間流出，形成一個很深的小水池。水清澈澄淨，沒有藻類、沒有鮮血，但我必須謹慎，已很難判斷一切的真假。我爬上岩石，彎腰將手伸進冰涼的水中，捧起一些水到嘴邊，大部分滴落下巴且弄濕衣服，但我不在乎。水的滋味很乾淨——與營地的井水截然不同。

我彎腰想繼續捧水喝，看到池底有個東西在扭動，一叢深色的貝殼黏在兩塊大石頭中間，模樣有如捲起來的鞋帶，應該是某種軟體動物。

我知道跳進去採來吃，可能會要我的命，但如果不吃，我會餓死。我脫掉衣物，我本來想慢慢下水，但接觸到水的每一吋都像被活活剝皮。我迅速呼了三口氣，整個人鑽進水底。低溫震撼讓我振作起來，讓我加快動作。我挖出兩個，但另一個黏得太緊。我上來換氣，將那兩個貝殼放在旁邊，上岸撿了一塊鋒利的岩石。空氣感覺舒服又溫暖，我不想再下水，但我不能放棄任何食物。

我潛回水底，將石頭插進岩縫，想挖出第三個貝殼，此刻想起爸爸帶我去大河邊的往事。我急著想釣起第一條魚。第一次下鉤，我抓到一條很漂亮的彩虹鱒魚。那條魚拚命掙扎，我用盡力氣才把線收回來。就連被釣上岸之後，那條魚依然不斷撲騰，頭的兩邊輪流拍打地面，我正想用木棍打死牠時，我爸解開魚鉤，把牠放回河裡，他說：「妳必須尊重求生意志這麼強烈的生物。」當時我很生氣，但現在我能理解了。

這個小傢伙還不想放棄，我也一樣。

我回到水面、離開泉水，穿好衣服，立刻動手處理我挖到的那兩個貝殼，但我實在抖得太厲害，幾乎拿不住石塊。「深呼吸，泰爾妮。」我低語。

我拉起斗篷的兜帽，整個人縮成一顆球，對著手指呼熱氣，終於恢復了知覺。

我再試一次，這次手比較穩了，我用石塊輕輕打開貝殼，有米色的貝肉，貝殼內側呈現粉紅、藍色與灰色，我不確定那是什麼種類，總之是某種蛤蜊或淡菜。我戳了一下，貝肉扭動。在家的時候，我們會打開殼後一口吞下，以免嚐到腥味，但現在我想慢慢品嘗，品嘗不是膽汁的東西，只希望我能吞得下去。我小心將貝肉從殼上分離，放進嘴裡細細咀嚼，徹底享受，連最後一滴汁液也不放過。我本來想留著另一個晚點吃，但我等不及了，我打開貝殼，將肉吸進口中，立刻咬到硬硬的東西，一吐到手中，發現是一顆河蚌珍珠，如在我授紗日禮服上的裝飾。我拿在手中轉動細看，研究每一面、每道光澤的色彩，每處的凹凸起伏。這種珍珠很稀有，而我現在有兩顆了。我收進口袋，和茱恩給的那顆放在一起。回家之後，或許可以送給克蕾拉和佩妮。我驚覺，這是幾個月來第一次想到回家，想到可以活著離開這裡。

我聽到輕輕的摩擦聲，太輕柔了，不可能是樹葉，那個聲音，讓我想起家。

我爬到山脊頂端，泉水上方，發現一片寬敞的平臺，長滿乾枯的野草，右手邊可以看到一點色彩。

我走過去，盡可能不要想太多，但那會不會是我夢中的紅花？

我趴下察看，發現那不是花，而是紅絲帶的殘破尾端。我心中湧起一股興奮，假使有其他恩典少女來過這裡……如果她們在森林裡成功存活……那我也辦得到。

我拉扯絲帶，但似乎卡住了，我調整姿勢以便施力，感覺膝蓋壓破了什麼東西。那聲音很不自然，感覺像瓷器破裂，我撥開乾枯雜草和幾塊泥土，發現硬硬的東西，我努力想看清那是什麼，拇指卻插進石頭上的洞。

問題是，那不是洞……這也不是岩石。

而是一個人類的顱骨，臼齒還連在上面。

紅絲帶纏在頸骨上。

我的胃縮緊成一個結，將骷髏頭扔在地上，瘋狂地想用土埋起來，滿腦子想著那些進入森林卻再也沒回來的少女。

或許鬼故事都是真的。

✿

無論山脊上藏著多麼恐怖的真相，我只想盡可能遠離。我衝下山丘，立刻跌倒，一路滾下去，撞上一根爛掉的樹墩。我躺在地上，望著無垠天空，心中有一部分懷疑自己會不會已經死了，那些骨頭會不會是我的遺骸。說不定，一眨眼的時間就已過了一百年，現在的我只是一抹陰影。但隨著視線慢慢清晰，疼痛也更加強烈，但死人不會痛。

我扶著一堆暴露的樹根站起來，過了幾分鐘，我的神智才追上身體，我不知道究竟怎麼回事，但我沒時間細想，太陽漸漸西斜了。

鑄鐵鍋裡燕麥燒焦的氣味吸引我回到營地，我盡可能留下標記，以便之後有必要時還能找到泉水。我躲在靠近邊界的一棵長青樹上，看著她們在營地歡笑、照常生活，彷彿沒有半點煩惱。她們應該很開心我不在了，我不知道是因為嫉妒，還是我過於扭曲的想像力，她們感覺很像從邊緣地帶回來的毛皮獵人，因為毒參泥而亢奮，一直想要搗亂。很難相信才短短幾天之前，我也是她們一員，現在感覺有如兩個世界。

葛楚從營地另一頭走來，在暮光中，她的後腦隱隱反光。我往前靠過去，試著讓她知道我在這裡，告訴她我平安無事，這時我腳下的樹枝斷了，葛楚發現了，但很不幸，琪絲汀也同樣發現了。

我小心保持平衡，盡可能不發出聲音，其他女生全都聚集過來。

「是冤魂作祟。」珍娜低聲說。

「或許是泰爾妮。」海倫將小鳩塞在下巴底。「她來復仇了。」

「無論死活，她絕對不敢回來。」琪絲汀瞇起眼睛說。「假使她企圖測試我的底限，葛楚身上還有很多東西可以割。」

我發誓，她直直望著我，彷彿對我的耳朵直接低語。

我跳下去，遠離那棵樹，遠離琪絲汀的視線，回到森林裡。

我像鬼魂一樣遊蕩了一整夜。

我不知道自己身在何方、走向何處，但我並沒有失蹤，因為根本沒有人在找我。之前在營地看著其他女生慢慢走向瘋狂，我以為那是最孤獨的感受。

我錯了。

✿

我花了好幾天熟悉森林，嘗試不同的小徑尋覓食物，天黑時找到哪裡就睡哪裡，可能是倒落的樹幹旁或被雨侵蝕出的岩洞，但我從不睡在同一個地方兩次。大量的動物足跡讓我知道這裡還有其他生物，從足跡的尺寸，我判斷最恐怖的生物絕不是鬼。

唯一的光明面是，離開營地後我似乎清醒多了，雖然仍會不時頭暈，但已經不像之前那般心神不寧，總覺得大地會裂開把我吞進去。或許是因為那麼多人住在一起，才導致疾病擴散，那是心靈的劇毒。

我只能吃到走運發現的根莖類，偶而會撿到松鼠沒吃完的橡實，好幾個星期過去，我沒有吃到其他東西，我的胃已經不會叫了，甚至不會痛。當我深呼吸的時候，都會想像空氣充滿身體，帶給我飽足，我不知道這樣是好還是壞，但似乎足夠了。

偶爾，我會嗅到菊苣茶或明火烤肥肉的香氣，但我知道營地裡沒有這些東西。即使有，她們混亂的心智狀態也無法準備這樣的菜色。

我跟隨香氣，一路走到圍籬旁。我心裡有一部分很想爬到外面去找到那些食物，但或許這是他們引誘我出去的奸計，也可能只是我的腦子在戲弄我。

幾年前，有個人來找爸爸看診，他堅持說在深冬嗅到蒲公英的香氣，不久之後他的腦袋裡有個東西爆掉，大量失血而死。

「不。」我用力扯一下自己的辮子。我必須專注、遠離圍籬。就算是夢中女孩帶我來的，我也不在乎。

我經常偷聽從野地回來的毛皮獵人們聊天。我知道，在荒郊野外，最大的敵人不是猛獸，甚至不是氣候，而是自己的心。我一直自認很孤僻，來到這裡，我才知道錯得離譜。我一直這麼告訴自己，只是為了要堅強起來……為了感覺高人一等。我的人生大部分的時間都在觀察、批判他們，將他們分門別類，因為這樣我才不會太仔細觀察自己。我很想知道，如果以前的我遇到今天的泰爾妮・詹姆斯，我會有什麼看法。看看我，竟然已經嚴重到用第三人稱談論自己。

我盡可能保持忙碌，但比想像中更加困難。當我覺得自己又飄向心靈看不到的陰暗地帶，充滿疑慮、指責、內疚與悔恨，發覺時我就會找點小事做，將自己拉回來。我編了一條繩子，拉著上坡比較輕鬆。幾年前的夏天，我曾和麥克一塊編繩，為了爬上龜池上方的峭壁。我永遠不會忘記那種感覺，從高處往下跳，除了空氣什麼都沒有，然後進入冰涼的水中，濺起華麗的水花。

想到他，讓我一陣心痛，並不是因為我像個渴望頭紗的小女生想得到他的愛。而是因為我竟然錯得那麼離譜，完全誤判他對我的感情。我不禁自問，我對其他事的判斷是否也錯了，那些重要的事。

我躲在一棵大橡樹後面避風，身體緊貼樹皮。一開始，我覺得很安心，覺得自己依然是人類，不過沒多久，我的心思就開始亂飄，懷疑我會不會在這裡變成化石，變成樹。一百年後有人經過這裡，小女孩拉拉爸爸的袖子問，「你有沒有看到樹幹裡的那個女生？」他會摸摸她的頭說：「妳的想像力太豐富了。」或許，她如果仔細觀察，會看到我在眨眼睛。如果她將手按在樹皮上，會感覺到我依然在跳動的心臟。

天氣好的早晨，我會爬到泉水上方，一路爬到山脊上。每天只感覺更加辛苦，但很值得。隔著光禿禿的樹枝，整座島一覽無遺，外圍結了一層冰，更外面則是我見過最深的藍色。

要是不知道這個地方的作用，不知道這裡發生了多恐怖的事，一定會認為景色令人屏息驚嘆。

但那副遺骸不斷提醒我真相。

無論那是我夢中的女孩，或不知姓名、長相的加納郡少女，總之她在這裡提醒我，必須時時提高警覺，否則會發生怎樣的後果。我絕不能放下防備。

無論她是怎麼死的，我希望她能找到平靜。爸爸曾經醫治過一個毛皮獵人，一把手斧插進他的頭顱，只要稍微移動就會全身痙攣。爸爸給了他兩個選擇：拔出來，因為失血而迅速死去；不拔出來，慢慢被折磨而死。獵人選了後者，我當時覺得這是懦弱的決定，但現在的我改變了想法。死亡不可能溫柔，那又何苦加速死亡來臨？他奮力搏鬥到嚥下最後一口氣。我摸摸地面，希望她也一樣，或許她從營地一路爬過來，來到島上的最高點躲藏，能夠看著這樣的風景死去，應該不算太糟。

然而，我心中的陰暗面一直懷疑，或許是其他恩典少女殺害了她，而我是否也會有同樣的遭遇？

今天的營地冒出大量濃煙，她們顯然是用潮濕的木頭生火。這裡四面八方都能看到比較小的煙，由此可知，盜獵賊也有自己的營地，他們營地之間的距離拿捏得很完美。可見他們有組織、有條理。我依然想不通他們如何抓到我們的，又如何分化我們然後加以獵殺，但我盡可能避免落入陷阱。

我很想永遠待在山脊上，但現在我很容易累，就連在風中站穩都很辛苦。有時候，我覺得會被風帶走，飛去另一片大地，但那是迷信魔力的想法。寒冷飢餓而死，完全算不上什麼魔力。

我爬下山脊，展開另一個搜尋根莖植物以填飽肚子的無趣日子，我看到一隻很大的齧齒類動物從泉水跳出來，齒間刁著最後一個河蚌。

「麝鼠。」我嘶聲說。

牠往山丘下奔去，我急忙追上。我一路追到森林另一頭，經過一大片松林，一路到了圍籬另一頭，牠停住，我打算趁牠轉身鑽到圍籬下時抓住牠。我撲過去，手伸到洞的另一邊，但牠已經跑掉了。

我的臉貼在地上，開始痛哭，我知道這樣很可悲，但我一直覺得，只要那隻河蚌還活著，我也能活下去。然而現實卻是，我沒有時間了，我即將耗盡資源。

我呆望著圍籬底端的洞，努力思考我該怎麼辦，這時我猛然想起：**圍籬——漢斯**。

來營區的路上，漢斯說過，他負責維修圍籬，他希望就近保護我。倘若有人報告圍籬損壞，他就必須來修理。我知道，法律禁止我們和衛士交流，但漢斯是我的朋友。在城裡的時候，他總是盡力保護我。既然剛來時他就願意幫我把袋子丟回圍籬內，說不定他也會願意給我食物——甚至是毯子，這樣我就能再次振作起來。

不過，那個麝鼠挖出來的洞太小，而且太偏遠。我仔細觀察，發現那根巨大的杉樹原木已經腐朽了。我伸手摳了幾下，大塊的木頭立刻掉落，慢慢摳得花上好幾天，我沒有那種時間和精力。我用靴跟猛踢軟爛的木頭，最後終於出現一個大洞，連水壺都能通過——就算盜獵賊再笨，應該也會發現然後回報。

於是我坐下。

然後我等候。

刺骨寒風從圍籬縫隙吹來，我拉緊斗篷裹住肩膀。真不敢相信，以前我竟最愛這個季節，能穿上羊毛衣物將全身包緊緊，完全無法分辨那些孩子是誰，但成年女性不能這麼做。恩典之年過後，她們必須隨時露出臉龐，避免她們暗藏魔力。主婦很少在冬季出門，但一到春天她們就再次出現，感覺有如破繭而出的蝴蝶。只是一些小事，例如去市場時繞遠路，特地走到街道對面曬太陽。

偶爾我會看到主婦脫掉鞋子，赤腳踩在剛冒出的青草上。一絲狂野放縱，心中保留了一個永遠無法真正馴服的祕密角落。

我聚集落葉和樹皮做了一個窩躺下，望著圍籬上的那個洞，記住腐朽木頭上的每處凹陷、每道裂縫、每根木刺，我忍不住自問，我的內在是否也變成了這樣，除了空洞什麼都沒有。

我的視線轉向上方一望無際的天空，任由心靈漫遊。有時候我很難想像，其他地方的人依然照常生活。盜獵賊照常生活，恩典少女照常生活，我的父母、姊妹、麥克——對其他所有人而言，時光依然不斷前進，但我卻只剩眼下的生活。我彷彿逐漸脫離現實、脫離時間，甚至脫離了人類的身分。一切都消失了，只剩最基本的需求：進食、排泄、流汗、發抖，及睡眠。生存的意義不過如此。在家生活的那麼多年，我一直希望時間過快一點，等不及想展開真正的人生，但其實那時才是我真正的人生，是最美好的一段時間，而我完全不知道。

好冷，我看到呼出的氣凝結不散。閉上眼睛，我可以想像青草與黃花的氣味，想像陽光曬在皮膚上的感覺，但一睜開眼睛，眼前只有灰色和棕色，我的鼻子裡滿是死亡的氣息，可能死去的其實是我自己，肉體與心靈緩緩分解。

我以為我只閉上眼睛一下子，但其實一定更久。幾個小時，甚至幾天，因為天就快黑了。

趁著還有一點光，我蒐集了一些或許夠乾、能點燃的木柴，捧起落葉堆在一起。我拿出打火石在上面敲，一個火花又一個火花，好不容易終於點燃了。

我用手捧著那些落葉，輕輕吹氣。我想起麥克，小時候我們會吹蒲公英許願。

我總是希望能擁有真實的人生。我從來沒問過他的願望是什麼——說不定他想要的就是我。

在授紗儀式上，他說，**妳不必為我改變**。但這句話不是真的，因為在那一瞬間，我已經變成了他的財產。那是緩慢的死亡，比在這裡凍死更緩慢。儘管他自以為愛我，但他和家人的關係、他的信仰、他的性別，這些都比愛我更重要，授紗之日那天和他吵架時，我就看出來了。他大可以告訴自己他是為了保護我，但他心中永遠有個部分想要控制我、把我藏起來，不讓世界看到。

森林隱約傳來艾美唱那首童謠的聲音，我不知不覺跟著一起唱。

女孩要當心，如果不聽話，將會早早進墳去。
大風吹呀吹，夜晚悄悄來，為遭她詛咒的每個男子哭泣。
金髮的夏娃，高高坐在搖椅上。

我不確定我坐在那裡多久，呆望火焰，唱著她的歌，但現在火只剩餘燼，森林裡只有我一個人的聲音，或許她根本沒唱歌。然後我才想起，艾美已經死了。

我在火邊緊緊蜷起身體，用斗篷仔細包裹全身。確認所有縫隙都蓋好之後，我躺下休息。訣竅在於要一動也不動，只要做錯一個動作，冷空氣就會入侵，有如殘酷的軍隊。一旦寒意滲入體內，幾乎不可能擺脫。

我躺在地上顫抖，祈求能夠入睡，這時我聽到有個東西來到我的營地。一開始我以為是冤魂，是葬在山脊上的那個女孩，但那個腳步聲太沉重，低沉喘息太大聲，臭味太濃烈。這個東西絕對有身體，是動物。

我考慮逃跑，但我疲累到無法動彈，虛弱到無法搏鬥，假使我離開火邊，假使我離開寒酸的小窩，就算逃過動物攻擊，也還是會凍死。於是我躺著不動，注視餘燼，希望那隻動物只是經過，但牠越來越接近，距離近到我能感覺牠在我身上嗅聞。牠推推我的背，我的頭腦告訴我快逃，但我強迫自己不准動，裝死。這是我此刻唯一的防衛，反正其實我真的快死了。

那隻動物發出恐怖的吼叫，一長串口水滴到我的臉頰上。我認識那個聲音，我認識那個氣味，是熊，我必須咬緊牙關以免尖叫出聲。熊用鼻頭推推我，用腳掌撥弄我的側腰，爪子刮破羊毛斗篷的聲音令我頭暈。我想著這就是我的死期了，這時幾英尺外傳來有東西掉落地面的聲音。熊一定也聽到了，因為牠決定暫時不吃我，先去調查。我聽到磨牙的聲音，接著傳來另一下落地聲響，這次距離稍遠。然後又一聲，距離更遠了。熊慢慢離開我，我的呼吸稍微順暢一些，我聽到熊走向松林另一邊的山谷，我知道牠決定不停留了。我想抹去臉上惡臭的口水，伸手想拿葉子，卻摸到一個濕濕熱熱的東西。我拿起一根有火的木柴靠近，瞇起眼睛看著那個地方，發現有油脂留下的痕跡，那是一塊切下的鮮肉，我想都沒想就塞進嘴裡。我作嘔的同時依然不停咀嚼，這個小小的奇蹟令我感到噁心又感激，我抬頭望著樹，納悶是從哪裡掉下來的，這時我聽到聲音，圍籬另一頭有人。

我爬過去，對著原木上的洞輕聲問，「漢斯，是你嗎？」

但我只聽到那個人離去的腳步聲。

✿

灰色的天空剛透出一絲金黃曙光，我用手撐著結冰的地面想站來，卻發現四周有許多小點。

一開始我以為是雪（這幾天，可以透過空氣感覺到好像快下雪了），但形狀不對，顏色也不對，那是帶著小紅斑的米白色。我用靴子推了推，那個東西滾過來，是豆子，肯定沒錯。我彎腰撿起來，更多豆子灑落出來。

這些豆子從哪裡來的？我猜想或許是漢斯和肉一起扔進來的，不過，當我站起來，我看到另一顆從斗篷掉出來。

我把手指伸進被熊抓破的洞裡，摸到許多小小硬硬的顆粒。我小心拆開下擺縫線，將柔軟的米色布料掀起來，發現裡面有一個精緻的迷宮，全都是種子，縫進每一層內襯，有幾百顆。

南瓜、番茄、芹菜，還有一些我根本不認得。

「茱恩。」我低語，這個領悟讓我重重呼一口氣，她一定花了好幾個月的時間才縫好，不過她怎麼會知道我需要種子？除非她也經歷過現在發生在我身上的狀況。我緊緊摀住嘴巴，想壓抑啜泣，但就是停不住，眼淚不斷滾落臉頰，我滿腦子只有一個念頭：我好想見她。我好想見他們所有人——媽媽、爸爸、克蕾拉、佩妮、艾薇……甚至麥克。我想感謝他們，向他們道歉，但我必須活著回去才能實現。

幾個星期以來，我覺得彷彿在濃稠液體中行動，但今天不一樣，這一刻不一樣。儘管天氣陰沉，寒冷讓我全身疼痛，空虛侵蝕我的內在，但我的步伐多了活力。我找到了一絲新希望，而我一直帶在身上卻沒發現。

我爬上山坡，經過泉水和那個女孩的遺骸，努力爬上最高的山脊。我記得茱恩說過，內襯是配合季節縫製的，但我打算一口氣全部種下，我說不定活不到下個季節。

我對園藝幾乎一無所知，只有從茱恩講的故事裡學到一點，但我似乎記得她唱給克蕾拉和佩妮聽的童謠，我甚至記得搭配的手勢。雖然這樣做感覺很傻，卻帶給我出乎意料的笑容。「**挖個洞、放種子、埋起來、拍一拍……澆澆水、曬太陽，快快長大給我**

吃。」我抬頭看天空，希望太陽出來，給我一個預兆，但有個東西落入我的眼睛，我的皮膚冒出一片新的雞皮疙瘩。「下雪了。」我低語，我的心臟在胸口沉落。

在家的時候，初雪總是令我興奮不已，我和麥克會花上一整天時間以雪堆城堡，把雪塞進對方的衣服裡，玩到黃昏才回家，手指凍僵，睫毛上全是亮晶晶的冰。我會在壁爐邊取暖解凍，喝著香料熱蘋果酒，慢慢一層層脫去衣物，聽著家人的聲音，媽媽藉著織毛線發洩不滿，爸爸翻閱文件，克蕾拉和佩妮輪流朗讀同一本書的不同章節。

我用力眨眼睛，想從腦中抹去回憶，但我太虛弱，無力阻止回憶湧出。我需要這個菜園長出東西。

我抹去淚水，瘋狂用手指在地上挖洞，但地面幾乎完全結冰了。任何頭腦清楚的人都會等到春天，但我沒有那種餘裕。

我以尖銳的石頭和木棍用力挖，燃盡整個天亮的時間，以及我僅存的所有體力。我挖土種植，最後雙手凍得毫無知覺。太陽開始西斜，冷空氣滲透骨髓深處，威脅要把我凍結在這裡。我心裡有一部分想蜷起身體、閉上眼睛，但我知道一旦躺下我就起不來了。我會死在這個山脊上，儘管我虛弱疲憊，但我還不打算放棄。

我的手指鮮血淋漓、傷痕累累，但依然將種子一顆顆放進土裡，埋上冰冷的泥土。我為每顆種子默默禱告，我知道女性禁止在心中禱告，但現在我就是這裡唯一的神。

最後一顆種子也種好之後，我看看四周，發現雪已經覆蓋了森林，彷彿想把我藏起來，將我塞進早已遺忘的夢魘中。

「為什麼要這樣對我？」我低語。

雲層發出低沉轟鳴，彷彿回答我的問題，我全身冒出雞皮疙瘩。

雷雪。

「這只是巧合罷了。」我這樣告訴自己，收拾東西準備下山，但我還沒動身，另一波雷聲撼動我腳下的土地。

夏娃拒絕被忽視。

✿

暴風雪有如沉重惡耗，橫掃整座島。

我知道我應該找地方躲起來等到風雪過去，我聽毛皮獵人說過這種暴風雪有多危險，但假使這個菜園活不成，我也活不成了。

我掀起斗篷兜帽，做好心理準備對抗寒冰、暴風、大雪。我連下一步要踏的地方都看不清楚，更不可能避免踩到灑下種子的地方。

天空降下一道閃電，打中我前方的地面，所有毛髮瞬間豎立，但我沒事，我正想著幸好菜園也沒事，這時腳下發出恐怖巨響，地面開始移動。我在山脊上跑來跑去，凍僵的雙手拚命挖土，瘋狂地想讓大地重新接在一起，但土地在我腳下崩解。我手腳並用往上爬，好不容易抓住幾根藤蔓，這時半個山脊崩落，在轟然巨響中滾落山谷。

我低頭看著那些種子飄落崩蝕的土堆，我大哭起來，那是我僅有的一切，我最後的機會，卻只能眼睜睜看著它付諸東流，從我的指縫溜走。我拉著藤蔓回到山脊上，對天空怒吼，「我到底做錯了什麼，要這樣懲罰我？」

一陣雷聲響起，彷彿回應我，比獅吼更響亮，我感覺得到她的力量、她的憤怒，這讓我很生氣——不知為何，我覺得她背叛了我，儘管她從來沒有給過我承諾，沒有和我結下祕密盟約。沒有人說過這一切會很公道、很輕鬆。我不禁覺得，或許我沒有資格來到這裡，也沒有資格存活。我用盡力氣大聲怒吼，對帶我走到這一步的所有事表達憤怒。我癱倒在冰凍的泥土上，一聲慘叫從遠方迴盪而來，不是我的聲音。

一開始，我想應該是有動物受困，可能是駝鹿臨死前的最後悲鳴，但當慘叫再次響起，我聽出那是人類的聲音，令血液凝結的慘叫，而且來自營區的方向。

「葛楚。」我輕聲說。

我拋下全毀的菜園，狂奔穿過森林。現在我已經把路熟記在心了，每根倒落的樹幹、每根險惡的樹枝。

越是接近，慘叫聲越淒厲，但也有笑聲和歌聲。我闖進營區，發現一群女生在原地轉圈，滿身都是爛泥和雪，其中一個站在廁所屋頂上胡亂揮舞手臂，彷彿在指揮全場。

「妳有沒有看到我的頭紗？」一個女生搖搖晃晃走向我，全身濕透，深色睫毛上掛著冰，是莫莉。我很想說出她沒有頭紗，但她已經神情恍惚走遠了。

我無法判斷是她們狀況惡化了，還是我的狀況改善了，總之場面簡直瘋狂無比。

琪絲汀抓住塔瑪拉的手，拉著她走到空地中央。她們狂亂舞蹈，越轉越快、越轉越快，對著漆黑的夜色狂笑且尖叫，一道閃電穿過天際，打中她們面前的地面。我嗅到空氣中電的氣味，但不只如此，還有燒頭髮和皮膚的臭味。塔瑪拉倒在地上，躺在淺淺的水窪中不停抽搐。

海倫蹣跚過去察看，然後摀住嘴，很難判斷她在哭還是笑，或許連她也不知道。

另一道雷電落下，所有人急忙找地方躲，只有琪絲汀例外，她抓住塔瑪拉抽搐的手臂，拖著她走向閘門。「開門。」琪絲汀大喊。

「等一下……妳在做什麼？」我跑進空地，但琪絲汀將我推開。

「這是對她的仁慈。」琪絲汀說。

塔瑪拉緊盯我的雙眼。她無法言語，但我看出她的恐懼。

「不行。」我急忙站起來。「她還有呼吸。」

「妳想害她妹妹被送去邊緣地帶嗎？」琪絲汀問。「她應該死得有尊嚴。」

我看看空地四周，想找個願意聽我說話的人，這時我看到葛楚躲在行刑樹後面，淚水直流。看到她哭泣，我知道真正的她依然存在：無論發生了什麼事，她內心的某個地方知道這樣不對。

她們搬起塔瑪拉的身體丟出營區，上方的天空閃過一道非常強的雷電，照亮她的臉，她張大嘴巴，無聲驚恐尖叫。

電光消失，塔瑪拉被扔在地上，發出扎實聲響。閘門關閉發出詭異吱嘎聲響，然後是扣上門栓的聲音，有如在敲下棺木的最後一根釘子。

所有女生擠在圍籬前，臉貼著滿是木刺的原木，搶著從縫隙觀看。

湖岸傳來令人驚恐的呼哨。

沉重的腳步聲來到閘門外，我急忙後退。

我不需要看，就知道發生了什麼事，我聽得見，也感覺得到——利刃割肉，塔瑪拉無聲的慘叫越來越淒厲，成為我唯一能聽見的聲音。

幾個女生轉身不忍心看，潔西卡緊閉雙眼，瑪莎蹲在地上，一口氣嘔光胃裡的所有東西，但她們無法逃離剛才目睹的畫面，也無法逃離她們的所作所為。其他人站在那裡，視線無法離開殺戮的慘狀——她們認為這是天譴、是上帝的旨意，但其實只是琪絲汀的命令。

「妳殺了她，塔瑪拉是妳最要好的朋友，妳竟然殺了她。」我說。

琪絲汀轉身看著我，眼神凶殘。

「那……那是泰爾妮嗎？」海倫蹣跚走向我，小鳩從她的斗篷口袋探出頭。

「她回來了？」凱蒂問，戳戳我的手臂。「怎麼會？」

珍娜逼近我面前，瞳孔張得非常大，感覺有如無光的黑色彈珠。「她是鬼嗎？」

琪絲汀拿起靠在圍籬上的斧頭。「要確定，只有一個辦法。」

她慢慢走向我，我往邊界退卻。

每走一步，我都感覺得到四肢的沉重，長滿水泡的腳在靴子裡滑來滑去，我的心臟在喉嚨裡怦怦狂跳。

那群女生圍著我吵吵鬧鬧，有如圍著新鮮屍體的黑蒼蠅。

「大家都知道，鬼不會流血……所以很簡單，我們只要——」琪絲汀失去平衡往前倒，一頭撞進我懷裡，力道之大，讓我蹣跚後退幾步。

其他女生睜大眼睛看著，琪絲汀張大嘴，喉嚨冒出緊張的低聲嗤笑。

沒多久，她們全都笑了。

我順著她們的視線往下看，發現斧頭插進我的肩膀與胸口之間，這感覺不像真的……很像逾越節慶祝儀式上，我們將鋸斷的鐵樁黏在埃德蒙神父的手腳上，製造出釘上十字架的假象。

我雙手抓住斧柄用力一拉，這個動作讓她們笑得更瘋狂。我不停拉，直到斧頭終於脫離，血也跟著流出，太多血了。

她們笑得非常誇張，笑出滿臉淚水。

她們以為這是遊戲。

但我依然沒有倒下，現在已經沒有人壓制我了。

✿

我右手抓著斧頭，拔腿奔跑，盲目衝過森林，我深信她們不會追來，但我錯了。我唯一的優勢在於我熟悉地形——然而，儘管她們欠缺知識，卻有充分的決心。

「在這裡。」一個女生在我身後大喊。

即使跌倒、撞到樹、撞到彼此，她們似乎總是能立刻站起來，彷彿感覺不到疼痛。或許是魔力所造成，或許是感染她們的不知名疾病影響，總之最好的辦法就是先躲起來，等她們放棄。

我躍過一棵倒地的杉樹，躲進黑暗的凹處，屏住呼吸。兩個女生從我上方跳過，其中一個落地時沒踩穩，她扭到腳踝的喀啦聲響令我心驚，但非常不可思議，她竟然立刻站起來，跛著腳追上其他人。

我移動手臂想看清楚傷勢，但一動血流得更快，若想活過今晚，我必須設法止血。我把斧頭夾在膝蓋間，從襯裙底端扯破一條布，撕裂聲比預期中響亮。我迅速包紮肩膀，但疼痛已經變得非常劇烈。我看過太多來找爸爸治療的病患，我知道我之所以能撐到現在，完全是因為突如其來的震撼讓我感覺不到疼痛。這層保護很快就會消失，疼痛將鋪天蓋地而來，很可能會超過我能承受的程度。我做好準備想要站起來，這時卻聽見雪地上的腳步聲，一定是某個女生聽見撕裂布料的聲音回來察看。我屏住呼吸，盡可能不動，我只要安靜躲好等她過去就行了，但旁邊似乎有什麼東西。輕柔尖銳的叫聲，小爪子刮著我的靴子，我低頭看到裙子底下冒出一根瘦瘦的尾巴。

森林鼠。

牠爬到我的裙子外面。我猜想老鼠應該想從拆開的縫線鑽進去，尋找留在裡面的種子，沒想到牠竟然沒有鑽進去，反而直接往上爬，朝著我的傷口而來，我的眉頭冒出冷汗。老鼠帶有疾病，而且這裡沒有治療的藥物，我本來想等牠自行離開，但最後終於再也受不了，於是用沒受傷的手將老鼠從肩膀上拍開。老鼠飛過半空，慌亂地調整姿勢，最後抓住夾在我腿間的斧頭。我還來不及思考，斧頭已經開始往前倒，將老鼠插在地上，就在一個恩典少女的腳邊。

梅格・費雪彎腰察看我的藏身處，輕聲說：「妳在這裡呀。」

我用力踢她的臉，她往後倒，鼻血直流，但她卻只是大笑。

我抓起斧頭，推開她跑過去，衝向我唯一能想到的地方，就連梅格也沒有瘋到會想追過去。我用斧頭清除腐朽的木頭，然後鑽進圍籬底端的那個洞。我扭動身體爬過去，卻感覺冰冷手指抓住我的腳踝。

「妳想去哪裡？」梅格將我往後拖，尖銳的木片刺進我的肩膀。疼痛非常劇烈，我無法呼吸，但我不能被她們抓到。

我用指甲抓住冰凍的地面，用力一踢，然後急忙爬到另一邊，然而，我才剛站起來，就聽見南方傳來呼哨，我跌跌撞撞往前跑，躲在一棵被風吹歪的松樹後。

「妳以為躲起來我就找不到？」梅格大喊，在悶哼與狂笑中努力鑽出來。

無論是水、食物還是空氣的毒害導致她變成這副模樣，我很清楚梅格在城裡時不是這樣的——她在教堂募捐，母親上了絞架之後，她每天一大早就去草原採鶴虱草放在行刑樹下。我很想叫她不要過來，想清楚她在做什麼，但她的精神狀況不正常。

另一聲呼哨傳來，這次距離更近了。

我從樹後探頭偷看，梅格的黑眼睛反射月光，臉上掛著大大的笑容，彷彿嘴角被隱形的線往後拉。

「找到她了。」她對著圍籬裡面大喊。「她就在——」

低低的嗡鳴聲劃過夜空，然後突然停止。

梅格跪倒在地，眼神狂亂，張開的嘴巴鮮血直流。

我努力想弄清楚究竟怎麼回事，就在此刻，我看到閃亮金屬插在她的脖子上，是一把飛刀，就像在小徑上差點射中海倫的那把。

盜獵賊。

我想追蹤他的動作，但他在黑暗中高速移動，我的眼睛跟不上。

他來到梅格癱軟的身體旁，我聽見她說話，但她所說的話被喉嚨冒血的聲音蓋過，我聽不清楚。

我感覺地面搖晃，將斧頭抱在胸前，靠著樹往下沉，背脊壓著粗糙的樹皮，想盡辦法讓自己不脫離現實，但我清楚感覺到血液從身體流失，感覺到自己動作變慢。很快就會有大批盜獵賊趕來，我不可能鑽回圍籬裡，我會先失血而死。

我在意識的邊緣搖搖晃晃。也許是因為失血過多，也可能是因為盜獵賊切割梅格身體的聲音，或者是因為我感到極端絕望，總之我的意識開始飄離……

雪花融化在我的嘴唇上。一瞬間，我回到城裡，在草原上，伸出舌頭捕捉雪花，我十二歲，我知道，因為我依然繫著白絲帶。我和麥克並肩躺在地上做雪天使，我翻身站起來，他以奇怪的眼神看我——眼睛中間皺起來——去年夏天，我們遇到一隻垂死的鹿，他決定用石頭打死牠，讓牠早早解脫，當時他也是這種表情。「妳流血了。」他輕聲說。

我檢查鼻子、膝蓋——全都沒有，不過他說得沒錯。雪地上有血跡，就在剛才我躺過的地方。一開始我以為可能是受傷的動物藏在雪堆裡，但腿間濕黏的感覺告訴我不是那樣。

我想將血流塞住，假裝什麼都沒有發生，但他已經知道了，很快所有人都會知道。我並不認為這是美好的痛楚，能讓我更接近自己的天命、更接近上帝，我認為這等於宣判死期。麥克默默收拾好我們的東西，送我回家。到了我家門口，他開口想說話，但沒有發出聲音。還有什麼好說？

OPEN BOOK

悅讀趣

我們將少女供上神壇，只為了將她們狠狠推落，
男人永遠不會結束恩典之年，但或許我們可以。
——《純潔國度》

2020年9月號

躲在雪堆裡的受傷動物就是我。

大湖吹來的風找到我，輕聲耳語。「快沒有時間了。」

我抬起頭，看到夢中女孩站在湖岸邊，我好久沒見到她了，不禁露出笑容。

我知道我有兩個選擇：沉溺回憶而在這裡死去，或是擁抱最後一次的冒險。我已經跟隨她這麼久了，何妨再多一次？

雲層散開，月亮無比皎潔、又圓又大，我擔心會漲大到爆炸。

突然間，我明白她想告訴我什麼。

快沒有時間了……我快死了。

或許交出肉體是我僅存的用途。

因為那不就是女人最大的罪孽嗎？

毫無用處。

我抓緊斧頭往前爬，我沒有回頭。我專注嗅聞藻類與濕黏土的氣味，當風重新吹起，我知道我正在往水邊前進，往家的方向。

到了卵石湖岸上，我以斧頭作為支撐站起來。

我望向地平線，看到兩個月亮。

一個是真的，一個是倒影。

就像那個女孩，或許她也只是倒影，映照出我想成為的那種人。
我走在冰層上，想著冰層的範圍多大……我可以走多遠，幾英尺……十英尺……二十英尺？
風再次吹來，我閉上眼睛、張開雙臂。
這一刻，只要魔力真正降臨，我什麼都願意做。只要讓我能離開這裡飛回家，我願意放棄一切。
但什麼都沒有發生。
什麼感覺都沒有。
我甚至不覺得冷。
腳步踩在卵石湖岸上的聲音悄悄朝我逼近，但我不只聽到聲音，內在深處更清楚感受到，彷彿站在刀鋒邊緣。
我回頭張望，我看不清他的五官，但我知道是他——他的動作，有如濃霧從水面上滾滾而來。
深色薄布在他身後飛揚，他的模樣有如死亡天使，沒有名字，沒有臉孔，但死亡不就是這樣嗎？
他踏上冰層，我轉身面對他。

腳下傳來冰裂開的聲音，我們都立刻停止動作。

我一直以為，倘若當真走到這一步，我一定可以保持尊嚴，優雅面對死亡，就像無數女人在廣場上絞架時的模樣，但被活生生剝皮，這種死法毫無尊嚴與優雅。

我壓低下巴、張開雙腳，雙手抓住斧頭，雙眼死死盯著他。

或許是夏娃附身，或許是月光作祟，也可能是女性魔力讓我變得殘酷狡詐，總之，在這一刻，我只想拉著他一起死。

溫熱的鮮血流下我的手臂、雙手，讓斧柄變得黏黏滑滑，我只需要用力一揮。

他彷彿察覺到我的想法，舉起雙手，做出裝上轡頭時讓亂跳馬匹冷靜的手勢。

我舉起斧頭，刀鋒映著月光，解放了我心中的某個東西，回憶浮出，是我以為早已埋藏的往事：**我媽站在我的床邊，她的眼睛溫柔濕潤，金屬頂針在燈光下閃耀光芒。**

「做夢吧，孩子，夢見更好的人生，真實的人生。」

我很想知道，現在她是否能看見我、感受我，隔著那座大湖，越過那條長滿荊棘與薊草的險惡小徑，她是否知道一切將以這種方式落下句點。

淚水滾滾滑落臉龐，我低聲說：「原諒我。」

我抓緊斧頭，往冰層一揮。

一開始毫無反應，只有硬物接觸的震動傳上我的手臂，鑽進我的傷口，讓痛楚隨著心跳悸動，但很快我就聽見了，連續不斷的綻裂聲響，然後是悶悶的啪一聲，彷彿我的骨頭折成兩半。

他撲過來，但已經太遲了，冰層在我腳下裂開，我沉入冰涼湖水中，有如長針刺入深處，但我的裙子飄起來，減緩了下沉的速度，也可能我並非下沉而是往上飄，或許灌滿裙子的不是水而是風，讓我離開大地飛了起來。我的肺灼痛，想要深呼吸，我不知道肺會充滿星塵還是湖水，但我感覺身體變慢了。我的心跳在各處敲打，耳朵、喉嚨、指尖，有如輓歌。

慢。

更慢。

然後停止。

在月光的照耀下，我飄到一片玻璃下方，我看著世界匆匆流逝。我並不悲傷，也並不失落，我感到平靜，因為我是以自己的意願離開世界，他們無法奪走我的這個決定。

我伸出手指沿著玻璃表面撫摸，這時我聽到一下雷鳴，玻璃碎裂。有個東西在拉扯我的辮子，我被拽向天堂。我的背壓到許多凹凸不平的樹瘤，有個東西在打我的胸口——我的嘴唇感覺到溫柔暖熱。一種像火燒的感覺在肺裡肆虐，我嘔出水，猛吸一口氣，很痛——空氣進入肺的感覺很陌生，彷彿無情背叛。

我在走，但我沒有腳，我乘著一片黑煙穿過森林。遠方傳來呼哨，滿是鮮血的手摀住我的嘴，我的眼睛鎖定我唯一能理解的東西——兩個黑色球狀物回望著我，那雙眼睛屬於我的劊子手，我的敵人。

我用力拉長脖子，盡全力咬下去。

然後世界變成一片漆黑。

我什麼都不是，誰都不是。

只是一堆皮囊與骨頭。

✿

鋸齒刀鋒割破布料的聲音滲透我的知覺。一個灼熱的東西貼著我的背、我的脊椎，悠長平穩的呼吸吹在我的後頸上。我的身體上方與四周都有沉沉的重量，我想要與身體保持分離，不去感覺，在廣場看行刑的時候我經常這樣飄離，但隨著生命回到四肢，疼痛也回來了，我的左肩深處抽痛。

我身後熱熱的東西離開了，我看到一個人走到房間另一頭，全身赤裸，純粹的肌肉在皮膚下起伏。我想尖叫、想咆哮，但我發不出聲音，我全部的體力都被劇烈顫抖耗盡了。我的牙齒打顫得非常用力，我擔心可能會碎掉。放在房間角落的炭黑色布料站起來，是盜獵賊回來了，黑眸從虛空中緊盯著我。

他俯身看我，將惡臭液體倒進我的喉嚨。我想吐掉，但他摀住我的嘴，強迫我吞。

刀光閃爍，接下來是我一生所感受過最劇烈的痛。

刀刃挖著我的肉，他似乎想把我的手臂扯斷，但他割了一次又一次又一次，我的手臂應該沒有這麼多皮可剝。我知道他們相信殺害的過程越痛苦，血肉的魔力越強大，但那只是騙人的。我想告訴他魔力不是真的，他的行為只是以冷血手法殺人，但不知為何，我感覺就算說了也沒用。

沉重的液體在我的胸口擴散，我明白這是什麼意思，我知道這是什麼。並非死亡要來接我……而是已經在這裡了。

✿

風在四周呼嘯，吹來金縷梅與腐肉的氣味。

我的眼睛狂亂轉動，觀察這個房間，幾個鉤子上掛著筋很多的長肉條，鞣製過的皮革掛在粗糙的架子上晾曬，另外還有刀……很多很多的刀，一長排擺在簡陋的切肉桌上。我的視線落在一個棕色皮革袋上，前面擺著許多玻璃小瓶子。

他的殺戮工具包。

那些瓶子要用來裝我。

驚恐竄過我的肌肉，我的心臟跳得如此猛烈，我很擔心會爆炸。

我想起來，但我的手臂動不了，腿也動不了，只有頭能動，但就連我的頭也感覺沉重、腫脹，我幾乎無法清晰思考。

我低頭看自己變成了怎樣，但我的身體被沉重的毛皮蓋住。我很想知道是不是我全身的皮都被剝光了，說不定在毛皮底下，我只剩一堆糾結的筋和斷裂的神經，被凝結的血黏在一起。

我想尖叫，但我嘴裡有個東西讓我發不出聲音，那個味道像杉木和鮮血。我不禁想到城裡的馬匹，鬃毛編成髮辮，一塊木頭塞進牠們的下顎後方以便控制牠們的行動。我領悟到，現在的我就像那樣，受到別人控制。

那個盜獵賊察覺我的焦躁，從暗處出現，他全身包裹著炭灰色薄布，這段時間他一直看著我，很可能樂在其中。他強灌更多噁心的液體進我的喉嚨裡，我嗆到了，但他不在乎。我從他的眼睛看得出來，對他而言，我只是一塊毛皮、一隻動物。

沉重的液體散布全身，我努力想判斷應該反抗或放棄，說不定我根本無從選擇，這時我看到一道光從壁爐往我左邊移動，那道光不像燭光一樣搖曳，而是明亮穩定，有如北極星。那道光朝我而來，瞬間變成劇痛，我的鼻子裡滿是肉燒焦的氣味。我曾經聽說過，有些盜獵賊非常殘酷，喜歡用烙鐵燙被害人，各種凌虐玩夠了才殺死獵物。

我就快暈過去的時候，聽到一個聲音——靴子在厚厚積雪中跋涉的聲音，是風鈴，只是那個聲音太單調，應該不是玻璃或金屬，感覺像石化的木頭互相敲擊。

那個盜獵賊一定也聽到了，因為他把烙鐵從我身上拿開，一絲恐懼閃過他的眼眸。

「萊克，你在嗎？」一個陌生的聲音從外面傳來，感覺像是來自很遠的地方。

我發出呻吟想要求救，只要能不再受這種折磨，怎樣都好，但那個盜獵賊用骯髒的手摀住我的口鼻，我努力想掙脫他手掌肉最厚的部分，就算能吸到一點空氣也好，但他力氣太大。我對上他冰冷的深色眼眸，知道再過幾秒他就會毫不遲疑把我悶死，或許這樣最好。但我想起爸媽、姊妹，甚至麥克。我承諾過會盡一切努力活著回家，而不是裝在這些小瓶子裡。只要我還有一口氣，我就會奮戰到底。

但奮戰的方式有很多。

我抬起視線對盜獵賊眨眼，感覺淚水從眼角滲出，流進耳朵。我默默求他放手，他一定明白了，因為正當我快要死去時，他放開手。我猛吸氣，他說：「妳要是敢再出聲，那就會是妳最後發出的聲音，明白嗎？」

我點頭，至少我認為是在點頭。

「快下來，懶惰鬼。」那個陌生的聲音大喊。「你要錯過好機會了。」

「沒辦法，不舒服。」盜獵賊回答，視線完全沒有離開我。

「那我上去找你。」

「不要。」盜獵賊急忙站起來，拉起衣服讓我看他腰帶上的刀，最後用眼神告誡我一下，接著掀起沉重的門簾出去。

「你為什麼在屋裡還包得這麼緊？」另外那個人問。「你受傷了嗎？難道她們企圖把你拉到圍籬裡？」他的語氣很著急，但感覺單薄又遙遠，彷彿他透過窄窄的管子說話。「你該不會被詛咒了吧？」

「我只是有點發燒。」盜獵賊回答。「等新月出來的時候就會沒事了。」

我很想知道距離那時候還有多久……幾天、幾週？難道他打算要折磨我那麼久，然後才殺死我？

我掙扎想要起來，甚至抬起頭也好，我想弄清楚這是什麼地方……但沒有用，他肯定把我綁起來了。

「你有沒有聽到消息？」另外那個人說。「兩個星期前一次出來了兩個，一個倒在門邊，另一個一路跑到圍籬最南邊，在你的地盤。」

「呃。」那個盜獵賊說。「我大概睡著了，沒發現。」

他說謊了，但從他們的對話我得知了很多事。他們肯定不知道那根杉樹原木腐朽了，圍籬底下有個洞。根據他的說法，距離這裡應該不遠，只要我能設法去到那裡，或許可以鑽回去。

「第一個撐了兩天，胸前和背後都有燒傷，但丹尼爾仍順利取下大部分皮肉。」

「是塔瑪拉。」我低語，視線轉向桌上的小玻璃瓶。

「第二個被自己的血溺死了，尼克勞斯甚至沒機會切下獵物的手指，不過至少沒有燒傷。」他大笑。「走運的白癡混蛋。」

我的下巴開始顫抖。**她不是獵物，她有名字，梅格**。

「聽說還有第三個，血跡一路延伸到湖面，冰層上有個大洞。我想把獵物撈出來，不過只找到這塊舊破布。」

「那是羊毛嗎？」盜獵賊問，語氣有種奇怪的張力。「我跟你交換。」

「為什麼？」另外那個人問。「這麼破爛……而且很髒，說不定有一堆病菌。」

「煮一煮就好了……用來做背包應該不錯。」

「有毒參泥嗎？」

「現在還沒有，不過等春天來了，湖灣那邊應該會有。我有很好的駝鹿皮，用這個跟你換。」

「你要用上好的皮革來換這玩意？怎麼回事？」

「唉，我不想戳你的痛處。」那個盜獵賊的語氣變了。輕快、開朗。「不過要弄到毛皮很容易……只要用刀的技術夠好。」

「喂，我已經進步很多了，好嗎？」另外那個人粗聲狂笑。「只要有獵物出現在我方圓十英尺內，我一定能抓到，等著瞧吧。」

對他們而言，殺戮只是說笑的話題……殺戮我們。

「成交，自己選吧。」那個盜獵賊說。

「你虧大了。」

我聽到從竿子上取下重物的聲音，北方來的麋鹿皮運到市場時也會發出這種聲音，然後我聽到那個盜獵賊接住一個東西。

他們互相道別，我拉長脖子，決心要看一眼外面的環境，但當他掀開門簾進來時，我只看到……我的視線只能鎖定他手中那團結冰的灰色東西。

是我的斗篷。

光是看到他拿著，我心中便充滿憤怒，那是茱恩親手縫製的，為了我。那是我的東西，他沒權利擁有，不過，顯然他想要紀念品。

他將斗篷掛在房間另一頭的肉鉤上，熱熱的胃酸湧上我的喉嚨，但我沒有轉頭讓酸液從嘴角流出，我反而吞下去，像個可悲的受害者，我全吞了下去。

我不知道他打算如何處置我的身體，但我自有想法。

✿

大部分的時間，我看不到他，但我感覺得到他正在看我。我隱約記得他背後全裸的模樣，但我不曉得他的臉長什麼模樣，黑布下又藏著怎樣的畸形醜怪。在我心中，他就是怪物。

只有他忙著撥火的時候，我才確定他沒有在監視我，他撥火時非常投入，幾乎可說是一種宗教狂熱，慎重而嚴謹。但我知道如何讓自己隱形，扮演受傷的小鳥，畢竟我是恩典少女，一輩子都在學這套。

我停止反抗。

我停止吐口水、尖叫。

幾天之後，塞住我嘴巴的東西拿掉了。

他拿著杯子來餵我喝藥水，我沒有像野獸那樣咬他，反而自動張嘴，我盡可能把藥水含在嘴裡不吞下，他轉身把白蠟杯放在桌上，我立刻轉頭，慢慢將藥水吐在泥炭床墊上。為了掩蓋罌粟的苦味，他放了一塊蜂巢，那個氣味令我作嘔，但我嘔不出其他東西。或許這就是他的打算、他的計畫——讓我又渴又餓，變成一塊肉乾。

不喝藥水之後，世界變得比較清晰，但是很不幸，疼痛也跟著回來了。我盡量掩飾，每當感到劇痛侵蝕，我就咬住臉頰內側忍耐，但在體內肆虐的高燒無法隱藏。我知道他只是想讓我安靜，這樣他才能不慌不忙，慢慢切下我的肉。我不確定我會先死在刀下還是死於感染，總之時間不多了。

他每天會出門兩趟準備水和柴火，我練習移動腳趾，收縮小腿和大腿的肌肉，但因為我被綁住，所以動作很有限。我的右臂雖然被綁住，但感覺似乎運作無礙，問題是左臂。我感覺似乎沒有被綁住，但只要輕輕一動小指，難以忍受的劇痛就會傳遍整隻手臂，凝結在胸口深處。

我提醒自己，疼痛是好事。

無論他對我做了什麼，會痛就表示我的手臂還在，我還活著。

我計算他走到門口的步數，我想像是自己在走，一次、一次又一次。有時，我從不安睡眠中醒來，以為自己已經走出去了、自由了，但眼角隱約看到的炭灰色薄布又讓我回到現實……想起我怎麼會在這裡。

他彎腰察看我時，我盡可能不直視他的雙眼，我不想洩露心思，但不只如此。我害怕會看到映在他眼中的自己，我害怕知道自己變成了什麼模樣。當我感覺體力衰退時，就會望著壁爐架上粗糙的女性雕像。毫無疑問，他一定是用雕像記錄殺死的人數，但我不會加入她們。

強灌八杯藥水、出門補給九次之後，他才終於粗心大意，將插著刀的腰帶放在我身邊忘記拿走。

我盡可能不讓眼神流露盼望，但這就是我等待的機會，我必須孤注一擲。

他轉身面向壁爐撥火，我從毛皮下伸出手。疼痛非常劇烈，我必須咬牙忍耐，以免失控尖叫。我的手臂在發抖，額頭冒出冷汗，但一抓到刀柄，更強烈的感覺壓過疼痛。幾個月來，我第一次感受到如此的決心，我絕對要逃出去，我絕對要活下去。我把刀抽出刀鞘時，肩膀又開始流血，滴到木地板上，但我不能停止，我不能放棄。

我將刀藏在毛皮下，動手割綁住右手的繩子，我以為要經歷千辛萬苦才能割斷，沒想到一接觸刀鋒繩子就斷了，彷彿切下剛煉好的豬油。我吃了一驚，不過這樣很好，這表示刀很利。

我把刀換到右手，扭動身體，迅速割斷綁住腳踝的繩子。

得到自由之後，我一心只想立刻掀開毛皮衝向門口，但我必須謹慎，我沒有傻到以為能跑贏他——以我現在的狀況，絕不可能。我抓緊刀，閉上眼睛，開始我人生中最艱難的一件事……等待。

我想要聽他的腳步聲，但他動作太輕——就像在小徑上第一次遇到他時那樣。

我專注聽他的呼吸，緩慢平穩，有如威金斯太太家客廳裡的節拍器。大家都以為她過完恩典之年回來後就瞎了，但我有一次偷拿她放在銀盤子裡的糖果，她銳利的眼神立刻像箭射了過來。

會不會他也一樣？他把刀留在床邊，會不會是在測試我……是陷阱？我祈求他沒察覺刀鞘是空的……沒察覺地板上有我的血……沒察覺我滿身大汗。

我嗅到松樹、湖水和煙的氣味，我知道他走過來了。現在只要等他彎腰，就像他做過幾百次的那樣。

他用手腕內側按住我的前額，我屏住呼吸。我只有一次機會，假使不成功……我連想都不敢想。

我盡全力抓住刀柄，踢開沉重的毛皮，對他揮刀。他口中發出奇怪的聲音，搖搖晃晃後退，雙手摀住下腹，我不確定造成的傷勢多嚴重，但我看到他流血了。

我跳到冰涼的地板上，骨瘦如柴的腿立刻發軟，但我不能放棄。如果現在不逃，我永遠無法離開。我驅策自己走向門口，掀開厚重的水牛皮門簾，陽光有如雷電擊中我，我睜不開眼睛，逼得我不得不停下腳步。冰冷空氣刺痛我的皮膚，我看不見身後的盜獵賊，但我聽見他拖著腳步走過來。「停……千萬不要出去。」

我不知道外面是什麼樣的地方，出去之後又會發生什麼事，但再怎樣都比這裡好。我的眼睛後方一開始接收到淡淡的色彩光點，我立刻跨出通往自由的第一步……但外面只有空氣。

✿

我一頭往下栽，忽然一個東西卡住手腕。我想尖叫，但疼痛太劇烈而無法呼吸。

世界終於慢慢恢復清晰，我發現自己懸在至少四十英尺高的半空中，地面覆蓋厚厚白雪，刺骨北風不斷吹來。

「用妳的另外一隻手抓住我。」一個沙啞的聲音大喊，我抬頭看到那個盜獵賊蒙著黑布的身影，他趴在一個狹窄的平臺上探出身。看看四周，我這才驚覺，原來這段時間我一直住在類似樹屋的地方……一個埋伏點……很像在城裡的人獵駝鹿時搭建的東西，只是這個埋伏點並非為駝鹿而設，而是為了獵殺恩典少女，獵殺我。

「放手。」我說，淚水刺痛眼睛。「只要你放手，這一切就都結束了。」

「妳真想這樣？」他問。

「總比活活剝皮來得好。」

「妳以為我要剝妳的皮？」

我眨眼抬頭，專注望著他的臉，我以為會看到同樣冰冷沒人性的眼神，但我看到的東西卻令我困惑。我不知道是因為疼痛、寒冷或發燒，導致我看見了不存在的東西，在這樣的光線下，他的模樣幾乎有點……善良。

我伸出另一隻手抓住他的手腕，讓他拉我上去，這或許是我人生中最大的錯誤，但即使到了現在，經歷過那麼多事，我依然不打算放棄，我不打算投降。

我的身體擦過粗糙的木製平臺，我忍不住痛呼，我全身赤裸，我在房間裡到處找衣服，卻只在小壁爐前發現幾條亞麻布。

「你對我的衣服做了什麼……對我做了什麼？」我盡可能用手遮掩。

「少往臉上貼金了。」他拿起一塊布條綁住流血的上身。

「可是我沒穿衣服……那天你也沒穿衣服，我看到你——」

「妳差點凍死，那是幫妳恢復體溫最快的方法。」他從床上扯下一塊毛皮丟給我。

「不用客氣了。」

我用毛皮包住身體，因為實在太舒服而感到可恥。「可是我看到你拿著刀……剝我的皮……還用烙鐵燙我。」我掀起毛皮察看，光是看到肩膀上的繃帶又滲出血來，我就一陣暈眩。

「我不是燙好玩的。」他氣呼呼地說。「我必須燒灼傷口，這下八成又裂開了。」

他走向我，我往後退到牆邊，弄倒了一堆鹿角。

「不要碰我。」我低聲說，指尖摸著一個尖銳的角。如果有必要，我會出手保護自己，但他放軟語調。

「可以讓我看看嗎？」他試探地上前一步，對我的左臂一撇頭。

看不到他的臉讓我很不安，我不喜歡這樣，但或許這就是蒙面的目的。就像頭紗讓我們失去身為人的身分，這些黑布對他們而言也一樣，面紗象徵純潔，黑布象徵死亡。

他撥開遮住肩膀的毛皮，解開繃帶。

他的手指碰到我的皮膚，感覺有如冰塊。

我嘶聲吸氣。「那是什麼味道？」我問。

我順著他的視線看過去，我肩膀上的傷口裂開了。

我看過爸爸治療很多刀傷病患，我知道傷口的狀況很不好，就連最強壯的男人也難以承受。暈眩的感覺越來越嚴重，我站不穩了。

「泰爾妮，妳最好躺下，妳的狀況不適合——」

「你怎麼知道我的名字？」我抬頭看他，但視線開始模糊。「你是誰？」

他沒回答，但我聽到一個怪聲音——像是沉重濕潤的東西慢慢在鍋裡煎。

有個東西動了一下，吸引了我的注意，我瞇起眼睛注視血肉模糊的傷口。

房間天旋地轉，但我的腳牢牢站在地上。

「蛆，那個味道是從我身上發出來的，死亡的氣味。」我低語。

✿

我做夢了。很怪，我沒夢見那個女孩，沒夢見家裡，我夢見這裡——這個地方、這個盜獵賊。我額頭上放著一塊濕布，我咬著柔軟的羊毛布料，讓他切除腐肉。繃帶被扭出血水，下面有個舊銅盆接著，粗針縫東西的規律聲響。刺入、穿出，穿出、刺入。

有時，我彷彿看見昏黃日光從原木縫隙間透進來，有時候如此漆黑，感覺像漂浮在時空中，地心引力失去功效，不能繼續將我固定在大地上。

我想保持時間感，但我的心失落在幽暗中、回憶裡。

我想像在子宮裡就是這種感覺，有遠方的心跳聲、四周的血流聲。克蕾拉出生時，我不能進產房，因為我還沒來經，但佩妮出生時我可以進去了。據說生到第五胎，寶寶會自己滑出來，但我看到的不是那樣，我看到暴力、疼痛，及骨頭移位。我想要轉身不看，但媽媽抓住我的手拉過去。「這才是真正的魔力。」她低語。當時我以為她只是胡言亂語，因為體力透支而發瘋，但現在我很想知道，她是否知道真相，她是否想要告訴我什麼。

我感覺自己站在刀鋒邊緣搖搖晃晃，彷彿只要一粒沙落在錯的地方，我就會失去平衡，墜落永恆虛無深淵，然而我依然存在，我還在呼吸。

有時候我會說話，只為了聽自己的聲音，為了知道我的舌頭還在、喉嚨還在。我發問——**你是誰？為什麼不殺我？**——但他從不回答，盜獵賊只是唱歌，唱古老的歌曲。我只聽微風傳來過，那是毛皮獵人回北方時用口哨吹的曲子，說不定他根本沒有唱歌，說不定他在講話。很溫柔，語句飄進我的意識又飄出。

「喝吧。」他把杯子湊到我的唇邊。

我努力想看清他，但感覺就像一團煙從我手中飄走。

「我睡了多久？」

「十次日出、九次月落。」他調整一下捲起充當枕頭的布塊。「幸好妳一直睡，因為我不得不對妳做些會很痛的事。」

我試著移動手腳，只想確定四肢還在，但一動又引起新的疼痛。

我想起上次醒來的事，上次和他交談的內容，他喊了我的名字。

「你怎麼知道我的名字？」

「妳一定要喝下去。」他傾斜杯子，那種液體甜膩濃郁，很難吞下去。吞嚥本身就很困難，彷彿我的身體忘記該怎麼做了。

但我感覺得到罌粟的藥效擴散到我的胸口、四肢，讓我的眼瞼感覺好像裝了沉重的煤渣。

「你怎麼知道我的名字？」我再次問他。

我以為他不會回答，沒想到黑布下竟傳出輕柔聲音。「我錯了，一不小心喊出來。」

我端詳他，他雙眼中間寬寬的地方皺在一起……我一直以為是因為憤怒、仇恨，但或許我錯了……或許是因為擔憂。

「拜託。我們都很清楚，我說不定撐不過這一關。」我低語。

他的視線轉向我的傷口。「我沒有說過那種話。」

「你不必說出口。」

他停頓許久，幾乎令我難以承受，深刻黑暗的事實伴隨沉重心情。

沉默中只有風吹過樹林的呼嘯，以及爐火燃燒發出的霹啪聲響，「一看到妳的眼睛，我就知道妳是誰……你們的眼睛一模一樣。」

「我夢中的女孩。」我緊張地吸一口氣，關於她的記憶瞬間全部回到心中。「你也見過她……她是誰？」

「什麼女孩？」他將手腕內側貼在我的額頭上。我想躲開不讓他碰，但他清涼的皮膚貼在我發燒的身體上，感覺有如急需的清涼藥膏。「是妳爸爸。」他低頭看我。「妳的眼睛和他一模一樣。」

「我爸爸？」我想坐起來，但疼痛太劇烈。我知道多年來爸爸經常偷偷跑去邊緣地帶，但我想不到竟然是這樣。「難道我們是……？」我想說完這句話，但喉嚨裡彷彿壓了一塊巨岩。「難道我們是……親人？」

「兄弟姊妹？不是。」盜獵賊解開我的繃帶，他的鼻翼動了動，可能是因為他像我一樣，覺得這個想法很噁心，也可能是傷口造成的反應，或許兩者都有。「妳爸爸不是那種人，他是好人。」

「那，為什麼？」我努力抗拒罌粟的藥效。「他為什麼要來這裡？」

他瞇起眼睛看我。「妳真的不知道？」

我搖頭，但我的頭顱感覺像裝滿沉重的水。

「他幫邊緣地帶的婦女、兒童治療……他救了安德斯。」他用一個石造的小容器輕輕搗碎藥草。

「**安德斯**？」

他喟嘆了一聲，彷彿是氣自己不該多說。「妳大概不記得了，幾個星期前他來找過我。」

「我怎麼忘得了？」我說。他將深綠色藥泥塗在我的傷口上，我痛得一縮。「你差點悶死我。」

他的眼神突然變得冰冷。「萬一他發現妳在這裡，比起他可能會做的事，悶死還算走運了。」

我望著他身後桌上的空玻璃瓶，我想到塔瑪拉和梅格。盜獵賊對她們做出多恐怖的事，我打個寒噤。

「這條絲帶太髒了，要拆掉以免碰到——」

「不行。」我伸手將辮子藏到身後。「不准動我的絲帶，不准動我的辮子。」

他煩躁嘆息。「隨妳便。」

「安德斯是什麼人？」我盡可能讓語氣溫和。

我看得出來他不願意說，但我只是一直問、一直問，直到他認輸。

「我們一起長大。」他邊說邊用乾淨的亞麻布條包紮我的肩膀。「去年的狩獵季，獵物企圖把他拉進圍籬，咬他，詛咒他全家。所有人都死了，但妳爸爸救了他。」

「我爸爸救了一個盜獵賊？」我問。「萬一有人發現，他會遭到放逐，還有我媽媽、我們姊妹，我們全都會——」

「當然啦，這是妳最在乎的事。」他綁繃帶時稍嫌太用力。

「我不是那個意思……只是……為什麼？為什麼他要冒這種險？」

「妳還是不明白。」他回答。

森林傳來一聲呼哨，我們兩個都縮了一下。

「我不懂——」

「我做了交易。」他從床邊站起來，繫上他的刀。「為了讓安德斯活下來，我承諾只要有機會，一定饒妳一命。」

「可是你從圍籬縫隙砍我。」

「我只是輕輕割到妳一下，妳靠得太近……變得太大意了。」

「那天晚上在小徑上……還有我跑出圍籬去救海倫的那天。」我快喘不過氣了。

「老實說，我要是知道妳這麼麻煩，就會慎重考慮。」他將一條冰涼的濕布扔給我。

「不過現在我和他扯平了。」他吹熄蠟燭，掀起門簾。

「等一下，你要去哪裡？」

「工作，我早就該出門了。」

我獨自坐在黑暗中顫抖，忍不住想起我離家前對爸爸說的那些傷人的話，他拿著面紗走進教堂時痛心的眼神。他將追求者送的花交給我時，對我耳語，「Vaer sa snill, tilgi meg.」

我一直以為，他教我這麼多是出於自私的動機，想先練習之後怎麼教兒子，但或許其實是為了這件事，讓我活過恩典之年。或許，他做了這麼多……都是為了我。

淚水刺痛我的眼睛後方。我想站起來狂奔，只要不必坐在這裡面對我的感受，怎樣都好。但我一下床後腿就發軟，彷彿裡面裝著稻草和油灰。我蹣跚往前走，扶著桌子以免摔倒、桌子傾斜、小玻璃瓶滾向我，刀子也滑過來。我及時扶正，沒有東西掉下來。我靠在桌面上，想調整呼吸，這時我看到一本小筆記本，塞在老舊的皮革背包後面。

我翻開，發現裡面都是素描，筋、肌肉、血管、骨架，很類似我爸爸看診時的紀錄。然而，翻到下一頁時，我看到一個少女的身體示意圖——每顆痣、每道疤、每個瑕疵，全部清清楚楚標註了細節，從我右腳底爸爸的紋章，到去年夏天爸爸幫我接種天花疫苗留下的小疤痕，全都記錄得非常仔細。這是我皮膚的地圖，小斜線代表他要下刀的地方，他甚至詳盡地寫下我的身體哪一塊要放進哪個瓶子，總共一百瓶，深深寒意竄過我全身。

盜獵賊遵守對我爸爸的承諾。但他剛才說過，現在他們扯平了。

看著那些刀、金屬漏斗、鉗子、榔頭——我一陣反胃。說不定，他只是預先準備，萬一我死於感染，他可以立刻動手。無法否認，他心中絕對有一部分希望我死。我的手指在素描上移動，描著那些畫了點的線條，不由自主想起盜獵賊最基本的守則，他們之所以把我們活活剝皮的原因。疼痛越劇烈，皮肉的魔力越強。我低頭看剛從繃帶滲出的血液，或許他根本不是在幫我療傷。或許他故意讓傷勢惡化，讓我受苦更久。

我考慮穿上斗篷，冒險逃進森林，但我的身體狀況不允許。

想要活下去，我就得改變他的想法，讓他不再將我視為物品、獵物，而是人類。

但我沒有那麼天真，我要先做好備用計畫。

我伸出顫抖的雙手，將瓶子和筆記本歸位，拿起桌上最小的一把刀。我拖著身體回到床上，拉起沉重的毛皮蓋住身體，把刀塞在床墊下，反覆練習拔刀的動作，直到我的手臂失去知覺。我想保持清醒，等他回來，確認他沒有發現我做了什麼，但我的眼皮重到睜不開。

「Vaer sa snill, tilgi meg.」我對著微風低語，希望能將我的訊息傳進爸爸心中，但這是相信魔力的想法，我已經不敢再有那種念頭了。

於是我改為發誓一定要活著回家，親口告訴他。

折斷骨頭的聲音將我吵醒。

✿

我猛吸一口氣，伸手想拿刀，幸好及時發現盜獵賊就在房間另一頭，坐在切肉桌切割一個東西。我立刻想到最糟的可能，猜想這次會是誰。就在這時，我瞥見掛在切肉臺邊的兔子腳。我從床邊彎下腰，抓起夜壺，將胃裡所有東西嘔出來。

他連眼睛都沒眨。

我抹去嘴邊的膽汁，往後靠在布塊捲成的枕頭。「你晚上出去就為了打獵嗎？」

他只是嗯了一聲，可能代表是，也可能代表不是。顯然他沒心情講話，但我不能因為這樣就放棄。

「你只獵兔子嗎？也獵殺其他生物嗎？」我知道答案，但我想聽他親口說。

他看著我，瞇起深色眼睛。「任何粗心大意跑到我面前的東西。」

「獵物。」我低語，一股寒意竄過心中。「你們這樣稱呼我們，對吧？」

「總比你們叫我們『盜獵賊』好。」他繼續工作，折斷脖子。

「你有名字嗎？」我想坐起來，但疼痛依然太劇烈。

「除了『盜獵賊』這個稱呼？」他冷冷回答。「有，我有名字。」

我等他告訴我，但他始終沒開口。

「我不會求你。」

「很好。」他繼續切兔子。

他規律的呼吸聲，冰雪融化從屋簷滴落的聲音，我快被逼瘋了，是獨自在森林徘徊的那種瘋狂，但我卻並非獨自一人。

「算了。」我沉重嘆息，轉頭看著門。

「我叫萊克。」他回頭輕聲說。

「萊克。」我重複。「我知道，我聽見另一個盜獵賊這樣叫你，這是古老的維京名字。」我熱絡起來，想和他拉近關係。「Det ere n fin kanin.（**那隻兔子很不錯**。）」我說，但他似乎不懂。

我的肩膀陣陣抽痛，全身冒出冷汗。

「我好像需要藥物。」我盡量客氣地說。

「不行。」他看都不看我。

「為什麼？」我著急地問。「我很痛，你希望我痛……是這樣嗎？」

他轉身，用流暢不停頓的動作剝下兔子皮，態度非常輕鬆，彷彿只是脫下絲襪。

「你嚇不倒我。」我低聲說。

「是嗎?」他放下兔子,猛然站起來,雙手染血。

他在我身邊坐下,我的手伸向床墊邊緣,手指探到床墊下,摸到刀我會比較安心,但刀不見了。

「找這個?」他從腳踝的刀鞘拿出那把小刀。「下次妳下床亂翻我的東西,記住不要在地上留下一道血跡。」

我伸手想打他,但他抓住我的手。「省省力氣吧,等妳好得差不多就得回營區,到時還需要用很多力氣。」

我奮力想抽回手。

「妳已經不需要服用罌粟了。」他放開我。「在這個階段,罌粟的壞處大於好處。現在只能交給上帝了,妳可能會死,也可能會活。」

「你為什麼要這樣?」我的淚水不斷落下。「我看到那本筆記本,你已經達成對我爸的承諾了,而且饒過我很多次,為什麼你還不殺死我,或是乾脆讓我自己病死?」

他的雙眼中間出現一道深溝。

「我也一直問我自己同樣的問題。」他終於對上我的雙眼。「但當我看到妳……在冰上……妳的樣子好……」

「**無助**。」我低聲說,我竟然因為這樣而得救,我感到厭惡又憤怒。

「不。」他的雙眼在火光中閃耀。「**桀驁不馴**，當妳用斧頭砍冰層……那是我見過最勇敢的行為。」

水牛皮門簾晃動，邊緣透入刺眼的白色日光。

「看來妳又撐過一夜了。」他站在我身邊說，他的衣服上有戶外的氣味、煙和新落下的雪。我無法判斷他是高興還是失望，或許他自己也不確定。

我翻身嘔吐，他以靴子將桶子推過來，不過沒必要，因為我只吐出一點唾液和膽汁。現在我的身體連最微小的東西也想抗拒。「我怎麼了？」

「感染造成的。」他坐在長凳上檢查我的傷口，他的手指彷彿是冰做的。

我看一眼嚴重發紅的皮膚。「我不想死在這裡。」我用力吸一口氣。

「那就別死。」他用力捏我的手臂，縫線處滲出膿水。

我的頭往前垂落，感覺隨時會失去意識。

「這傷是怎麼弄的？」他的聲音在我聽來感覺很嚴肅、很堅持。

我一下想不起來，或許是因為我不願意想起，但回憶瞬間回來，只是一閃而過的影像——葛楚的頭皮映著月光、森林、種子、暴風雪，塔瑪拉抽搐的身體被扔出閘門。

「琪絲汀。」我低語，回憶讓我的肩膀更痛。「她用斧頭砍我。」

他在我傷口的邊緣輕輕擦上金縷梅，又接著問：「妳對她做了什麼？」

「我什麼都沒做。」我的下巴開始顫抖，想拉起毛皮遮住臉，不讓他看到我的情緒，但我沒有力氣。「我只想讓狀況改善……我想要……改變。」我低語。

「為什麼？」他問，以乾淨繃帶包紮我的肩膀。我認為他並非真的想知道，很可能只是想讓我繼續說話，保持意識清醒。

但我想說出口，將我的故事說給別人聽，以防萬一……

「我會做夢。」我回答。「城裡的女人禁止做夢，但從我有記憶，就一直夢見一個女孩。」

他好奇地看著我。「就是妳之前問我的那個女孩？」

我不記得曾對他提過女孩的事。我不禁懷疑，在意識不清的狀態中我對他說了多少事，但現在都無所謂了。

「我知道，這樣說很像瘋子，但對我而言她真的存在，她帶我去看了一些東西……她讓我相信現狀可以改變……不只是恩典少女……工廠的女工……邊緣地帶的女性也可以改變。」

他停止動作呆望著我。「那就是妳的魔力嗎？」他問。

「不是。」我搖頭。

「那麼，妳認為夢境代表什麼意思？」

「現在我已經不再認為夢有意義了，都只是幻想而已，只是我希望人生能成為的樣子。」我抓著辮子尋求安慰，拉到前面來，用指尖輕撫絲帶。「在城裡，只有丈夫能看到女性解開頭髮的樣子，然而，到了營區之後，那些女生拆開辮子，作為擁抱魔力的象徵，我拒絕加入，這才是她們集體欺凌我的原因。」

「為什麼妳拒絕擁抱魔力？」他藏不住震驚。

淚水蒙住我的雙眼，我看不清楚，但我拒絕眨眼。「因為魔力不是真的。」說出口感覺很危險，但絕對有必要。

他用手腕內側貼著我的前額。「看來真的得想辦法讓妳退燒了。」

我扭頭甩開他的手。「我說真的，我不知道是空氣、水還是食物有問題，總之，有種東西讓她們變得不一樣……讓她們看到、感覺到不存在的東西。我也發生過，不過被逐出營區之後，我就慢慢好轉了，清醒過來。」

「我找到妳的時候，妳已經快餓死了，而且大量失血——」

「你看過我飛嗎？」我提高音量。「你看過我在你眼前消失嗎？你看過她們做出不可思議的事嗎……除了死亡？」眼淚終於潰堤，灼熱流下我的臉龐。

「喝點這個。」他從水壺倒出一杯熱騰騰的湯藥。

我瞪大眼睛。「你不是說我不能再服用——」

「這是蓍草，不能止痛，但或許有助於退燒。」

我小口喝著湯藥，盡可能忘記肩膀有多痛，盡可能轉移心思，但我的思緒總是飄向家人，那又是另一種疼痛。我的兩個妹妹，我敢說她們一定為我擔心得要命，她們應該也很擔心，萬一清點屍體時沒有我，她們會發生什麼事。

「假使我死了……答應我你會剝下我的皮。」我吞下苦苦的湯藥。「讓我死得體面，這樣我妹妹才不用受罰。」

「沒問題。」他毫不遲疑地說。

「沒問題？」我努力抬起頭。「你就不能假裝一下嗎？你大可以說，『嘿，別講這種話，我相信妳一定會好起來。』」

「我習慣說真心話。心裡怎樣想，我就怎麼說。」他把杯子放回桌上。

「真是奢侈。」我大笑，鑽進毛皮被窩裡，但其實一點也不好笑。「我恐怕永遠做不到。」

「為什麼？」

我想看清他，但高燒讓我昏昏沉沉。「在城裡，女人說出真心話是最危險的事。你知道，就是因為夏娃說真話，所以我們才被逐出天堂。我們是危險的造物，充滿邪惡的魅力。只要一有機會，我們就會運用魔力誘惑男人失足，落入罪孽、毀滅的深淵。」我的眼睛越來越重，甚至沒辦法誇張翻白眼。「所以他們才送我們來這裡。」

「為了解除魔力嗎？」他說。

「不。」我低語，漸漸沉入睡眠。「是為了馴服我們。」

✿

遠方傳來尖銳呼哨，將我嚇醒。

萊克伸手拿放刀的腰帶，然後定住不動，在黑暗中再次坐下。

「你不去嗎？」我問。

「太遠了，那個聲音來自於西北方。」

或許真是如此，但我想要相信，他不去的原因不只是因為遙遠，或許他看待我們的方式改變了。

他去撥火，我的視線轉向排在桌上的玻璃瓶，彷彿時時提醒我現實。

「你怎麼能做那種事？」我問，我的聲音乾枯空洞。「殺害無辜的少女？」

「*無辜*？」他回頭看我，意有所指地望著我的肩膀。「這裡沒有人是無辜的，妳應該比誰都清楚。」

「那只是意外。」

「無論是不是意外，妳不知道她們有多恐怖的能力。詛咒，我親眼見識過。」他撥火，肩膀開始放鬆。「更何況，這個世界沒有什麼東西是永遠不變的，死亡中會萌發生命……我媽經常這麼說。」他輕聲補上一句。

「你有家人？」我不知道為什麼，但我從沒想過盜獵賊也是有感情的……成為盜獵賊之前也有過不一樣的人生。

他開口想說話，但又立刻咬緊牙關。

「喂，你不希望我在這裡，我也不想在這裡，好嗎？我只是想說說話打發時間。」

他依然沉默不語。

我無奈地吐了一口氣。「好吧。」

「我有媽媽，六個妹妹。」他抬頭看壁爐架上的雕像。

我數了一下，一共七個，我原本以為這些雕像代表他殺過的少女數量，但現在我猜想應該是他的家人。

「六個妹妹？」我調整姿勢想看清楚，但我的體力還是不足以應付。「我以為邊緣地帶的女性不會生那麼多小孩。」

「確實不會。」他把水壺放回火上。「她們和我沒有血緣關係。」他回頭瞥我一眼，但沒有看我的眼睛。「我媽……她收留太小的女生，沒人要的那些。」

我不太懂他的意思，還在思考的時候，突然靈光乍現，扼住我的喉嚨，讓我被自己想說的話噎住。「城裡的女孩？被放逐的女孩嗎？」

他望著火焰，眼神彷彿身在百萬里之外。「她們有些受到太大的驚嚇，好幾個月都不能說話。一開始我很討厭她們，我不明白，但我現在已經不會那樣看待她們了。」

「不再把她們當獵物嗎？」我問，我的聲音顫抖，因為憤怒，或恐懼。「但你仍會獵殺我們？」

「我們沒有獵殺任何東西。」他怒斥。「我們得到授權，負責減少人數，他們給我們很高的報酬，要我們把妳們的皮肉運回城裡，妳們的父親、兄弟、丈夫、母親、姊妹……是他們在吃妳們，不是我們。」

恐怖的感覺竄過全身，讓我冒出淚水。「我不曉得原來是城裡的人在搞鬼。」

「要是我離開，要是我拒絕當盜獵賊，家人就拿不到我的酬勞……她們會餓死。感謝加納郡，我得養很多人。」

「誰付錢給你們？」我問，努力控制呼吸……控制紛亂的思緒。

「就是把妳們送來的那些人。」他倒了一杯熱騰騰的湯藥。「狩獵季的最後一天，我們會在閘門外排隊，空手而回的人只能拿到勉強養家活口的酬勞，抓到獵物的人呈上戰利品。清點瓶子的數量，確認烙印。如果獵物很健康、處理得當，他們就能得到一袋黃金，足夠帶家人去西方……永遠離開這裡。」

「可是外面什麼都沒有……只有死亡。」

「說不定是他們想要我們這麼相信。」他的音量近乎耳語，他抬起我的頭，餵我喝湯藥。

森林傳來另一波呼哨，這次距離比較近，我全身發毛。

「他們用什麼方法？」我望著門口。「他們如何誘拐少女離開營區？有什麼技巧……還是用蠻力……難道是哄騙？」

萊克放下湯藥。「我們什麼都不必做。」他的視線落在我的傷口上。「她們會自己出來，因為自相殘殺。」

他的話有如利斧，再次砍向我。

「你有沒有殺害過恩典少女？」我低語，很怕聽到答案，但不問我會更害怕。

「差點。」他拉起毛皮，溫柔地幫我塞好。「我很慶幸沒有得手。」

「妳燒得很厲害。」他將一條泡過冷水的布放在我頭上。

我勉強睜開眼睛，用盡力氣想看清他，看清任何東西，有一個單調的敲擊聲響吸引我的注意。

「那是什麼聲音？」我問。

「風。」

「另外那個聲音，我之前也聽過。」

「風鈴？」他問。

我用力抖了一下。「我印象中風鈴不是那種聲音。」

「這個是用骨頭做的。」

「為什麼？」我努力保持眼睛睜開。

「安德斯……他喜歡用骨頭做東西。」

我應該沒聽錯，但現在任何事我都無法確定了。

我伸手想碰他蒙面的布。「我要看你的臉。」我從打顫的牙齒間說出這句話。

他制止我，把我的手塞回毛皮底下。「這樣比較好。」

「你不必擔心我會有什麼反應，我見過各種毀容的狀況。我爸有本書——」我說。

「不是那樣。」他垂下視線。「這是禁忌。」

「為什麼？」我想潤潤嘴唇，但似乎越舔越乾裂。

「如果不蒙面，」他回答，從濃密睫毛下看我。「我們就無法防禦妳們的魔力。」

「我說過了，我沒有魔力。」我再次伸手想拉那單薄的黑布。

「妳錯了。」他把我的手指收進我汗濕的掌心。「妳的魔力遠超過妳的想像。」

他的這句話有種特別的感覺，他的語氣也是，害我心慌意亂，一股陌生的熱度爬上臉頰。我想爭辯，告訴他魔力不是真的，但我沒有力氣。

「拜託，你這麼努力救我，我不想沒有看過你的臉就死去。」我低語。

他專注凝視我，非常安靜，我懷疑他根本沒聽見我說話。

房間裡只有雪從屋簷滑落及柴火燃燒的聲音，他動手解開炭黑色的蒙面布。每露出一塊皮膚，我的心跳就隨之加速。他的鼻子很挺，下巴稜角分明，薄唇抿起，深色鬈髮隨意散落肩頭。他帥嗎？或許不符合城裡的標準，但我忍不住一直凝視他。

醒來時，我聽到萊克輕聲在唱歌，他打赤膊背對我，撥火的時候肌肉起伏。我在城裡聽過那首歌，是一首非常傷心的情歌，一定是他妹妹教他的。

我的頭髮濕答答，全身都是汗，但嘴唇和舌頭非常乾，感覺有如梧桐樹的樹皮。我想說話，就算只吐出一個字也好，但我發不出聲音。我好熱，感覺彷彿在篝火上烤，我用盡全部的力量掀開毛皮。

毛皮落地時發出悶悶聲響，萊克嚇了一跳，但他沒有拿起蒙面布。

他跪在我身邊，因為擔憂而眉頭糾結，他用手腕內側貼著我的前額。我發誓，我的頭骨感覺得到他的脈搏，也可能是我自己的脈搏，但當他低頭看我，表情變得柔和，嘴角揚起淺淺笑容。

「妳退燒了。」

「水。」我好不容易說出這個字。

他從桶子裡舀了一杯水，送到我的唇邊。「慢慢喝。」

第一口實在太美味，進到喉嚨的感覺如此清涼，我忍不住抓住他的雙手，大口猛喝。一半的水都流到我的胸口，但我不在乎，我還活著。我拉開貼在皮膚上的襯衣，我的襯衣。粗糙的縫線、高低不平的摺邊，是他幫我縫回去了。

「謝謝你。」我低語。

「妳別急著向我道謝。」他彎腰俯身解開我肩膀的繃帶。「妳還沒看過我縫傷口的手藝。」

「這也是你縫的？」他的下腹低處有一道很粗的粉紅傷疤，我用拇指輕撫一下。

他緊繃地用力吸氣，被我碰到的皮膚冒出雞皮疙瘩。

「是我弄的嗎？」我想起之前企圖逃跑，用刀刺傷他。

「看來我們都為對方留了紀念品。」

我轉頭看手臂，看著肩膀上僅存的肌肉，歪七扭八的疤痕、皺縮的皮膚，我只覺得感激。他救我的次數多到數不清，但我不能忘記他是盜獵賊，而我依然是恩典少女。

「外面還是白天嗎？」我望向水牛皮門簾。

「妳想看嗎？」

「就算我能動，出去不會太危險嗎？」我問。

他的手伸向屋頂，掀開一道暗門，我聽見雪滑落森林地面的聲音。

陽光讓我暫時看不見，但我不在乎，湖面吹來的寒風似乎讓我稍微振作起來。我聞到各種氣味，有融雪、河泥，及剛砍下來的杉木。

我的視線恢復清晰，看到他捲起樺樹皮放在屋頂上。「為什麼要放那個？」

「最近終於開始融雪了，這樣可以防止積水。」

我還不太習慣看到他沒蒙面的樣子，但我喜歡。

「餓嗎？」他問。

我想了整整一分鐘。「餓扁了。」

萊克將一包核桃扔在床上，灑出來滾得到處都是，嚇了我一跳。

「妳必須重建肌肉。」他把一個鋼製的胡桃鉗塞進我左手。

「我辦不到。」

「既然妳有力氣把刀藏在床墊下，就一定有力氣開核桃的。」

「那是為了自保。」

「也是，妳想再挨餓嗎？只能吃我大發善心扔進圍籬的肉嗎？」

「那是你給的？」我問。

「還會有誰？」

我以為是漢斯，但我沒有說出來。

「現在妳也該出力幫忙了，好好照顧妳自己。」萊克說。

我撐起身體，伸手拿起一顆核桃，我努力地操作胡桃鉗，用盡力氣捏，但連個凹痕都沒有。

「像這樣。」他輕而易舉就打開一顆，把果肉倒進嘴裡，露出大大的笑容。

我的胃大聲哀嚎。

「我明白你這麼做的用意。你知道，」我抬頭瞪他。「我五歲那年，和爸爸一起去果園，他只要伸手就能摘到樹上的蘋果。我叫他抱我上去，讓我也摘一顆，但他不肯。他說，『妳很聰明，一定能想辦法自己摘到。』我非常生氣，但他說得沒錯，最後我拿了一根長竿子把蘋果打下來。」現在想起來我依然忍不住大笑。「那是我吃過最美味的蘋果。」

他微笑，但我看得出他的眼神藏著其他感受，一絲傷心……遺憾。

「你知道你的父親是誰嗎？」我問。

「我是六月生的。」他看著我，彷彿我應該知道這代表什麼意思。

「我是四月。」

「可想而知，頑固、倔強。試試這顆吧。」他說，將一顆核桃往我這邊滾過來。

「我出生之前九個月，正好是盜獵賊回來準備開始新狩獵季的時候。」

「噢。」我感覺臉頰發燙。「也就是說，你父親是盜獵賊？」

「曾經是盜獵賊。」

「真抱歉……他不在了？」

「如果『不在了』的意思是他去了山的另一邊，那麼，沒錯。」

他剝開另一顆核桃。「他殺死了獵物，但他沒有帶我們一起走。他願意帶我媽和我離開，但不肯帶六個妹妹，在他眼中，她們永遠只是敵人。」

「像安德斯那樣？」我回想起他談論恩典少女的語氣。

他深深嘆息。「安德斯的狀況比較複雜一點，他媽媽曾經是恩典少女，為了擺脫魔力差點死掉，雖然活下來但臉上多了一道疤，未婚夫不喜歡她毀容後的模樣，於是放逐了她。」

「我聽我媽講過這件事，她是溫德爾家的女兒。」我低語。

他聳肩。「她討厭加納郡，也討厭那個地方所代表的一切，所以她也這樣教育她的兩個兒子。」

「她有兩個兒子？」我稍稍坐正一些。

「很罕見，我知道。」他把吃完的空殼疊在一起。「她很愛他們，非常寵愛，尤其是安德斯的弟弟威廉，他總是那麼……開心。安德斯希望能狩獵成功，這樣他弟弟就不必當盜獵賊，現在他們都死了……」他沒有說完。

「因為詛咒嗎？」我問。

萊克點頭。「我媽相信一定有合理的原因，但她也相信很多莫名其妙的事。現在看來，要是他們沒有受到詛咒、妳爸爸沒有救他，此刻我們也不會在這裡了。」他抬頭看我，眼睛的顏色像燒焦的砂糖，我第一次注意到。

我用力吞嚥。「你媽感覺很善良，她是怎樣的人？」

「善良、美麗、活力十足。」他說出這句話時，我發現他整個身體都放鬆了。平常他的姿態有如緊繃的鋼索，隨時準備應變，而現在顯得自在。「但也有缺點，她很努力工作，盡可能養活一家人，但現在她年紀大了。我成年之前，有客人上門，我就必須負責帶妹妹出去……她需要休養的時候，我也要幫忙。」

「休養？」

他的肩頭垮下。「有時候她會一直哭，像頭上籠罩烏雲，有時候狀況比較嚴重，我得去請治療師。」

「多嚴重？」我依然很努力想夾開核桃，但我欠缺肌肉的力量。

「當妻子的不用受這種苦。」他拿起另一顆核桃。「妳們是生孩子的工具，邊緣地帶的女人則是洩慾的工具，承受他們的慾望與憤怒。」他瞇起眼睛。「有些客人平常進不了門，只有真的快沒東西吃了，才會讓他們進去。」

我想到湯米・皮爾森和怪老頭法洛，世上有太多這種人，我不禁打個冷顫。

「最壞的是那些衛士。」他接著說。

「衛士？可是他們閹割了，他們沒有任何……」我終於成功打開一顆核桃。

他揚起一條眉毛，我急於爭辯的語氣似乎讓他覺得很好笑。「他們的心沒有被閹割，如果真要說，這樣反而讓他們更可怕。」

「怎麼說？」我舉起殼，將果肉倒進嘴裡，終於吃到東西了。

「因為無論他們怎麼做，永遠無法真正……滿足。」

我想到漢斯，他在診療室痛哭，跨下敷著冰塊……他第一次護送恩典少女回城裡時，那極度絕望的神情，他心愛的女孩沒有活著回來。他老愛摸胸口的毛病，彷彿可以藉此修復碎裂的心。幫我解開卡在柱子上的絲帶時，他的手在發抖。或許有些人真是那樣，但漢斯不可能。

「這就像說所有盜獵賊都是禽獸。」我說。

「或許我們真的是。」他抬頭看我，想判斷我的反應。

他想知道我如何看待他。

但我擔心一張開嘴，不該說的話會溜出來。

「來。」他伸手握住我的手，幫我夾開另一顆核桃。

可能是因為剛退燒，神智還有點混亂，也可能是因為吸太多新鮮空氣讓我迷醉，總之，當他把手收回去，我的手指彷彿懸在虛空中，渴望他的手能回來。

春

SPRING

冬天來時，有如猛獅，去時卻彷彿綿羊。在清澈溫和的陽光下，雪慢慢融化。鳥兒歌唱，空氣中滿是植物清香，很快就要月圓了。每天晚上，我從屋頂的天窗看著月亮漸漸變圓，我對萊克的感情也漸漸加深。有時當我看著他，感覺彷彿我的胸腔被撐開、擴張，需要更多空氣——很痛，但我好像不太想讓這種感覺消失。

為了打發時間，讓頭腦有別的事可想、讓好奇的雙手不亂來，我和萊克互擲匕首。一開始，我的手指不太能彎曲，所以很難抓住刀柄，但沒多久我就熟練了。我也開始幫他修補陷阱，細緻的手指動作需要保持雙手穩定，使用完全不同的肌肉。很諷刺，萊克說我資質不錯，可以成為優秀的盜獵賊。

他出去狩獵時，我練習站立、走路，讓雙腿恢復力量，但我也用練習作為藉口，探索四周的環境。他很整潔，每個空間都有專屬的用途，但到處可以看到他獨特的巧思，一塊形狀像燕子的漂流木、幾顆他從湖岸撿拾的光亮石頭，想家時雕刻的小人像。狩獵季結束時，他會把雕像帶回去送給家人，然後重新雕刻，記錄她們一年來成長了多少。

夜裡，我們可以聊上好幾個小時，什麼話題都能聊，就連沒話題時也能聊。他教我草藥的功用，我教他花語的意涵，安德斯也曾教會他一些花語。安德斯的媽媽雖然討厭加納郡，但沒有拋棄花語。

有些日子，只是站在天窗下感受春季空氣滲透骨頭深處就夠了，但有些日子我非常想出去，我的腳蠢蠢欲動，想要外出探索，想要獨立自主，不必顧慮自己以外的人。但其實從來沒有這種事，因為每個人都有必須顧慮的人。

我們說好了，只要我一恢復健康，就要立刻回營區。

現在我好多了，但我依然在這裡。

一聽到他爬上梯子的聲音，我立刻溜回床上，假裝虛弱。我告訴自己這是為了求生存——在這裡，我有溫暖的床鋪、充足的食物、安全的保護，但我知道還有其他原因，是因為他。

我不知道他喜歡什麼顏色，喜歡哪首聖歌，他喜歡藍莓還是波森莓，但我知道他思考時會繃緊下顎。熟悉他入睡時胸口起伏的動作，他走在森林裡的腳步聲，他肌膚的氣息——鹽、麝香、湖水、松樹。

我們來自截然不同的世界，但我感覺和他很親近，我從不曾對任何人有這種感覺。

我們不談過去與未來，所以要假裝並不難。他外出狩獵時，我告訴自己他只是去工作——可能是去旁邊的小島。有時候，我會想像我們在避難，逃離邪惡力量——實際上也差不多，但就連想像也感覺太接近現實，太危險。

暮色時分，那個剛入睡但還沒開始做夢的昏暗空間——這是最心痛的時候，現實鑽進我們之間。

在內心軟弱時，我任由自己幻想我們能找出方法，或許我們可以約定每年的授紗日在北方森林見面，但那樣絕對不夠。

現實很殘酷，如果恩典之年結束後我沒有回到城裡，我的兩個妹妹就會代我受罰。如果他不見了，他的家人就拿不到他的酬勞，而她們會餓死。

我和萊克或許有很多缺點，但我們絕不會自願做出傷害心愛家人的事。

這段感情尚未開始就要結束。

今晚，他回來後脫掉蒙面布、靴子，取下刀，脫掉襯衫掛在壁爐旁，然後突然停止動作。他很可能想先確定我睡著了，然後再脫長褲。我閉著眼睛，盡可能保持呼吸規律。我聽見長褲落地的聲音，忍不住睜眼偷看。我記得，他帶我回來的第一天晚上，看到他的裸體我有多害怕。那時我從他滿身的傷疤看出暴力，從他肌肉起伏的動作看出蠻力，但現在我看出更多事了。雖然他充滿力量，但極度自制，雖然有傷疤，但也有療癒的能力。

他跪在我身邊，將手腕內側貼上我的前額。習慣成自然，也可能只是他需要找個藉口觸碰我，無論如何，我不介意。

我假裝被吵醒。

他從床上抓起一條毛皮遮住身體。「希望我沒有嚇到妳。」可愛的紅暈爬上他的脖子和臉頰。

「沒有。」我輕聲說。

他和我四目相對，這個無比平常的動作，感覺充滿電力。

「萊克，你在嗎？」一個聲音刺入我們之間的空氣。

他伸出一隻手指按住我的嘴唇要我安靜，但我覺得就算我想說話也發不出聲音。

聽到有人爬上梯子的聲音，萊克才開始動作。他急忙站起來說：「安德斯，抱歉，我在睡覺。」他用眼神向我道歉，然後掀開門簾出去。

「你把兔子皮當衣服穿？」安德斯問，語氣很輕快。

「看來沒錯。」萊克緊張地笑了一聲。

「奈德在東側圍籬抓到一個。」安德斯說。

我坐正，像箭一樣筆直，那一定就是我們昨晚聽到的呼哨。

「幾乎沒什麼肉，腦子都變成爛泥了，不過奈德這輩子不用愁啦，你錯過了。今年你一直睡，錯過十六個了。」

「十六個。」我低語。

「這一季的獵物比往年更快倒下，馬丁說今年的魔力很強。」

「真的嗎？」萊克回答，他的聲音聽得出不自在，我都察覺了，安德斯更不用說。

我聽見他往上爬了一級。「那塊羊毛布料能用嗎？」

「羊毛布料？」

我的視線射向壁爐旁，我的斗篷掛在那裡。

「噢，對喔，我做了一個很不錯的草藥包。」

「我來看看。」那個盜獵賊又往上爬一級。

強烈恐慌竄過我的心，要是他真的爬上來，我得準備逃跑……抵抗。

「我還沒動工。」萊克解釋，「等天氣一變涼，我就會開始做。」

我盡可能安靜下床，躡手躡腳走到房間另一頭拿我的斗篷和靴子，木地板發出深沉的抱怨。

一陣尷尬的沉默，我等著安德斯衝上梯子進來察看，卻聽到他說：「你知道，我遭到詛咒到今天滿一年了……那時候是你送我回家。」

「沒錯。」萊克回答，語氣多了溫柔惆悵。

「我以為我死定了。」

「可是你撐過來了，你活下來了。」

「她們欠我的。」安德斯的語氣變得陰沉。「她們害死了我全家，我只需要乾淨俐落的一刀。如果你和我一起去，我們會更有機會成功，我們只要殺死一個就好，然後我們就可以帶你全家人永遠離開這個地方，就像我們的計畫一樣。」

「看看天空。」萊克顯然想改變話題，也可能他是在幫我爭取時間。

我套上靴子，從桌上拿起一把刀。

「嗯，天氣變得很快。」安德斯回答。「鳥飛得很低，最好把天窗用木條釘起來，把煙囪門關上，春天一來就會有暴風雨。」

聽到安德斯走下梯子的聲音，我顫抖著呼一口氣，他落地時發出很大的聲響。

「嘿。」他往上面大喊。「你知道吧？有什麼事都可以跟我說，無論你發生什麼事、需要什麼，有我在。」

他們道別，我坐在床邊，穿著靴子，斗篷圍在肩上，全身冒出一層冷汗。

「對不起。」萊克低聲說著走進來。這是他第一次對我說對不起。

「我很想知道昨晚遇害的人是誰，可能是娜妮特、莫莉、海倫……」我喃喃說。

他幫我脫掉靴子。

「也可能是瑞薇娜、凱蒂或潔西卡。」

他幫我脫掉斗篷。

「貝卡、露西、瑪莎……葛楚……」我低語，下巴開始顫抖。「她們不該死的，她們沒有虧欠他，不該用生命償還。」

他拿走我手中的刀，在我身邊坐下。

「我知道妳很難接受，但妳不明白，那些獵物有多可怕的力量……不對，我該說少女。」他糾正自己。「去年我找到安德斯時，他已經快死了，一開始是被咬傷的地方旁邊冒出疹子，等我送他回到邊緣地帶，已經長滿全身了，他發高燒、吐血，白色膿包一碰就破。不到一個星期，他全家都死了。」

「白色膿包？」我問，用手背抹去淚水。「差不多像早春的豌豆那麼大？」

「妳看過嗎？」

「有。」他謹慎地回答。

「安德斯身上有疤嗎？」我問，努力控制呼吸。

「像我大腿內側的那個？」

他思考了大約一分鐘，然後點頭，臉頰通紅。

「那是我爸爸幫我接種疫苗留下的。」

「我也有。」他指著肩膀後方的小點。

「我爸幫你打針？」我用拇指輕撫他的疤。

「對。」他回答。「我們談好條件之後。」

回憶如洪水湧來。藥鋪裡裝在玻璃瓶中的那隻耳朵——上面長滿膿包。我爸爸買那個東西不是要自己用，甚至不是要給我媽用——他是為了這件事而買。

「那不是詛咒。」我輕聲說，淚水滑落臉頰。「那是天花，一種病毒。我不知道為什麼之前我沒把這兩件事連在一起，但我爸花了很多年研究治療方法，你一定要告訴其他人。」我急忙站起來。「如果你去告訴他們真相……他們就會停止。」

萊克搖頭。

「他們絕不會相信，就算他們願意相信……妳仔細想想……」他臉上閃過驚恐的神情。「要是他們知道詛咒不是真的，還有什麼能阻止他們越過圍籬去獵殺？天還沒亮她們就會死光了。」

我沉沉坐回床上，我不知道我們這樣並肩坐了多久，但我們之間那一吋的距離，感覺有如一英里。

「萊克。」我在黑暗中低聲叫他。

火幾乎快熄了，最後的餘燼奄奄一息。一瞬間，我以為他已經出門狩獵了，但我往門口望去時，卻看到他的頭頂，他坐在床邊的地上，往後靠著床墊，從他呼吸的規律判斷，我知道他睡得很熟。

我知道這樣不對，但我不由自主伸手摸他的頭髮，手指輕觸他鬈鬈的髮尾，一股暖流在全身奔竄。在城裡的時候，我摸過麥克的頭髮不知幾百萬次，但從不曾有過這種感受。我知道應該住手，但我反而把手指探進深處。

萊克驚醒坐直。

我將那隻手緊緊握拳，盡可能控制呼吸。

「又做惡夢了？」我問。

「繼續睡吧。」他低語，望著夜色。

「你夢見什麼？」

「無所謂。」他回答。「只是夢而已。」

我知道他說得有道理，不過聽到他這麼說，還是覺得很傷心，因為我告訴過他夢中女孩的事，以及夢境對我有多重要。

他彷彿察覺我的感受，強迫肩膀放鬆，再次靠在床墊上，眼睛注視門口。「我在森林裡。」他輕聲說。「我看到水了，很接近，但我怎麼走都到不了。」

「你在那裡做什麼？」我問，享受他的麝香氣息。

「我在找一個東西……等待一個東西……但我不知道是什麼。我穿過森林，但我的腳步沒有發出聲音，沒有留下痕跡。有一隻雄鹿從樹叢間衝出來，我拔出最好的刀，但那隻鹿直接穿過我。」我看著他的喉結在火光中鼓動。「我醒來時，有種很可怕的感覺，內心痛楚，彷彿永遠無法離開那座森林，永遠無法到達那個水邊。我將孑然一身……直到永遠。」

我想再次伸手摸他，我想告訴他有我在，他並不孤單，但說了又有什麼用呢？儘管各種狀況讓我們相聚，但他永遠是盜獵賊，而我永遠是獵物，什麼都無法改變這個現實。一旦我回到圍籬內，這裡發生的一切終將變成一場夢。

美好又恐怖的夢。

我醒來時，看到萊克在小屋角落拉起一條釣魚線，掛上毛皮遮住一個金屬小浴盆，裡面裝滿冒出蒸氣的熱水。

「我猜妳應該想洗澡了。」他說。

我拉開黏在汗濕身體上的襯衣，低頭聞了一下，他猜對了。

他去撥火，我低頭鑽到毛皮簾幕的後面，浴盆旁邊放著一小瓶茶樹精油和一把柚木梳子。

我從毛皮縫隙偷看，這樣感覺很傻。他看過我的裸體幾百次了，甚至畫了我皮膚的地圖，真是的，但現在感覺完全不一樣了。

我脫下襯衣，踏進浴盆，一陣悶悶的雷聲震動錫浴盆。

「安德斯說得沒錯，果然有暴風雨。」我說。

我扯下綁頭髮的絲帶，發出人生中最長的嘆息。我剛來的時候，他想拆掉絲帶，我卻把他的手拍開，現在我覺得很過意不去。我不確定為什麼那麼生氣，可能是傳統，也可能是相信有魔力的觀念，但這件事讓我明白，加納郡的一切早已與我密不可分。

我沉入水中，水很熱，我擔心會燙傷，但感覺太舒服，我不想離開。我無法想像，他得燒多少壺的水才能裝滿這個浴盆。

我將茶樹精油搓入頭髮時，感覺有個東西碰到我的腿。我嚇得想從浴盆跳出來，卻看到那是片花瓣，我猛吸一口氣。在城裡，在洗澡水裡放花是罪惡的行為、墮落的罪行，會遭到鞭打懲罰。

「沒事吧？」他問。現在他和我默契太好，很可能聽出我的呼吸改變了。

「浴盆裡有玫瑰花瓣。」我盡可能保持冷靜。

「這叫香芬浴，據說對皮膚很好，我想或許有助於讓妳的疤變淡，不過妳如果不喜歡，我可以拿出來——」

「不、不用，你真體貼。」這句話蠢到連我自己都想翻白眼——簡直像我接受男士攙扶跨過水窪，但其實可以自己跨越。

我沉回水中，盡可能不碰到花瓣，但我必須承認，這感覺真美好。

又一波雷聲讓浴盆震動，我不由得緊張起來。我記得，上次發生這麼嚴重的暴風雨，造成不小的損害。我掬起玫瑰花水澆在肩膀上的傷疤，盡可能轉移心思想其他事，什麼都好。

「你有綽號嗎？」我問。

「什麼意思？」

「例如，萊萊、萊克帥哥，或——」

「沒有。」他笑了一聲。這好像是我第一次聽到他笑。「妳呢？」

我聳肩，肩膀的疼痛已經減輕很多，現在動到也不會痛得受不了。「有些人叫我凶婆娘泰爾妮。」

「妳很凶嗎？」

「可能吧。」我微笑，更加沉入水中。

「給妳頭紗的人是誰？」他問。

這個問題來得猝不及防。「一個很傻的男生。」我從毛皮縫隙觀察他，看到他繃緊下顎。「怎麼了？」

「只是好奇。」

「你以為沒有人會這麼瘋狂，竟想給我頭紗，對吧？」我擰乾頭髮。

「我可沒那麼說。」他回答，專注望著快熄滅的火。

「他的名字叫麥克。」我邊梳頭髮邊說。「麥克・威爾克，他爸爸是藥鋪老闆，以後他會接任議長。」

「妳的語氣好像那是壞事。」他回頭看我。「他哪裡不好嗎？」

「他沒有不好。」我把絲帶編進辮子裡。「小時候，他是我最好的朋友，所以我以為他能理解。他知道我不想嫁人，他知道我會做夢。他掀起我的頭紗時，我好想賞他的臉一拳，他竟然有膽說他一直愛我……還說我不必為他改變。」

「或許他是認真的，或許他想幫妳。」他戳戳柴火。「他知道妳會做夢，明明隨時可以告發妳，但他選擇保護妳，感覺是個正直的好人。」

我紮好辮子，從縫隙瞪他。「你站在誰那邊？」

「我自己這邊。」他對上我的視線。「永遠都是我自己這邊。」他繼續撥火，但我感覺得出來他的心思不在這裡。「說不定妳有機會改變這一切，說不定妳也可以幫助邊緣地帶的女性，像亂黨那樣。」

「你知道亂黨的事？」我從浴盆跳出來，急忙穿上襯衣。「你見過她？」我跑到快熄滅的火邊和他坐在一起。

「沒有，但我聽說她們會在邊界森林裡一塊隱密的空地會面。她們會手牽手圍成一圈，談話到深夜。」他注視著我，視線流連不去。

「誰告訴你的？」

他伸手接住從我髮梢滴落的水。「瑞秋……」他抬起視線，深色睫毛下的雙眼看著我。「我認識的一個女生。」

「噢。」我回答，我的語氣相當尖銳，雖然其實我不打算找碴。「那個……你有……有對象在家等你嗎？」我結結巴巴地問。

他看著我，表情很奇怪。「我們是獵人，我們過著流浪的生活，禁止和異性結合……散播我們的雜種血統。」

我忍不住低頭看他的長褲。「也就是說，你像衛士一樣？」

「不是啦。」這句話讓他彆扭地移動重心。「我沒有被……我完整無缺。」

「你從來沒有……」

「當然有。」他笑嘻嘻地說，眼角皺起。「不然那些女人要找誰練習？」

「你們不是禁止生育嗎？」

「和女人在一起有很多不同的方式。更何況，她們很瞭解她們的身體，她們知道什麼時候會受孕。」

我的臉發燙，我不確定為什麼覺得不自在。城裡的少女為了確保能得到丈夫，也會去草原和男人做那件事，但他所說的感覺不一樣。不知為何，我一直想到葛楚那張版畫中的少女。他也用那種方式嗎？他們都會那樣做嗎？

「每年在狩獵季結束、下一次開始之前，我們可以回家幾天，我會回去，但只是為了探望媽媽和妹妹，所以答案是沒有。」他專注地看著我，我的呼吸似乎卡在喉嚨裡。「家裡沒有特別的人在等我。」

我假裝研究襯衣上的針腳，只要能轉移注意，什麼都好，我感覺到無法無天的念頭在血液流竄，但就連針腳也讓我想到他的手，他特地幫我把衣服縫回去，希望讓我自在一點。我一再提醒自己，他之所以沒有殺我，只是因為他和我爸做了交易，但原因似乎已經不重要了。或許是因為我們越來越親近，加上他救了我無數次，也可能是禁果讓我有這種感覺，總之我已經不想離開這裡了。我不再想著要回家，我只想知道觸摸他的唇……他的肌膚，會是什麼感覺。

一陣大風從煙囪灌進來，還在燃燒的大量餘燼朝我們飛來，萊克將我一把抱起，放我在床上。

他拍熄我身上的火星，我沒有喊痛、沒有發出聲音，但我此刻只感覺到他靠在我身上的重量。

「沒事了。」他拾起散落在我鎖骨上的一綹濕髮，輕輕對我的皮膚吹氣，我認為他應該是想幫我降溫，但反而煽動了我內在深處的火，那種熱截然不同，我不知道該如何熄滅，我甚至不確定是否想熄滅。

他拿來一罐蘆薈水，用布沾了一點，擦拭我脖子和鎖骨上的小燙傷。我望著他，迷失在他臉龐的骨架裡，他擦到我襯衣的蕾絲領口前，突然停了下來，一滴水沿著我的胸部往下流，如沉重的停頓。

我想忽視那種感受，假裝一切都沒有發生，但在這一刻，我好希望他沒有幫我縫好襯衣，我好希望我們之間沒有隔閡。

他低頭看我，像第一次見面時那樣神情緊繃，當時我認為那個表情是憤怒，現在我知道其實是恐懼。

「你怕我嗎？」我低語。「怕我的魔力？」

「我不怕妳。」他注視著我的嘴唇。「我怕的是妳讓我產生的感受。」

我們互相凝視，周圍的世界消失了。我徹底忘記了營區的那些女生，也忘記了狩獵她們的盜獵賊。我忘記了我的夢，忘記了秋季來臨時我必須回去的那個世界。

我想失蹤。

我能理解為何營區的女孩會緊抓著魔力，就像我現在緊抓著這種感覺。我們全都渴望逃脫，暫時逃離別人為我們選擇的人生。

此時此刻，只剩下這件事，作為打發時間的辦法，其實也不錯。

我不確定是我抬起頭，還是他彎下腰，但現在我們非常接近，我可以感覺到他的氣息一陣陣吹在我的皮膚上。

他的唇輕輕撫過我的唇，我感覺一波熱潮傳遍全身，當我們的舌頭接觸，我內在的另一種東西搶走了主控權。

我的雙手在他的髮絲間緊握，整個身體纏住他，將他拉近……他卻被另一個人從我懷抱中拉開。

一個眼神狂亂的少年站在床尾，抓住萊克不讓他動，他的蒙面布滑落，露出臉頰上的許多小疤。安德斯。

「我就知道不對勁。」他喘著氣說。「獵物咬你了嗎？」

「不是你想的那樣。」萊克用眼神懇求。

「不要往那裡看，你一定是被魔力控制了，快去拿蒙面布，不然獵物可能做出更恐怖的事。」

萊克長長嘆息。「我去拿蒙面布。」

安德斯放開他，從腰上的刀鞘拔出一把刀。他小心翼翼走向我，萊克拿起掛在壁爐邊的炭黑色薄布。我納悶他是否真的相信……我用魔力誘惑了他。

我在床上往後退，一直退到牆邊，萊克來到安德斯身後，用蒙面布綁住他的手腕，將他的手臂往後扭，迫使他扔下刀。安德斯還來不及反應，萊克已經把他的雙手綁在身後，用刀抵住他的喉嚨。「別逼我動手。」萊克說。

「你在做什麼？」安德斯企圖掙脫。「我不會跟你搶的，那是你的獵物。」

萊克將凳子從擺滿刀的桌子前踢開，移動到壁爐前。「我想和你好好解釋。」

「沒什麼好解釋，獵物對你下了魔咒，誰都看得出來。」

「沒有什麼魔咒。」萊克強迫他坐下。

很不幸，安德斯就在我的雙眼正前方，他充分利用這個位置，用眼睛對我射出百萬支飛刀。

「她的名字叫泰爾妮。」

安德斯猛搖頭。「獵物沒有名字，獵物只是獵物，除此之外什麼都不是。」

「她是詹姆斯醫生的女兒，就是救活你的那個人。」

「那又怎樣？」

「所以……我們虧欠他。」

安德斯勉強大笑一下。「你想留著……當寵物嗎？」

「我還不知道要怎麼做。」

「聽我說。」安德斯放軟語調。「我懂，你很寂寞，我們都很寂寞，但你遲早得殺死這一隻獵物。不然你就讓我來吧。」他的眼睛發光。「你可以養到狩獵季結束，等你玩夠了之後——」

「我不想殺死她，我想和她在一起。」萊克說。

這句話令我非常震驚，程度不輸安德斯。

「你、你開玩笑吧？」他氣急敗壞地說。「我們是盜獵賊，我們發過誓的。」

「這世上還有更重要的誓言。」萊克回頭看我，我只想縮進牆壁裡。「我們總是說，只要有機會就要離開。」

「這就是我們的機會。」安德斯對我一撇頭。「只要剝下這隻獵物的皮，我們就可以帶著你的家人去西方，就像我們計畫好的那樣。邊緣地帶有那麼多女人，你想挑誰都可以——」

「還有別的方法可以離開。」萊克說。

「等一下……你該不會……」安德斯臉色死灰。「你該不會想逃跑吧？你的家人怎麼辦？沒有你的酬勞，她們會餓死——」

「只要你接收她們，讓她們成為你的家人，就不會發生這種事。」萊克傾身向前，專注看著他。

「你不是在開玩笑吧。」安德斯低語，淚水湧上眼眶。「衛士該怎麼辦？你想過嗎？我剛剛看到一個在附近偷偷摸摸走來走去，他隨時會去搬木材來修圍籬，假使他們發現她在這裡——」

「他們不會知道的。」

「除非我去告密。」安德斯嘀咕。

萊克撲過去，把刀緊緊抵著他的咽喉，我聽到刀鋒刮過鬍渣的聲音。「除非我死，否則誰都休想傷害她，你明白嗎？」

「那我呢？」安德斯抬起視線看他，我幾乎能聽見他心碎的聲音。「我們的計畫怎麼辦？」

「你是我的兄弟。」萊克抱著安德斯的頭。「這件事永遠不會變。等我們安頓好，我會接你和我的家人過去。」

「你以為可以輕輕鬆鬆走向夕陽、就此消失嗎？」安德斯的鼻翼翕張。

「有何不可？有很多土地可以任意占用，我打獵的功夫很好。」

「還不夠好。」安德斯瞪著我說。

「現在她和我在一起了。」萊克走到他面前，不讓他繼續瞪我。「問題在於，你呢？」他握緊手中的刀。「我必須現在就弄清楚你的立場。」

「我站在你這邊。」安德斯低語。「兄弟，我永遠站在你這邊，直到盡頭。」

萊克回頭看我，彷彿等候我首肯，我點頭，我不知道還能怎麼辦。

萊克彎腰鬆開安德斯的雙手，他說：「我知道這樣的要求很過分，但一切都會安然度過，你等著瞧吧。」他捏捏安德斯的肩膀，然後放開他。

安德斯走向門口，我做好準備迎接任何狀況，但萊克似乎平息了他的憤怒。

安德斯在門口停下腳步。「我在這附近扔下了一瓶毒參泥，我來就是為了這件事……我想給你看，暴風雨吹出一大片。」

「可以賣個好價錢呢。」萊克興奮地說。

「第三個山洞那裡還有很多。」安德斯說。「我們可以合力採收，五五分帳。」

「不了，全給你吧，不過我會幫忙採收。」

「真的嗎？」安德斯怯怯地問。

「我們依然是伙伴。」萊克說。「只是現在多了一個人。」

安德斯往我們看來，卻不肯對上我的眼睛，但至少是個好的開始。

「天一亮就去，我在山洞和你會合。」安德斯淺笑著說。

一瞬間，我瞥見萊克所描述的那個貼心少年。

✿

我立刻動手打掃小屋，我不知道還能做什麼，該如何處置我的心……我的身體。

萊克靠在牆上看著我。「無論妳在想什麼——」

「想？我能想什麼？」我撿起掉在地上的蒙面布。「噢，不曉得耶……大概是你剛才用這塊布綁住一個人……那個人想殺我，或是想要你殺我，或是你們兩個一起殺我。我說錯了……殺死獵物。」

他的臉上掠過痛苦神情。「妳必須理解。」他走向我。「他被獵物拉進圍籬，她們咬他，他相信家人是因為詛咒而死去……不過他會想通的。給他一次機會，他絕不會做出任何傷害我的事。」

「我擔心的不是你。」我從他身邊擠過去，拿起凳子放回桌邊。「還有，你說你和我在一起，這又是怎麼回事？」我斥責。「你不覺得，至少應該先問問我嗎？還是你打算像城裡的男人一樣，直接讓我變成你的人？」

「我只是以為……好吧……好。」他說，緊跟在我身後。「我們可以結婚，這樣比較好嗎？」

「不！」我大喊，衝向另一個角落，但也僅僅距離幾英尺，不可能走去別的地方。我不小心把一個東西踢到床底下。

「妳不必嫁給我。」他舉起雙手認輸。「我只是想到頭髮……絲帶……妳從小接受的教育……或許對妳而言……很重要。」

我趴在地上，伸手拿出被我踢到床底下的東西，是個罐子。我拿起來對著光察看，我的心一陣慌亂。

「我在跟妳說話……拜託妳聽——」
「等一下，這個就是安德斯說的『毒參泥』？」
「妳找到了。」萊克伸手要拿。
「你確定就是這個？」我搶回來，強迫他注視我的雙眼。
「不會錯的。」他顯然因為我嚴肅的神情而有些緊張。「可以簡單判斷，那種亮綠色，邊緣會散開，就像——」
「這個會對人體造成什麼作用？」
「我從來沒有碰過那玩意，不過住在北方森林的那些老太婆會用這個來通靈。只要在舌頭上放一點，就會看到幻象，她們說這種東西可以讓人與靈界溝通，無論是天上還是地下。」
「如果長期使用……例如每天……整天使用，會怎樣？」
「會發瘋。」
我用雙手摀住嘴，想堵住啜泣，但聲音還是從指縫間溜出來。「那麼，我沒有發瘋。」我大口喘氣，吐出積鬱已久的空氣。「你還不懂嗎？」我用顫抖的雙手抓住他。「恩典少女就是因為這個才會發瘋。我知道一定有問題，可能是水……食物……空氣……沒想到原來是這個，水藻、水井裡長滿這種東西。她們全都喝井水，我在營區的時候也喝井水。我覺得頭暈，皮膚感覺有看不見的東西在爬，但我被驅逐到森林裡，改喝山上的泉水，在那之後我就覺得好多了，神智也比較清醒。」新一波淚水湧上。「那不是魔力……是中毒。」

我站起來踱步。「她們必須知道，所有人都必須知道。」

他搖頭。「就算知道也沒用。」

「你怎麼可以說這種話？一切都會不一樣。她們不會發瘋……不會有這樣的行為。恩典之年將從此告終。」

「關於詛咒、魔力，就算她們願意相信我們，也不會因此有任何改變。」他說。「只要妳們的皮肉依然值錢，就永遠會有盜獵賊，永遠會有恩典之年。」

「我們一定能想出辦法。」我再次淚水盈眶。

「我們可以離開。」他抹去我臉上的淚珠。「去年有個毛皮獵人從北方來，我們認識的一家人託他帶來消息，他們成功越過高山、平原，抵達一個村落，那裡的人不分男女一起生活，彼此平等，他們在那裡尋得自由。」

光是要想像那是怎樣的情況，對我來說就很困難。我心中全然地想答應他，從此逃離痛苦，但一種恐怖的感覺從胃部頂端蔓延到喉嚨。「我們的家人——」

「安德斯會照顧我的家人，他們會拿到酬勞，等我們安頓好——」

「那我的家人呢？要是我的遺體沒有出現，我的兩個妹妹會受到懲罰，被驅逐到邊緣地帶。」

「如果麥克真有妳描述的那麼好，就算只有一半的好，他也絕不會讓這種事發生。」

聽到他的名字，我立刻劍拔弩張。從萊克口中說出來，感覺非常不應該。「不要把他扯進來。」

「就算她們被送去邊緣地帶，我媽也會收留她們。」

「但她們會要……」

「初經來潮之後才會。」他就事論事地說。

「之後呢？」我問，想到這個我就痛苦不已。

「我們一安頓好，就立刻接她們過去。」

「萬一我們永遠無法安頓下來呢？」我問。其實，我想說的是萬一我們死掉，我受夠了這種不能直接說出想法的限制，於是我再次提問。

「萬一我們無法活下來呢？她們會怎樣？」

「我們一定會活下來……不過，為什麼我妹妹在邊緣地帶工作沒問題，妳的就不行？」他問。

「不是這樣……」我完全慌了。「只是，當我想到我妹妹得接待城裡的那些男人，像湯米・皮爾森那樣的人，或任何一個男人，他們在教堂摸過她們的頭、看她們在唱詩班表演、看她們長大，想到我就噁心。」

「我在冰層上找到妳的那天晚上，妳準備要自盡，寧死也不願意落入盜獵賊手中。如果那時候妳死了，妳妹妹一樣會被送去邊緣地帶，現在妳卻猶豫了，為什麼？」

「那時候我腦子不清楚。」我提高音量。「你也看到了……我已經快死了。」

他將我拉過去，抵著我的前額，發出沉重嘆息。「對不起，我不該說那種話。」接近他，感受他的體溫，有如安撫我的藥膏。

「妳信任我嗎？」他問。

「嗯。」我毫不猶豫地回答。

「那就相信我們可以做到。」他說。「我們有時間慢慢計畫，但妳這段時間要有信心，我一定會想出辦法，讓所有人平安。」

「為什麼你想這麼做？」我在他臉上尋找答案。

他的手指撫過我的辮子，一路向下摸到紅絲帶。「我想看妳鬆開頭髮，陽光照在臉上的樣子。」

天快亮的時候，萊克爬下梯子去找安德斯，我覺得滿懷希望，我不知多久沒有這種感覺了。我躺在床上，吸進他的濃濃香氣，想像以妻子的身分和他在一起會是什麼感覺，遠離加納郡，遠離這一切。我一直以為我人生最大的希望就是在田地工作，我不曾想像過其他人生。儘管我告訴自己那是因為我夠務實，但事實上，是因為我太怯懦了，因為不嘗試就不會受傷。我不知道自己什麼時候變成這種不敢主動追尋的人，或許是初經來潮之後吧，那是沉重的提醒，提醒我不要忘記女人在世上的地位。不過，現在我準備好了，要努力爭取更好的人生。

我聽到萊克爬上梯子，急忙跳下床。他一定是忘記拿東西，但我很高興。我要給他一個驚喜，告訴他我願意——沒想到掀起門簾進來的，卻是一個裹著黑布的身影，我還來不及拿刀，他已經把我逼到牆邊，用刀柄抵住我的氣管。

「安德斯……」我想掙脫，但他更用力壓制。

「不要說話，妳仔細聽，今晚月亮升到最高點時，妳就離開。」我盲目摸著身後的牆面，焦急尋找能當作武器的東西。「梯子下面會放著蠟燭和蒙面布。」我奮力想掙脫他，想抓住他的手臂，但沒有用。「我會幫妳開路，標示出圍籬上的洞。到了以後，妳解下蒙面布留在那裡，然後鑽回妳的洞裡，回去妳的地方。」

「萊克……」我低語，用盡力氣才擠出聲音。「他會先殺死你。」

「醜話先說，天一亮，我會帶島上所有盜獵賊一起來這裡。如果妳沒走，而萊克選擇要保護妳，我也無法阻止他們。」

「他永遠不會原諒你。」

「假使妳敢對他吐露一個字……假使妳不完全遵照我的指示，我會殺死妳。要是妳以為躲在圍籬裡很安全，那妳就錯了，看到我的臉了吧？」他說，強迫我注視他的雙眼。「我是唯一遭到詛咒後倖存的人，也就是說我免疫了。假使妳企圖偷傳訊息給他……假使妳企圖誘惑他去圍籬邊……就算妳只是往他的方向呼口氣，我都會知道。我寧願看他死一千次，也不願意看他背叛家人……毀棄誓言。」

「你只是不希望他背叛你吧。」我好不容易擠出這句話。

他逼近我的臉，我嗅到他呼吸時苦苦的藥草味。「我非常想剝掉妳臉上的皮，像剝熟透的桃子那樣，這是我最想做的事。」他從鼻孔深吸一口氣，恢復冷靜。「不過，我不想傷害他，我認為妳應該也不想。妳乖乖地配合，遵守我的規則，否則我會去找妳索命。」

色調。

我不知道我坐在那裡多久了，在腦中推演各種的可能，等我想到要起身站起來時，白天已經過去了。天空染上深淺不一的粉紅與紫色，明天早上我的脖子一定也像那般的色調。

我聽見靴子踏上梯子的聲音，我急忙到處跑來跑去，拿起我少少的幾件東西，斗篷、靴子、襪子。我不知道要跟他說什麼，我甚至不確定上來的人是不是萊克。萬一安德斯回來殺我……萬一是衛士……就算來的人是漢斯，我要怎麼解釋？

我拿起一把刀，蹲在桌子旁，我的雙手在發抖。

一個裹著黑布的人進來，我準備一刀割斷他的腳筋。

「泰爾妮！」萊克喊。

我顫抖著呼一口氣，他轉身發現我癱倒在地上。「嘿……嘿……沒事了。」他說。

「有我在，我不會讓妳發生不好的事，我不是說過了嗎？」

他拿走我手中的刀，扶我站起來，我抱住他，我從來沒有這樣緊緊抱住任何東西。

「現在一切都沒問題，我和安德斯談過了。他支持我們，妳不必怕，他會幫忙。」

我張嘴想告訴他之前發生的事，但他搶先說：「我帶了個東西給妳，其實是安德斯幫忙找到的，他知道一個地方。」

他從口袋拿出一塊亞麻布，極盡溫柔地捧著，彷彿拿著一隻蝴蝶。他掀開摺起的布，裡面有一朵深藍色的三色堇，有點壓壞了。

我感覺遙遠的記憶輕輕拉扯，是我的授紗日。我出門去找麥克，停下來看花……一個在溫室工作的婦人告訴我，有一天會有人送我花——雖然可能稍微有點枯萎，但意義不變，我心中湧起強烈的情緒。她沒有告訴我，這朵花將承載多麼深刻的意義。

我抬頭看他，眨眼想忍住淚。我猜萊克大概不懂這朵花的意義——他大概只是覺得漂亮，但我很難不視為一種預兆。

「這是道別的花。」我低語。「又苦又甜的道別。」

「我以為是代表永恆的愛。」他說。

「那是藍色紫羅蘭。」我解釋。

「看來安德斯也沒那麼懂花嘛。」

「這兩種花很難分辨。」我回答。但我認為安德斯摘這朵花的時候，很清楚其中的意義。

「可以假裝是紫羅蘭嗎？」他微笑。

我急著想掩飾內心的感受，於是點點頭，急忙轉身將花放在桌子邊緣。

他解開蒙面布，我驚覺自己變得很會假裝。

我假裝沒發現到處都是刀——特別設計來剝下我的皮肉。我吃放在玻璃罐裡醃漬的食物，而同樣的罐子也用來裝我們的屍體運回城裡，我假裝這樣很正常。我假裝這一切並不瘋狂……假裝我們真的可以逃離……永遠過著幸福快樂的日子。

但這所有假裝之中，有一件事真實無比。

我愛上他了。

或許我無法與他共度此生，和他攜手白頭，但我可以選擇給他我的心、我的身體，及我的靈魂。只有這個，他們永遠無法控制。

我解開綁成蝴蝶結的絲帶，等他過來。

他用力吞嚥一下，朝我邁出一步。

他緩慢慎重地呼吸，將絲帶纏在手指上。

我們的眼眸交會，我們之間放射的能量如此強烈，感覺彷彿能燒毀世界。

他輕輕拉扯絲帶，解開我的頭髮，我知道我應該轉開視線，注視上帝，就像以前學校教的那樣，但此時此刻，我只希望他看著我，被他看見。

他將我的襯衣拉起，從頭上脫掉，感覺彷彿掀起頭紗。

我解開他長褲的鈕扣，接受他的花。

他的肌膚貼上我，他為我挑選的花朵綻放，渴望與痛楚的強烈香氣盈滿整個空間。如此短暫、如此禁忌，但我們完全無法控制。

絲帶落在地上，我擺脫加納郡對我最後的束縛，帶著他走向床鋪。

他是盜獵賊，而我是獵物，什麼都無法改變這件事。但在這小小的樹屋裡，遠離我們各自的家，遠離那些給我們這種稱呼的男人，我們依然是人類，渴望彼此接觸，渴望在這慘澹的一年裡，除了絕望，還能有其他感受。

只有星月為證，他躺在我身邊。我們的掌心相貼，手指交纏，我們的呼吸節奏一致。這就是我們應該在的地方，沒有猜疑、沒有心思。當他吻上我的唇，世界消失了。

彷彿魔法。

✿

今晚，我躺在他身邊，用指尖記憶他全身的每一吋、每條疤痕，每一道都彷彿是經過雕刻的線條。我對著他的肌膚私語，說出我想告訴他的所有事，當我耗盡氣息，我將那朵深藍色的花放在他的掌心，他會明白其中的意義。儘管又苦又甜，但我忍不住想，或許這朵花存活到現在，就是為了這個目的，因為言語可能不足以表達，因為嘴唇可能背叛，但這朵花將說出他想聽的一切，他需要告訴自己的一切。他可以仔細閱讀每片花瓣，研究花莖上的每處凹凸，但意義永遠不變，是道別。

他很可能會懷疑是自己說錯了話、做錯了事，才導致我離開，或許他會以為我是因為害怕安德斯而逃跑，無論原因為何，無論有多痛，他會明白這樣最好——這是逃不過的結局。

他救了我，現在輪到我救他了。

我拿好東西，爬下梯子。安德斯沒有食言，在樹下放了蠟燭和蒙面布，但蠟燭快燒光了，只剩一灘軟軟的蠟。我抬頭看天空，恐懼鋪天蓋地而來。我以為才剛天亮，但太陽已經出來好幾個小時了，因為雲層太厚所以看不見，我依戀太久了。

我用黑布裹住身體和臉，我聞到腐肉臭味與藥草苦味，是安德斯的氣味。

我撞到一個掛在梯子上的東西，急忙抓住讓聲音停止，我聽過這個聲音，是安德斯做的風鈴。我忍不住猜想，這些該不會是恩典少女剝除皮肉後遺棄的骨頭，這會不會是我的結局。

我離開湖岸，往圍籬走去，感覺很不對勁，彷彿我的身體不該做這種事。安德斯說他會在路上做記號，我尋找規律出現的物品，任何顯眼的東西，我看到橘黃色馬利筋花的花瓣標示出路徑，意思再明顯不過——**離開，永遠不要回來**，安德斯確實很懂花語。

我跟隨花瓣走，我心中有一部分擔心這會不會是精心設計的陷阱，這條路會將我帶往安德斯的刀下，但當我走出樹林，看到高聳的圍籬，我明白他說到做到，沒有半分虛假。不過，圍籬的洞在哪裡？我擔心會不會太遲了，說不定漢斯已修補好了，這時我看到圍籬下有一大堆樹葉。我趴下挖開落葉，看到那個洞依然在，我同時感到安心又傷心，洞口比我印象中小。

但那時的世界也很小。

我準備爬過去，突然聽到一個奇怪的摩擦聲響，彷彿粗糙的手指在搓蠶絲布料。我告訴自己不要回頭，但純粹的本能依然讓我回頭，什麼都沒有，我什麼都沒看到，但春季花草樹木太過茂盛，感覺所有東西都藏起來了，就連萊克的樹屋也被茂密植物吞沒。除了回憶，什麼都不剩，這只是我曾經做過的另一個夢。

✿

我爬過那個洞，扯掉身上的黑布，但我甩不掉安德斯的氣味，我依然感覺他的刀抵著我的喉嚨。

我靠在松樹上，盡可能調整呼吸、平靜心情，但光是回到營區裡，那種幽閉恐懼的感覺立刻回來了。

我望著前方的路，想著我可以躲在森林裡過完這一年剩下的時間。過去幾個月，我觀察萊克做事的方法，學到不少生存技能，但這是懦弱的行為。我明明可以救她們、可以制止這一切，要是選擇逃避，我永遠無法原諒自己。

儘管她們對我做了那麼多過分的事，但她們依然有資格知道真相。

樹林和之前感覺不一樣了，四周滿是各種深淺不一的綠，但每塊岩石、每棵樹木、每條崎嶇的小徑，彷彿都烙印在我的記憶裡。每向前走一步，我都努力不去回想那時的瘋狂、殘酷、混亂，但一走到營區邊緣，即將進入空地，我的心臟開始劇烈敲打肋骨，手掌冒汗，四肢無力。我不知道她們會怎麼對付我，但現在已經太遲了，我不能回頭。

我將紅絲帶綁在手腕上，踏進營區。

我以為會引起騷動，就像毛皮獵人從荒野回來時的那種興奮慌亂，有如看到死人復活。然而，她們甚至沒有多看我一眼。實際上，她們的視線彷彿直接穿透我。

我很納悶，難道她們以為我變成鬼回來復仇？一瞬間，我懷疑說不定真是如此。或許那天晚上我死了，而萊克活剝我的皮，之前發生的一切都只是情節豐富的妄想。

因為即使不受井水影響，她們依然令我暈眩，我透明而單薄，彷彿只要一陣風就能將我化作塵埃。

「我認識妳。」一個女生蹣跚走向我，我想應該是漢娜，但她身上的灰塵和汙垢太厚，難以辨認。「凶婆娘泰爾妮。」

我點頭。

「之前有人來找妳。」她伸手搔頭，卻抓下一把頭髮。「我不記得是誰。」她說完之後漫步離開。

我謹慎地在營區裡走了一圈，鍋子和水壺堆在火邊，腐敗的食物凝結在鍋底，米灑在地上，到處都是空瓶罐，有蟑螂爭搶殘餘食物。我經過小鳩的籠子，以為牠應該早就死了，沒想到那隻鳥依然縮在籠底角落，只是骨瘦如柴，牠不叫了，但當我從縫隙間伸手指想摸牠，牠卻發出凶惡的呱呱叫聲攻擊我。

「牠在對妳說早安喔。」我身後有個輕柔的聲音，我轉身發現薇薇安拖著腳步走向鬧門，一群女孩擠在那裡。

行刑樹的樹枝快要不堪負荷了，增加了很多東西，下方的泥土滿是凝結的鮮血。一個女孩站在樹後——她實在太瘦了，我幾乎看不見她。她摸著一條黃銅色的辮子，顯然以前長在她頭上，我想到葛楚。她在哪裡？

我打開宿舍的門，惡臭有如竄逃的蟑螂直撲而來。

是尿液、疾病、腐敗、髒汙，我很想知道，我住在這裡的時候也這麼臭嗎？還是最近才變成這樣的？

有幾個女孩躺在小床上，她們一動也不動，一時之間我還以為她們死了，但我看到她們的胸口隱約起伏。我低頭察看她們，但沒有人看我的眼睛，她們似乎迷失在只屬於自己的世界裡。

我找到以前我放床的位子。我還記得最後一晚在這裡時有多害怕，但我也記得葛楚、海倫、娜妮特、瑪莎——大家一起談天到深夜。剛開始的時候，我們滿懷希望，真心相信能做出改變，但她們一個接一個倒下，因為井水的毒……因為琪絲汀的影響。

她們的床全都不見了。我告訴自己，或許她們把床搬到另一邊了，不過當我看到角落堆積如山的床架，我知道我只是在欺騙自己。

我很想裝傻，假裝無聲無息熟睡，但我聽到森林傳來呼哨，我每晚睡在盜獵賊身邊，完全沒有幫助她們，完全沒有警告她們。「對不起，葛楚。」我顫抖的嘴唇低語。

「她不在這裡。」房間遠處角落有人大聲說，我全身發毛。沒看到有人在那裡，我尋聲走去，一張床底下伸出一隻手抓住我的腳踝。

我尖叫。

「噓……」她低聲說，從生鏽的彈簧下看我。「安靜，不然會吵醒鬼魂。」

是海倫，或者該說是海倫殘餘的部分，她的右眼只剩一道半月形的皺縮傷疤。

「妳怎麼變成這樣？」

「妳看得見我？」她問，臉上出現大大的笑容。

我點頭，盡可能不盯著那道疤。

「我變得太隱形，最後連我自己都看不見了，她們得挖掉我的一隻眼睛，讓我回來……但葛楚……」她望著遠處。「她們把她搬去儲藏室了。」

「儲藏室？為什麼？」我問。

她把下巴縮到胸前。「葛楚太髒了。」她冷笑，但笑聲很快融化成溫柔淚水。

我離開她身旁，走出宿舍，穿過空地走向儲藏室。每一步都越來越難踏出，我彷彿在激流中跋涉，許多人停下腳步看我，潔西卡、瑞薇娜，但沒有人阻攔我、沒有人追來，現在還沒有。

悶熱讓門膨脹，我用力拉開，一大群蒼蠅飛出來，但我只看到一張堆滿破爛毯子的床。現在我懂海倫的意思了，是令人難以忍受的惡臭。我用外裙掩住口鼻，仔細察看裡面，架子全空了，床邊放著一個桶子，裡面滿是嘔吐物和排泄物，粗糙羊毛毯下露出深綠色斗篷的一角。

「葛楚。」我輕聲呼喚。

沒反應。

天空。

我再試一次。「葛楚。」

「泰爾妮。」一個輕柔的聲音回應。

我的呼吸梗在喉嚨裡，我在層層毯子下找到她，她瘦得皮包骨，膚色有如一月底的天空。

「妳跑去哪裡了？」她問。

我只能勉強撐住而不崩潰。「現在我回來了。」我說，伸手握住她的手想確認她的脈搏，但實在太弱，我擔心她的心臟隨時會停止跳動。

「我先來確認一下妳的狀況。」我掀開毯子，捏捏她的四肢，盡可能促進血液循環。

「她們沒有給妳吃東西嗎？」

「不是，是我吃什麼都吐。」她抬頭對我眨眼。

「妳這樣多久了？」

「新年來了嗎？」她問。

「現在已經六月了。」我抬起她的頸子，用捲起的毯子墊高，我的手指陷入軟爛濕黏的東西。

角落的勾子上掛著一盞滿是灰塵的燈，我拿過來，將火調大，仔細察看，看到的東西令我反胃。我想吐，但我不能讓她知道狀況有多嚴重，我按按她腦後傷口周圍紅腫的地方，問她：「會不會痛？」

「不會，不過我的辮子好像不見了。」她說，伸手撫摸想像的辮子。

我領悟到，她的光陰從那時就停頓了——她的辮子被硬生生從身上削下來的那天，我被放逐到森林的那天。

「她在哪裡？」琪絲汀的聲音傳上我的背脊。我可以躲起來、讓她進來找我，但葛楚已經受太多折磨了。

「我馬上回來。」我輕聲說，幫她蓋上毯子，然後走出儲藏室，看到琪絲汀從東側圍籬氣勢洶洶殺過來，一群女生跟著。

她的動作有如受傷的掠食動物，腳步很慢卻很謹慎，一把生鏽的砍刀垂在身側，我用盡勇氣才站住不動。

「我有個東西要給妳。」她舉起砍刀一揮。

我本能地閃躲，但她只是將刀扔在我的腳前。

「我們需要柴火。」

我抬頭看她，仔細觀察她，暗黃色的糾結長髮，雙頰凹陷，膚色灰黃，原本清澈的藍眸只剩放大的瞳孔。我意識到不只是葛楚……琪絲汀也不記得了，她們全都不記得。

我彎腰撿起砍刀，她伸腳踩住。「等一下，只有擁抱魔力的人才能鬆開辮子。」

營區裡所有人似乎瞬間提高警覺，彷彿她們能嗅到空氣中的惡意。

「我已經擁抱魔力了。」我回答，一波新的恐慌在胸口沸騰。「妳幫我找到的，記得嗎？」

她瞇起眼睛看我。

「妳挑戰我，要我進森林，我迷失了很長一段時間……差點死掉——」

「妳活著從森林回來……沒有遇到鬼嗎？」漢娜問。

「有。」我回頭望著森林，想起以前她們圍坐在營火旁講的鬼故事。「她們對我說話……拯救我……帶我回來。」

我希望我的表情沒有反映出內心。說謊是懦弱的行為，但總比被割舌頭好。

琪絲汀不情願地把腳從砍刀上移開。

我拿起砍刀，刀柄上仍有她的體溫。那股溫熱傳遍我全身，很久沒這種感覺了。我心中有一部分很想報仇，以牙還牙，但我提醒自己是井水害她們變成這樣，她們病了。

「她們現在也在這裡嗎？」珍娜問，像受驚的動物一樣，來回察看空地。

我的視線掃過營區，努力想編個能讓她們安心的回答，這時我看到梅根站在鬧門旁，她的氣色和鬼沒兩樣。「那裡有一個。」我指著她的方向。「但她不會害人，她只是想出去……她只是想回家。」

她們盯著閘門，我知道她們也想回家。

琪絲汀走到我身邊，非常接近，我能感覺到她呼出的氣吹在皮膚上。「沒有食物、沒有水，妳在森林裡怎麼活下來的？」

我慌亂地想著該怎麼回答、該如何解釋，這時我想到不如講真話。或許我可以利用這件事，讓她們自願停止喝井水。「鬼魂……她們帶我找到森林裡的泉水，我病得很重，但泉水治好了我。」

包圍我的人開始竊竊私語，感覺有如一群焦躁的蜜蜂。

我擔心她會戳破我的謊言，出手攻擊我，沒想到她只是把水壺推過來。「拿出證據。」蟑螂爬出來掉在她的赤腳上，但她完全沒察覺。「將鍋子裝滿鬼魂的泉水帶回來，否則就不要回來了。」

「沒問題。」我用力吞嚥。「先讓我去看一下葛楚。」我往儲藏室走去。

琪絲汀擋在我面前。「我會照顧葛楚，等妳回來。」

我夠瞭解琪絲汀，她絕不是出於善意，而是要脅的手段。

我拿起砍刀和水壺，後退走進森林，我不敢轉身背對她們。

走到草木茂密的地方，我才鬆了一口氣，我沉沉癱坐在森林地面，終於哭了出來。

我不確定是為她們哭還是為自己哭，但我必須設法讓狀況好轉、解決問題。

或許我背棄了誓言、讓家族蒙羞，但我依然是恩典少女。

我是她們的一分子。

如果我不幫她們，誰會幫她們？

✿

我將砍刀塞進裙子裡，找到幾個月前我製造出的小徑，現在依然隱約看得出來。我砍斷藤蔓與垂掛的苔蘚，一個不安的念頭悄悄鑽進心中。萬一，我找不到泉水該怎麼辦？萬一泉水早已被植物吞沒、乾涸消失了，我該怎麼辦？假使我沒有帶水回去，她們絕不會相信我說的話。

我加快腳步，奮力爬上陡峭山坡，看到泉水依然在，我終於安心了。我倒在泉水旁，只想脫光衣服跳進去清涼一下，但我必須回去照顧葛楚，琪絲汀剛才說會照顧她等我回來，但我不喜歡她的語氣。

我清洗水壺，聽到輕輕的摩擦聲，和我爬進圍籬那天聽到的聲音一模一樣。我隨著那個聲音爬上山脊，眼前的畫面令我大驚失色。誰能看到這個狀況而不驚訝？那個死去的少女，慘白的骨頭暴露在地上。

上次我來的時候，只有骷髏頭隱約從地下探出。我知道暴風雪很嚴重，一半的山脊都被沖刷掉了，連我的種子也一起帶走，但我沒想到竟然會造成這種狀況。

我走向遺骸，看到她蜷成球狀，每根細緻的骨頭都排列完美；就連殘存的破爛絲帶也依然纏在脖子上。

我心中有一部分，希望真的能和死者溝通，她會告訴我什麼？行凶的人是誰？原因為何？把她的屍體扔在這裡，幾乎可說比謀殺更殘忍。大家都知道，沒有清點到遺體會有什麼後果……我們的家人會受到怎樣的懲罰。無論凶手是誰，肯定恨她入骨，甚至不惜讓她全家人一起完蛋。即使我在這裡見識過太多凶殘行為，但我很難想像恩典少女會犯下這種罪行。

一波暈眩來襲。我爬到山脊邊緣，大口喘氣，努力想冷靜下來，這時我看到最令人驚訝的東西，是一株豌豆藤。

雖然感覺沒什麼了不起，但我抓住藤蔓，鼓起勇氣盡可能往下探。

下面生機蓬勃，有好多植物。

南瓜、番茄、蔥韮、胡蘿蔔、馬鈴薯、洋蔥、大黃、捲心菜、甜菜——如此豐盛、飽滿，讓我忘記呼吸。「是茱恩的菜園，真不敢相信。」我低語，淚水刺痛眼睛。

我抓住一把植物頂端的葉子，我只能摸到一些，接著拔出幾根肥肥的胡蘿蔔、幾顆甜菜頭，然後重新回到山脊上。目前我頂多只能採到這些，下次帶繩索來就能採更多，不過這些已經不錯了，她們應該好幾個月沒有吃到像樣的食物。

我想唱歌、跳舞、親吻大地，但我很快就發現，我沒有可以分享快樂的人。或者該說，我最想分享的那個人身在圍籬另一側，簡直等同於身處世界另一邊。

我回頭看一眼那個死去的少女，想起萊克說過的話，**死亡中會萌發生命**。淚水湧上，但現在情勢嚴峻，我不能想他，我不能變得軟弱。

我砍好柴、裝好乾淨的水，最後挖出一塊黏土放在我的襪子裡保存。

我用外裙充當袋子，綁好柴火扛在背上。蔬菜放進口袋，我把採來的野生香草和血根草塞進胸部中間。將裝滿水的壺搬下山坡、運回營地非常辛苦，更別說我還背著沉重的柴火，但只有這樣才能拯救她們，拯救我們所有人。

我停下腳步喘口氣，察覺到這裡是我當時逃向東側圍籬洞口的地方，我哽咽，但並非因為當時的回憶。我看到一片苜蓿下面有一朵百里香的花，這種花層級很低，太普遍，大家幾乎難得想起，不過在古老花語中，這種花代表「寬恕」。我最初的本能反應，是想起所有曾經受我傷害的人，我想送給他們這種花——萊克、麥克、爸爸、媽媽、姊妹——但他們不在這裡，我無法得到他們的寬恕。不過，有一個人非常需要這朵花，一個我完全能掌握的人——我自己。我在困難的環境下盡力了，我堅持信念，我克服所有凶險考驗活了下來。我愛上一個人，自主交出我的心，即使明知道最後一定會心碎。這些都是我自己的選擇，我不能後悔，所以只能接受。我將那朵百里香花插在襯衣領口，聽到後面有個聲音。

說不定只是我太神經質，不過會這樣也不奇怪，因為我離開營區之前，她們企圖割我的舌頭。

「琪絲汀，是妳嗎？」我低聲問。

沒有回應，但我再次聽到那輕微的摩擦聲響，和在圍籬外聽到的一模一樣……和在山脊上聽到的一模一樣。有很多可能——只是小動物在樹葉間鑽動，遠處有野豬用樹幹磨牙——但我發誓，我的肌膚感覺到視線，彷彿森林回望著我。

✿

我走出森林，所有女生圍過來看，她們似乎很驚訝我竟然能活著回來——這次竟然也沒死——但看到我帶回來的禮物，她們更加驚奇。

琪絲汀推開眾人來察看泉水。

「妳喝一口。」她緊盯著我，我明白她認為我會企圖下毒害她。我瞥水井一眼，幾乎笑出來，只是幾乎而已。

我從口袋拿出貝殼，舀了一點水喝下。「看吧？很安全。」

她想把髒兮兮的手伸進去，我急忙阻止。

「水是鬼魂給我的，我願意和妳們分享，不過如果妳們想搶走，就會受到鬼魂懲罰。」我對森林一撇頭。「鬼魂說妳們每個人可以喝一口，剩下的留起來煮晚餐。」

我等著她將我推開，不然至少會對我大吼大叫。但她只是伸出雙手，優雅的姿態彷彿在教堂從珠寶金杯啜飲聖血。

她喝完之後，其他女生排隊輪流喝，琪絲汀就站在旁邊監督，我很想知道她在想什麼——喝下泉水能增強她的魔力，也可能認為只要喝了，鬼魂就不會傷害她。無論她那被毒參泥侵蝕的頭腦在想些什麼，總之我非常感激。

最後一個女生也喝完之後，琪絲汀揮手要她們走開。

她們慢慢解散，我輕聲嘆了一大口氣。

我發現了唯一還能讓她們感到害怕的東西：**死去恩典少女的鬼魂**。

我不確定這個謊言能撐多久，希望足以讓她們擺脫毒參泥的影響，但我打算優先照顧葛楚。不只因為她是我的朋友，也是因為她們總是把她擺在最後，她們把她扔在那裡等死，我說什麼也不會任由她死去。

我把她的床拖出惡臭的小屋，放在傍晚的陽光下，葛楚怔怔往上看，彷彿難以置信，然後對我露出昏沉的笑容，不知道她有多久沒看到太陽了。我小心拿出塞在襪子裡的黏土敷在她的頭髮、頭皮上，然後用一桶井水沖洗乾淨。然後，我將血根草的莖搗成泥，直接塗在她的傷口上。

我用羅勒和鼠尾草的葉子擦洗葛楚乾瘦的四肢，我盡可能溫柔，一次不露出太多皮膚，以免她覺得冷，但她抖得非常厲害，床架生鏽的彈簧隨之震動。我問她是否還好，她只是抬起視線看著我笑。「妳看，天空好美。」她低語。

我強忍淚水，看著天空點點頭。她無比感激，但她不該為此感激，這只是身為人類應有的基本待遇，我們全都不該為此感激。

雖然傷口嚴重感染，但她的神智似乎比其他女生清醒，或許是因為她吃什麼都吐，包括井水。

我餵她喝一點乾淨的泉水。

「好好喝。」她抓緊杯子，想要大口喝。

我不得不搶走杯子。「別急，慢慢喝。」

我想起萊克也對我說過同樣的話，我很難想像他曾這樣照顧我，要幫我擦澡、清理蛆和嘔吐物。我甚至刺了他腹部一刀，但他依然願意照顧我。但現在我不能思念萊克，不能想其他事，必須專心設法讓營區的人擺脫毒參泥的影響。

我削出細長的木屑作為引火物，然後將柴薪排在坑中，一次又一次敲擊打火石，直到終於點燃。我太久沒練習了，不過木屑像變魔術般立刻點燃。火燒旺之後，我拿出儲藏室找到的空蜂蜜罐，將一些乾淨的水存起來，其他則用來煮燉，我放進胡蘿蔔、甜菜、野洋蔥、香草，然後將大鍋放在火上燒，沒多久營區裡所有女生都被吸引過來，就連琪絲汀也露面，她像受困的動物在空地長邊不斷來回踱步。她沒有討回砍刀，於是我放在身邊，以防她們突然攻擊我，但她們只是坐在那裡舔嘴唇，呆望著火焰。

我很想知道，她們多久沒有好好吃飯了，我心中有一部分很想不給她們吃，告訴她們只有我和葛楚能吃（算她們活該）。然而，看到她們這副模樣，憔悴、邋遢，像是有生命、有呼吸但只剩空殼的骷髏，我必須提醒自己，那不是她們的錯，是井水讓她們做出那些殘酷的事。等我幫她們清除毒素，狀況就會不一樣了。

邊界處傳來窸窣聲響，其他女生一定也聽見了，因為她們全部注視著森林。那是我整天一直聽到的聲音，但我認為應該之前就聽過，很熟悉，記憶隱約地拉扯，但我就是無法明確捕捉。

「她們說什麼？」珍娜問。

她們全都看著我，我領悟到她們以為是鬼魂。

我的直覺反應想告訴她們，鬼魂說別喝井水，不過那樣太粗糙、太明顯，我必須設法讓琪絲汀以為是她的主意，如果我的作風太強勢、太激進，她會發現我另有目的，最好從小事開始。既然我很不會說謊，只好從我知道是真實的事開始。

「那是塔瑪拉。」我低語，她慘死的回憶令我哽咽。「她拖了兩天才死，因為遭到雷擊，前胸和後背都有燒傷，但找到她的盜獵賊成功除下大部分的皮肉。」

另一個聲音傳來，這次比較近。

「那是誰？」珍娜問，從指縫間看我。

「是梅格。」我回答。

所有女生嚇得不敢動。

「幾個月前她消失了。」黛娜低語，回想起最要好的朋友。「我們以為她被冤魂抓走了。」

「不。」我低語。「她從東側圍籬逃跑了……脖子挨了一刀。盜獵賊還沒砍下她的指尖，她已經被自己的血溺死了。」

「別說了。別說了。」海倫的肩膀在發抖，一開始我以為她在狂笑，就像那天晚上她們將仍在抽搐的塔瑪拉扔出去時那樣，但她抬頭看我，我發現她髒汙的臉上滿是淚痕。她張嘴想說話，但發不出聲音，或許她還無法用言語表達，或許她還不知道，但我從她的臉上看得出來，那是懊悔的種子。

我看看營火周圍，很難想像短短幾個月後，我們要回城裡，成為柔順的賢妻、服從的僕役、工人。或許，對信仰虔誠的人而言，她們不會覺得有什麼不對，因為一切都是上帝的旨意，這些都是必要之惡，為了讓我們得到淨化。大部分的人初嘗自由滋味（說不定她們甚至喜歡現在這個樣子）不過其他人，那些只想活著回去的人，她們該怎麼辦？當所謂的「魔力」消退，當記憶如潮水湧來，她們要如何接受在這裡發生的一切？我們對彼此做出的那些恐怖行為？

不過，或許井水會讓她們以為那全是一場迷離的夢境。她們無法分辨事實與幻覺，夢境與現實。城裡的女人總是有一種奇特的表情，我無法解讀，或許就是因為這樣，或許她們根本不知道自己感覺到的是什麼。

焦急地想要記起，卻有幸遺忘。

✿

清理好儲藏室之後，我將葛楚搬回去。她們表明願意讓出空間，讓我們住進宿舍，但在毒參泥的影響完全清除之前，我不信任她們。

我在她身邊坐下，餵她喝我特製的湯藥，材料是蓍草、生薑，以及沒用完的血根草。爸爸會為傷口受感染的病患準備這種湯藥，我看過幾百次。

「這應該可以讓妳的胃舒服一點，也有助於退燒。」

「很好喝。」她從打顫的牙齒間啜飲幾口，她抬頭看我時，我發現她嘴角有結塊的紅色殘留，像我離家之前在媽媽嘴邊看到的一樣。

這段回憶讓我的頭腦紛亂，那並非恩典少女的血，而是湯藥。我記得媽媽的眉毛上冒出冷汗，手指發抖，而且在教堂差點昏倒。她一定是身體不舒服，不過，為何不讓我知道呢？

葛楚伸手想搔頭，我握住她的手。「不能再抓了。」我從襯裙撕下一段布條，包住她的雙手綁好，弄成像無指手套的模樣。「因為太常抓，所以妳才會生病，妳的傷口發炎了。」

「傷口。」她低語，事發當時的記憶籠罩，有如最黑暗的面紗。「我變成這樣，怪老頭法洛還會喜歡我嗎？」她想開玩笑，可惜不好笑。

我們默默對坐許久，終於葛楚再次開口。

「是琪絲汀……」她用力吞嚥。「我必須告訴妳那件事的經過。」

「妳什麼都不必說，妳不需要解釋……」

「我想說。」她堅持。「我需要說出來。」

我捏捏她的手。

我生病的時候也一直想說話，感覺有必要說我的故事給別人聽……以防萬一。

「琪絲汀在她爸爸的書房找到那張版畫，叫我去教堂的告解室和她會合，她想給我看那幅畫。」我用濕布擦拭她的額頭，她發抖著。「那時候是七月中，外面非常熱，但告解室裡相對清涼。」她望著蠟燭的火。「我記得薰香的氣味，深紅色絲絨坐墊貼著我的膝蓋後方，融化的蜂蠟滴在祭壇上。」她緩緩露出淺笑。「我和琪絲汀擠在一起，我們貼得很緊，我的肩膀甚至能感覺到她的心跳，她從襯裙下拿出那幅畫，我看了一分鐘才理解自己看到了什麼。我以為……」她快要哭出來了。「我以為她想藉此告訴我什麼，我以為這是她給我的暗示。」她的下唇顫抖。「我吻了她。我們之前吻過十幾次了，那次也一樣，但我們被逮到了。我並沒有要求她做版畫上的事，我只想告訴她我愛她，這一點也不骯髒，我不骯髒……」

「我知道。」我撫摸她的臉頰，抹去淚水。

「琪絲汀威脅要告訴妳，於是我只能乖乖聽話，我以為……」

「什麼？」

「我以為萬一妳知道了，就不會和我做朋友。」

「妳錯了。」我說。
她端詳我，眉間出現深深溝紋。
她又伸手想抓後腦，我制止她。
「妳必須讓傷口康復。」
她專注望著我，臉上出現憂傷的神情。「妳認為經歷過這種事，我們真的還能康復嗎？」她低語。
我懂她的意思，我懂她想問什麼。我拿出藏在襯衣下的百里香遞給她，她的眼睛漲滿淚水，她伸手摸了摸，想要接過去，但因為手被包住，所以無法拿。我們一起大笑，因為這個小小的舉動，這微不足道的瞬間，我知道我們不會有事……葛楚不會有事。
「我們到底怎麼了？」她注視我的眼睛問。「前一分鐘，我們還在建造、改變，沒想到……」
「這不是妳們的錯，不是任何人的錯……甚至不是琪絲汀的錯。」
「妳怎麼能這麼說？」
我不確定她能聽進去多少，但我可以信賴葛楚。我總覺得，要是不告訴她，這件事就不是真的。我彎腰靠近，低聲說：「井水有問題，井裡的水藻……那是毒參泥，邊緣地帶的巫婆用來和亡靈溝通。」

她往上注視我，我看得出來她開始串連起所有線索。「頭暈、幻覺、暴力衝動，這些都是井水造成的？不過，假使魔力不是真的……」她伸手摸我的頭髮。「森林裡的鬼魂……塔瑪拉、梅格，那些都是妳編的？」

「鬼魂的部分確實是編的，不過她們的遭遇……她們如何死去，這些都是真的。」

「妳怎麼會知道？」

我想起梅格的臉——當匕首刺進她的側頸時，她眼眸中的神情。「因為我在場。」我低聲說。

我看到葛楚打個冷顫。「不過，既然鬼魂不是真的……妳如何製造出那種聲音？」

我想讓她安心，告訴她一切都是我的計謀，但我向來無法對葛楚撒謊。「那不是我弄的。」我低語，盡可能不去想像樹林裡可能有什麼，盡可能不去回想安德斯的威脅。

「妳離開時……我以為……」葛楚的眼皮越來越重。她像克蕾拉小時候一樣，硬撐著不睡。「感覺好像……妳死而復活了。」

「或許真是這樣。」我輕聲說，幫她把毯子塞好。

「那麼，告訴我……天堂……是什麼樣子。」她終於閉上眼睛。

最後一點燭光也熄滅了。「天堂是一個住在樹屋裡的男生，手很冷，心很暖。」我低語。

「他說會來找妳。」那個女孩說。

過了片刻我才認出她，意識到這是夢，然後看到剃光的頭和眼下的紅色小胎記。

「這段時間妳跑去哪裡了？」我問。

「我在等待。」她站在一扇門前。

「等待什麼？」

「等妳想起……等妳睜開眼睛。」她推開門。

我猛然驚醒，發現自己趴在葛楚的床邊，空氣中有一絲月桂葉與萊姆的香氣，讓我想起藥鋪，想起家。以前我好喜歡這種氣味，但現在感覺太濃，很刺鼻。

不過，假使那只是夢，為何門會開著？我確定昨晚入睡前關好了，我猜想大概是因為我太累，明明是自己打開的卻忘記了。回到營地不代表我要發瘋，我做個深呼吸，想要集中精神想些愉快、真實的事——天快亮了，灰中帶粉的天空即將綻放金黃。我想著這是一天中我最喜歡的時間，或許是因為會讓我想起萊克，只要閉上眼睛，我就能聽到他爬上梯子的聲音，他脫掉蒙面布，上床躺在我身邊，皮膚上有著麝香與夜晚的氣息。

「妳看，我沒有抓頭。」葛楚突然說話，嚇了我一跳。

我回頭看她，她高舉布條做成的手套。「好乖。」我對她微笑，很感謝她打斷我的思緒，更高興看到她的臉頰稍微恢復紅潤。

我發現她注視我的左肩，肉被挖掉的凹陷處，我穿上斗篷。

「對不起，我無法想像妳在外面遭遇了多恐怖的事。」她低語。

我想告訴她萊克的事……他如何救我一命，而我離開他的唯一理由，就是為了救他，但並非所有祕密都相等。在城裡，假使葛楚的祕密洩漏了，她會被放逐到邊緣地帶，但如果我的祕密洩漏了，我會上絞架。

「妳一定要教我怎麼綁那種辮子。」她說，想讓氣氛輕鬆一點。「呃……等我的頭髮長回來。」她補上一句。

我舉起雙手摸頭髮，發現被編成非常精緻的三股辮。

我扯開絲帶，把頭髮搖散，感覺彷彿裡面爬滿了蛇，我絕不可能在睡夢中做這種事。我根本不會編這種辮子，但我知道誰會——琪絲汀，她在授紗日編了類似的辮子。我記得，來到營地的第一天晚上，大家聊起奧爾佳・維川的事，她當年消失在森林裡。她們說她遭到鬼魂糾纏，鬼魂會在夜裡把她的頭髮編成辮子，將絲帶綁成奇怪的樣子，把她逼到發瘋。妳竟然使出這招，琪絲汀。

我幫葛楚安頓好之後出去，發現琪絲汀和其他人聚集在井邊。我穿過空地，往廁所走去，她們突然停止交談，轉身看我。她們的視線射在我身上，感覺有如加重的魚鉤刺進我的肉裡。

「過來。」琪絲汀說，她的語氣讓我的內心一縮。

我看看身後，希望她不是在叫我，但除了我沒有別人。

我很不情願地走過去，盡力壓抑恐慌，但我忍不住懷疑，說不定昨晚她聽到我和葛楚交談的內容，想起我遭到驅逐……想起她曾經用斧頭砍我。

「再過來一點。」她拎著一桶水，繩子上有一塊塊亮綠色水藻，讓我想起那噁心的味道——彷彿舌頭裹上一層濕冷的天鵝絨。

珍娜突然一個搖晃，不小心撞到琪絲汀的手臂，桶子裡的水全灑了，琪絲汀的眼睛閃過火光。

我還來不及鬆一口氣，琪絲汀將水桶往珍娜臉上砸過去，牙齒斷掉的聲音令我膽寒。珍娜的嘴流很多血，但她沒有尖叫，甚至沒有流露痛楚，而其他女生只是站著圍觀，彷彿早已習慣這種突然爆發的暴力，或許是我忘記和她們一起生活是什麼情況。

「這是要給泰爾妮的。」琪絲汀將桶子給我。

珍娜的血從邊緣滴進去，我不禁反胃，但假使我拒絕，琪絲汀絕不會信任我，這是考驗。

我接過水桶，本來只想假裝喝，但琪絲汀一推水桶，將水強灌進我口中。毒參泥、血液與惡意令我嗆咳，她們全都在狂笑，失神的瞳孔緊盯著我。

一躲進森林，我立刻彎腰吐出胃裡所有液體，站在嘔吐物旁重重喘息，自問是否做了錯誤決定，根本不該回來。我應該裹上蒙面布走出去，永遠不回來——

「蒙面布。」我驚呼，是安德斯。夢中女孩想告訴我的，就是這件事嗎？他說，假使我不徹底遵照他的吩咐，就會來殺我——應該把蒙面布留在圍籬外的。

我奔向東側圍籬旁，猛然停下腳步，因為我發現蒙面布不見了。我在附近來回尋覓，想知道布怎麼會不見，或許我把布塞出洞外，只是自己忘記了。當時我很難過，我只記得一心想快點脫掉。說不定是動物叼走了——因為那些布味道很重，也可能是安德斯鑽進來拿走，他清楚表明不怕越過圍籬——圍籬整修好了。我趴下，伸手摸摸用來塞住洞的那塊木材，一種奇特的感覺流過心頭。我以為至少得花上幾天才能修好，我以為會換掉整根原木。確實，這樣處理很草率，但我想釐清為何我如此在意。或許我只是想見到友善的臉孔，向漢斯道謝，剛來的時候他幫我把袋子扔回來，不過不只這樣。

通往萊克的那扇窗關閉了。

感覺再也沒有轉圜的餘地。

我轉身離開圍籬，答應自己不會再來，來這裡絕不會有好事。

我必須專注在眼前的任務上，讓營區的女孩恢復正常，恢復原本的模樣。最簡單的方向，當然是直接帶她們去泉水那裡，不過就算她們因為毒參泥失去理智，我也絕對沒辦法說服她們跟著我一塊進入森林。鬼故事深植她們心中，對她們而言真實無比，而我昨晚說的那些故事，只會讓她們更害怕。

✿

我得將泉水帶去給她們。

因為營地位在低處，我應該可以建造飲水系統，但這裡沒有水管也沒有適合的工具，我必須發揮創意。

我扶著一棵樺樹閃過一堆鹿大便，在我汗濕的手掌下，一片樹皮脫落。我想起萊克曾說過，他會把樺樹皮捲起來放在屋頂上，讓融雪流走。

我用砍刀切出一道缺口，掀起一大片樹皮。如果能蒐集到一定數量，捲起之後或許能充當水管。剝下我能找到的所有樺樹皮，這份工作無聊又辛苦，但淨化心靈的效果很好。我躺著養傷太久，都忘記了使用雙手、頭腦建造東西多有滿足感。

我將樹皮接在一起，形成一根長水管，然後動手挖土。

我想起，在隆冬時拚命挖土種菜，當時真的很艱難，但現在已經接近夏季了，砍刀稍微一用力，就能劃下大片土壤。我將管子一路埋到山坡上，最後還要解決讓小溪改道的難題。我不知道是否能成功，但已經走到這一步了，不能放棄。

我挖出一道溝渠，看著水流進管子。我跑下山坡，歡天喜地地看著水流到最底端。將水壺裝滿之後，我發現必須設法控制水流。我在樹林中尋找栓皮櫟，這種樹常用來做軟木塞，我記得看過一、兩棵。城裡都用這種木頭塞住麥酒桶，既然如此，應該也能塞住水管。

我在北邊的山坡找到一棵，砍下一大塊，修整成合適的大小後塞進水管裡，但因為承受不住水壓立刻噴了出來。我需要找東西固定塞子。我找到一塊大石頭滾過來，重新塞上水管之後按住，用膝蓋把石頭推過去從下面卡住。我擔心樹皮會炸開，泥土會排斥水流，像鯨魚噴水那樣噴出來，不過目前看來似乎暫時撐得住，而我只需要現在能用就好。我很感激可以只想眼前的問題，因為要是想得太遠，思緒就會帶我回到城裡，去到一個非常黑暗的地方。

我滿身都是泥巴、樹皮、樹葉，拖著疲憊的身體回到山坡上，跳進小溪裡，讓冷水沖刷身體。

一朵蘋果花漂在水面上，讓我想起萊克為我準備的芳香浴，我把花撿起來丟出去，整個人鑽進水中，想強迫回憶離開頭腦。上來換氣時，我又聽到那個輕微的摩擦聲響，正好我巴不得能有事情讓我轉移心思，我從水中跳出來，追著那個聲音爬上山脊，一路追到那個少女的遺骸旁，絲帶斷裂的尾端摩擦著她的頸骨。

我在營區和圍籬外聽到的聲音不可能是這個，距離太遠了，但讓我緊張的不只這個聲音，她的肋骨下似乎塞了東西，是我之前沒看過的東西。

我在她旁邊蹲下低頭看，發現那是一朵花，是一朵紅菊花，代表「重生」。我全身冒出雞皮疙瘩。這朵花怎麼會出現在這裡？我伸手拿出來，小心不碰到她的骨頭。雖然花朵有些乾枯受損，但花莖斜斜切斷，很仔細、很小心。我懷疑是琪絲汀想嚇我，但我從來沒有在營區看過這種花。我忍不住想起萊克送我的那朵花，那朵安德斯幫他找到的花，我猜想，這朵花說不定來自圍籬外。

「別想了，泰爾妮。」我低聲告誡自己，把花捏爛。「不要發神經，那只是一朵花罷了。」

但是，花從來不只是花。

我用力閉起眼睛許久，彷彿能在腦中讓一切變正常，但當我睜開眼睛時，一切都沒有改變。

說不定，井水的毒性仍有少量在我體內作亂，也可能是我累壞了，但我心中有一部分不禁懷疑，當我告訴她們我擁抱了魔力，可以和亡靈溝通，或許在不知不覺中喚醒了她的魂魄。

夏

SUMMER

回到營區後，最初的幾天狀況最為惡劣，那些女生經常突然大哭、暴怒，想要扯掉自己的皮膚。我記得剛被放逐到森林的那幾天也是這樣，到處蹣跚遊蕩，找尋回歸現實的道路。

不過，一個月過去了，我們似乎找到一種勉強和諧的生活規律。

第一次滿月，她們集體月經來潮——沒有人受罰，也沒有魔力降臨的瘋狂宣言，但我依然感覺很不對勁，有種急迫的感覺。

雖然我一滴井水都沒喝，但有時感覺好像我喝了。一些小事發生：那個摩擦聲響似乎如影隨形、山脊上的骨骸好像每天都會移動，她的頭往太陽的方向傾斜，腳趾往下指著大地，髖部的角度略微不同，彷彿她隨時會站起來。或許，讓我產生這些感覺的，只是自我暗示的力量。為了滿足那些女生的要求，我每天晚上都講鬼故事，就連我自己都開始要相信那些謊言了。但幾乎每天早上我醒來時，都會聞到萊姆與月桂葉的氣味，將頭髮編成辮子。我沒有告訴任何人，因為我不想讓琪絲汀稱心如意，但我從她的眼神看得出來，她越來越難以忍受我。

目前最大的困難是控制我的心思，不要擅自鑽過圍籬，走向湖岸，爬上那道梯子，尋找我人生中最美好的感受。

體力不錯的時候，我會站起來走動，找些事情讓自己忙碌（編繩索、重新建造儲雨桶，我清理通往泉水的小路，拓寬以方便推車行進，這樣載水時才不會灑出來）。然而，夜裡當所有人都入睡，我的身體再也無法操勞，我只能坐在那兒，心中不斷折磨自己，反覆回想和萊克共度的最後一夜。有時候我會閉上眼睛，想和他在夢中相會，但我不再做夢了，什麼都夢不到，就連那個女孩也快變成遙遠的回憶，似曾相似的過去——只是另一個棄我而去的東西。

雖然現在那些女生可以簡單取得大量清水，她們依然偶爾會喝井水，或許這是自保機制，她們知道身體需要井水。

我記得，爸爸曾經治療過從北方回來的毛皮獵人，每小時固定給他們極少量威士忌。雖然不足以滿足他們，但能夠讓他們不受戒斷症狀所苦，她們現在的狀況就是這樣，戒斷症狀。突然斷絕毒參泥，然後連續跋涉兩天，清除體內所有毒素，我無法想像那是什麼感覺。

難怪，恩典少女回城裡時總是憔悴不堪，她們丟了半條命，而剩下的那半條命也很想死。

這樣的方式比較花時間，但她們不會覺得骨頭由內而外翻出來。希望她們會覺得這個過程很自然，就好像魔力緩緩離開，其實事實差不多就是如此。

幾個女生明顯好轉，開始想要幫忙營區裡的大小事，一開始我覺得很不安，她們瞳孔放大的無神眼眸好像看進我心裡，不過，隨著她們漸漸回歸現實，我開始讓她們做一些小事。其中一個人負責照顧海倫，她像影子一樣黏著我，隨手拿走我的東西。如果湯匙不見了，我會在海倫的床底下找到，如果扣子消失了，我會在她的口袋裡發現。我很難對她發脾氣，她恢復的狀況比別人差，我擔心她可能無法復原。

不過至少有個好消息，小鳩恢復從前開朗的咕咕叫聲。海倫甚至願意讓我抱一下小鳩，不過最好不要產生太深厚的感情。我提醒海倫，衛士來接我們時，小鳩不能跟著回去，但她不願意聽。城裡的女性不能養寵物，因為我們就是寵物。

除了晚上來騷擾之外，琪絲汀大致上很少接近我，不過根據我對琪絲汀的瞭解，無論如何都不能放下防備。我一直留意她，有時甚至整晚不睡，想逮到她溜進森林移動骨骸，但她似乎不曾離開營地。她也在留意我，有時候大家圍坐在火邊，我會發現她緊盯著我，像監視獵物一樣。我盡可能不予理會，假裝不害怕，然而實際上，我幫助她們越多，她們會想起越多事。

迎來第二次滿月時，我發現自己總是躲在暗處，無論在哪裡我都覺得不自在，甚至連我自己的身體、皮膚都有如桎梏。

不只是摩擦絲帶的聲音、山脊上骨骸移動的怪事，現在我無論走到哪裡，都覺得有個東西懸在我頭上。就連那些我認為應該好轉得差不多的女生，仍會整天發呆、聽風聲，望著白雲迷失自我，她們談論魔力的語氣，彷彿那是會呼吸的生物。一開始，我以為她們只是想討好琪絲汀，只是一種求生存的手段，但漸漸地我開始擔心，或許原因沒有這麼簡單，說不定她們根本不想放棄魔力。

✿

今晚，當太陽讓位給月亮，百萬繁星讓我覺得自己比塵埃更渺小，我站在營區邊緣，聽著永不止息的摩擦聲響。天色很暗，我只能看見前方幾英尺的距離，但我忍不住想像她站在那裡，絲帶纏在脖子上，摩擦她喉嚨的骨頭。

「泰爾妮。」葛楚推了我一下。「妳沒聽到她們的問題嗎？」

我轉身發現營區所有人都看著我。

「快說啊，她們講了什麼？」珍娜催促。

我還沒有說出山脊上那具少女骨骸的事，或許是因為感覺太神聖、太真實，彷彿說出來是一種背叛，不過或許這個祕密不必由我一個人扛。

「我不知道她的名字。」我回答。「不過，她的骨骸躺在這座島最高的山脊上。」我轉身背對森林，摩擦聲似乎變得更執著、憤怒，但我拒絕受影響。「妳們有聽到嗎？勒住她喉嚨的紅絲帶，不停摩擦她的骨頭，凶手下手非常狠，她的絲帶斷成了兩半。」

「說不定她想找到另外那一半，就像『塔荷沃』的故事。」珍娜說。

「那個維京傳說嗎？」露西問。

珍娜激動地點頭。「他的手下集體背叛他，他被刺了一百刀，才終於倒下。他們不為他舉行戰士的火葬儀式，而是將他的遺體扔在遙遠的海岸上，任其腐朽。」珍娜往前靠，火光在她的眼眸中舞動著。「月圓的夜裡，他會為了報仇而回到人間，他花了整整八年時間，才一一找到那些人和他們的親屬。只有完成復仇，他才能贏得火葬，讓靈魂上天堂。」

我盡可能不讓想像力失控，不過殺死那個少女的凶手，會不會是其他恩典少女？或許她想復仇，既然她永遠無法離開營地……或許她會退而求其次，用我們代替。

我和葛楚回到儲藏室，汗水滲透我們的衣物，她說：「就算妳不想把門開著，至少也該脫掉斗篷。」

「沒關係。」我把斗篷裹得更緊。

「如果妳擔心會被海倫拿走——」

「我說了沒關係。」雖然是無心的，但我的語氣很衝，我將砍刀抱在胸前。她腦後的傷終於癒合，長出短短的頭髮，她不停用手指輕搔，那聲音快逼瘋我。

「妳該不會喝了井水吧？」她問。

「沒有。」我警覺地看著她。「當然沒有。」

「那麼，妳到底怎麼了……？妳有什麼事沒告訴我？」

我深吸一口氣。「剛才我不是說了山脊上骨骸的故事嗎？」

「今晚的故事很精彩。珍娜說起維京傳說的時候……我差點相信了——」

「我覺得可能是真的。」

「什麼？」她企圖掩飾手臂上的雞皮疙瘩。

「我在營地聽見的聲音和我在山脊上聽到的一模一樣，是絲帶摩擦骨頭的聲音。」

她注視我片刻，然後放聲大笑。「真幽默。」

我跟著笑，但我翻身側躺，不讓她發現我流淚。

✿

「妳終於醒了。」葛楚忙著整理架子上的一罐罐醃漬食品。「整個夏天我一直拜託妳把門開著，但妳不肯，現在終於稍微涼一點，妳卻決定要開門了？」

「不是我開的。」我坐起來，脫掉黏在身上的斗篷。

「我聽見妳開門的聲音。」她翻個白眼。「噢，對了，妳還不忘記先吹熄蠟燭、不停摩擦絲帶，真是妙招。等晚上說出這個故事，那些女生一定會聽到忘我。」

「妳在說什麼——」

我伸手想解開繫在手腕上的絲帶，瞬間愣住。絲帶不見了，也沒有綁在頭髮上，我驚慌地下床到處找。

「妳在找什麼？」她問。

「一定是海倫拿走了。」我深深嘆息，站起來走向宿舍。她不能這樣下去了，一直偷偷摸摸拿走別人東西。我不想對她發脾氣，但她必須振作起來才能活著回家。

經過水井時，我低頭瞥一眼，看到水面上我的倒影，喉嚨上有一條大紅色的東西。我退回去仔細看，手急忙伸向脖子，摸到絲帶時發出的聲音令我一縮。

我拉扯絲帶想要解開，但結綁得很緊，我怎樣都拆不開，我越是慌亂地想解開，反而勒得更緊。

我彎下腰，拚命想呼吸，這時我看到琪絲汀的身影出現在正後方。

「小心。」她伸出雙手從後面繞過來，靈巧地解開那個結。「盜獵賊之吻。」她在我耳邊低語。

「什麼？」我倒抽一口氣，靠在水井上。

「那種結的名字。」她將絲帶纏在我的手腕上，綁個柔美的蝴蝶結。「妳越用力拉，結反而更緊。」

「妳怎麼知道？」我望著水中她的倒影問。

「上一次我發現有人那樣望著水面，我用魔力讓她投水自殺，妳記得蘿拉吧？」

我用力吞嚥。

「印象中，妳不相信是我用魔力讓她自殺……妳根本不相信我們真的有魔力。」

「我錯了。」我輕聲說，轉身面對她。「那是我去森林之前的事。因為妳的幫助，我終於明白了。」

她牢牢注視我的雙眼，我忍不住打個寒噤。我原本以為放大的黑色瞳孔很可怕，但現在她的虹膜恢復了，冰冷的藍更加令人膽寒。

無論是不是她在搞鬼，她慢慢想起之前的事了。

她轉身走開。我很想知道，要過多久琪絲汀才會記起她想要我的命。

我出發去泉水旁、山脊上時，再也不去看那具骨骸。我再也不聽絲帶摩擦頸骨的聲音，我專注在我確定真實的事物上，大地不會說謊的。

我從山脊垂降，發現番茄、南瓜、甜椒不見了，新長出蕪菁、花椰菜、豆子，而岸邊的漆樹葉子剛開始變色。空氣變得涼爽，快要換季了，而我也要改變了。

我永遠不會忘記，艾薇結束恩典之年回來的模樣，她蹣跚走進廣場，我完全認不出來，她的頭髮少了幾大塊，眼睛感覺像假的，像爸爸冬季大衣上的大鈕扣。她丈夫還來不及去接她回家，她已經倒在廣場上了。有一陣子，大家都以為她會死。

有一次他們讓我去陪她，爸爸向她丈夫說明該如何照顧她。我記得，當時我靠近觀察她，想知道眼前的人究竟是不是她。我想著，說不定她在外面換了一層皮，就像老派童話故事裡被怪物替換的孩子。恩典之年最令我害怕的應該就是這件事：失去自己，回家時變成完全不一樣的人。

我們只是變得更會隱藏。

以前我很納悶，為什麼那些女人對於城裡發生的事總是視若無睹，那些事明明就在她們眼前發生，但有些真相太恐怖，甚至不能對自己承認。

現在我懂了。

回營區的路上，我聽見身後傳來樹枝被踩斷的聲音，我沒有停下來聆聽、思考，我只是繼續推著車往前走，是我讓這些事變得有辦法干擾我的，我不願意繼續這樣下去，我不要再玩這場遊戲，不要再心神不寧。

今晚，當大家圍坐在火邊，她們問我鬼魂說了什麼，我說：「我已經聽不見她們的聲音了。」

這樣對大家都好，對我也好。

本來，我以為鬼魂的事會就此落幕，沒想到珍娜突然坐直，凝視森林。「現在我能聽見了，自從開始喝鬼魂泉水，我就也聽見了。」

「我也是。」瑞薇娜附和。

「我也一樣。」漢娜點頭的速度如此之快，感覺很像母鳥餵小鳥的準備動作。

一個接一個，她們說起自己的鬼故事，比我以前編造的更加恐怖。

葛楚看著我，眼神迷惑。

但我懂。

她們一直都相信這些事，毒參泥只是幫助她們看見而已。

✿

空地傳來的腳步聲將我吵醒，很可能是海倫，她經常半夜跑出來遊蕩。我等著會不會有人起床帶她回去，不過一直沒有人出來。她們已經厭煩了，不想繼續當她的保母，大家都一樣。我下床開門，摩擦絲帶的聲音鑽進我的血流，我想告訴自己只是琪絲汀想嚇唬我，但我感覺到門外有個黑暗的存在，快要從門縫流溢進來。

儲藏室的門把動了，我做好心理準備，無論一直糾纏我的是什麼，我都要正面迎戰。就在這時，宿舍的方向傳來令人血液凝結的尖叫，葛楚猛然驚醒。我用力拉門想打開，但木頭因為高溫膨脹而卡住。我好不容易打開門時，只看到一個人影從營地外圍離去，有如一閃而逝的影子。

所有女生都聚集在宿舍外面，抱在一起尖叫哭泣。

我衝過空地，發現貝卡被圍在中間，她的眼睛瞪大，全身顫抖。

「我要去廁所……我看見……有一個鬼魂站在儲藏室門邊。」她發抖著說。

「有沒有人看到小鳩？」海倫問。

瑞薇娜推開她。「是艾美或梅格嗎？」

「不是，不是那樣……」

「小鳩，妳在哪裡？」海倫大喊。

所有人一起噓她。

「我沒有看到手或腿。」貝卡接著說。「我只看到一雙眼睛，有亮晶晶的深色眼睛，從陰暗處看著我。我不知道如何解釋，不過，無論那是什麼……感覺很邪惡。」

是盜獵賊，我全身冒出雞皮疙瘩。**安德斯進入營區了嗎？**

我知道我太晚離開，而且很可能忘記將蒙面布放在圍籬外，但我也照他的意思做了。我離開萊克，放棄唯一能得到幸福的機會，這樣還不夠嗎？

其他人回宿舍睡覺，我坐在火邊的原木上。我沒有望著火焰，幻想如果過去做了不同的選擇會如何。我望著森林，思考以後會發生什麼事。

幾個月來，我一直感覺有什麼陰謀正在逐步進行，有個東西一直在暗處跟隨我，儘管我很想以合理方式解釋，不去想太多，但現在敵人已經來敲門了。我不能繼續躲藏，不能繼續逃避現實。

「你想要我的命，就儘管來吧。」我對森林低語。

唯一的回應是絲帶摩擦的聲音，彷彿直接觸動我最後一絲的勇氣。

無論是安德斯還是鬼魂，我終於準備要面對真相了。
毫無保留。

✿

長髮搔癢我的手臂。
一開始，我以為是夢到家人，克蕾拉與佩妮鑽進被窩叫我起床，不過她們沒有這麼重，嘴巴也不會這麼臭。我睜開眼睛，發現琪絲汀跨坐在我身上，砍刀抵著我的喉嚨，在黎明晨光中，她的眼睛如藍寶石般晶亮。
「妳為什麼回來？」她在我耳邊嘶聲問。
「為……為了擺脫魔力，就像妳一樣。」我結巴地回答。
其他女生開始聚集，琪絲汀收回刀刃，但我幾乎可以看到她的頭腦運轉——她正在捕捉記憶，努力理解。她端詳我的眼神，讓我覺得她只差一點就會全部想起來了。
她從我身上下去，走回宿舍，用力甩門。
我坐在那裡，拍拍手肘上的灰塵，我察看四周，想知道究竟出了什麼事。她們已經差不多擺脫毒參泥的影響了，我從她們的眼睛看得出來，但她們的行為依舊有如野獸。

葛楚急忙過來。「來，我幫妳——」她低頭看著我，屏住呼吸。

「我的斗篷。」我低語，只穿著破爛的襯衣，我環抱身體，盡可能遮掩。

「先穿我的吧。」她後退，表情彷彿看到鬼。

「如果妳在找海倫。」薇薇安沿著森林邊緣偷偷摸摸走動。「天亮之前，我看到她出去找小鳩，我覺得那隻鳥早該飛走了，幾個月前牠的翅膀就復原了。」她輕撫長青樹的樹枝，折斷一根細枝。「現在熱得像地獄一樣，我不懂為什麼妳總是穿著那件破爛的斗篷。」

「不關妳的事。」我斥責。她悄悄溜走，我覺得很抱歉。

「海倫很可能跑去西側圍籬了。」葛楚將她的斗篷遞給我。我穿上，尺寸有點小，不過可以穿。「如果妳想找她，我可以去——」

「我沒時間應付這些了。」我往森林邊緣走去。

「為什麼？出了什麼事嗎？」

「沒事。」我想安撫她，但我的內心在尖叫。「我只是想去營區最南邊，那裡還剩一些夏季莓果可以採，我今晚在森林裡過夜……明天一早回來。」我走進森林，急著想逃離她憐憫的眼神。我擔心我已經說太多了……她知道太多了，但我沒時間煩惱這件事，我得先解決更大的問題。

我走向小溪，身後傳來輕盈迅速的腳步聲，我的第一個反應是轉身抓住在搞鬼的人，不過那樣等於順了她們的意。從以前到現在，我一直回應她們的戲弄，那些人將我玩弄於鼓掌之間，讓我像彈珠一樣到處亂撞，我必須謹慎應對。

於是我做個深呼吸，思考應該引她們去哪裡，要找個能給我優勢的地點。前面有棵大橡樹，去年冬天我在那裡躲過很多次。

我盡可能隱密，悄悄撿起一塊拳頭大小的石頭。我想起蘿拉，前來營地的路上，她一直撿石頭藏在衣服摺邊裡，已經過了很長一段時間，然而她沉入湖底的畫面彷彿刻印在我的眼瞼後方。我要為蘿拉盡全力一擊，只要這樣就好。

接近橡樹時，我必須強迫自己保持正常速度不加快，以避免喘不過氣。我低頭鑽到樹後面，背脊緊貼樹皮，等待……希望她們會上鉤。

腳步聲越來越接近。

越來越接近。

我舉起石頭準備揮出，這時我聽見尖叫聲。

「葛楚？」我鬆了一口氣。

她站在那裡，眼睛睜得很大，比第一次目睹絞刑的孩子更驚恐。

「妳差點殺死我。」她望著我手中的石頭。

「妳跑來這做什麼？」我觀察她身後的森林。「妳不該無聲無息地跟蹤我。」

「我……我只是想幫忙，因為現在我好多了，或者該說比原本好多了。」她低頭看滴在靴子上的尿。

我深深嘆息。「我先帶妳去洗乾淨吧。」我帶她爬上山坡到小溪旁。

她看著我架設的繩索與機械，好奇地問：「這些都是妳弄的？」

「來，把妳的內衣放進去。」我給她看我放在水裡洗衣服用的網子。

她脫下襯褲放進水中。「妳把頭紗用來洗衣服？」

「很合適吧。」

她說：「對不起，我不該跟蹤妳的，只是──」

「這樣也好。」我檢查樺樹皮水管。「妳要知道如何照顧自己……和其他人……以防萬一。」

「萬一什麼？」她走到我眼前。

我想輕描淡寫帶過，但我沒辦法對葛楚撒謊。光是想到我要跟她說的那些事，我的眼眶已經淚濕了。

「我不清楚妳在外面發生了什麼事，不過我知道……」她說。

我用斗篷緊緊裹住身體。

「一個住在樹屋的男孩，手很冷、心很暖。」她接著說。
「那時候妳聽見了？」我輕聲問。
她點頭。
「萊克……」我伸手摸摸肩膀上深凹的傷疤。
她的神情流露心痛。「該不會是他……」
「不是，他救了我……照顧我，直到我恢復健康。」想到他，我的下巴開始顫抖。
「他想和我一起逃跑，展開新人生。」
「那妳為什麼要回來？」她的眉頭糾結。
「我有責任——」
「現在狀況已經好轉了，妳應該知道吧？」她握住我的雙手。
「現在我不能想這些。」我爬上山脊，企圖逃離她說的話。
「妳快沒有時間了。」她說。
這句話讓我猛然止步，在冰冷湖面上遇見萊克前，夢中女孩對我說過一樣的話。
「如果是因為擔心妳妹妹，我可以幫她們辯護。」她跟了上來。
「這樣連妳也會被驅逐到邊緣地帶。」
「比起嫁給怪老頭法洛，說不定這樣還比較好，一定可以網開一面……尤其現在議會由麥克掌管了。」她說。

麥克，我好久沒有想起他，幾乎想不起他的長相，那種模糊的感覺，彷彿淋到雨的肖像畫。

葛楚爬上山脊之後驚呼一聲。「那個故事是真的。」她不由自主走向那具白骨。我跟著過去。「昨天她右側躺，腿縮起來。」

「今天她變成平躺的？」她猛眨眼。「妳該不會想說真的有鬼吧？」

「希望真的有。」我低頭看著在隨風飛揚的絲帶。

「妳怎麼會這麼想？」

「因為如果不是鬼，那就更可怕了。」

「泰爾妮，妳嚇到我了。」她後退一步。「還有什麼比尋仇的冤魂更可怕？」

「尋仇的盜獵賊。」我低聲說。「安德斯。」即使只是說出他的名字，我都覺得反胃。

「他發現我和萊克在一起，他威脅我，要是我不乖乖回來，他會殺死我們兩個。」

「萊克知道……」

「不、不。」我用力握住她的手，無法聽她繼續說下去。

「但是詛咒……」

「根本沒有詛咒。」我想起藥鋪的那根試管。「是天花，安德斯去年被傳染，活了下來，他相信自己免疫了。他說過，假使我不遵照他的指示，他會來殺我。」

「可是妳都做到了吧？」她緊張到快要無法呼吸。

我朝她的方向做個苦臉。

「噢，老天，泰爾妮。」她開始踱步。「但即使如此，也無法解釋這件事。」她朝骨骸的方向一撇頭。

「是安德斯。」我用力吞嚥一下。「他喜歡玩骨頭。」

「什麼叫**喜歡玩骨頭**？」

「他會用骨頭做……風鈴之類的東西。」

「泰爾妮！」她提高音量。「盜獵賊跑進營區，我們必須告訴其他人，我們必須提醒她們當心。」

「不行。」我慌亂地說。「現在還不行，先等我確定。」

「我怎麼覺得妳自己都沒把握？」

「今晚我留在這裡，躲在山脊上。」我拿起套索給她看。「我必須親眼確認。」

「好吧，那我要一起留下來。」她雙手插腰。

「不行。」我放下繩索。

「當然行，因為我現在也知道這件事了。」

「這不是遊戲。」我抓住她的肩膀。「妳不知道他們多可怕……會做出什麼事。」她的臉色變得灰白，我稍微鬆開手。「更何況，我需要妳照顧其他人，萬一我有個三長兩短……」我咬緊下顎，努力想把話說完，這時葛楚開口救我。

「好吧，我答應，不過有幾個條件。」

「說吧。」

「等妳回來，一定要告訴她們真相。」

我張嘴想爭辯，她制止我。「沒得商量。」

「好吧。」我勉強答應。

「還有，等這一切結束之後。」她的眼眶含淚。「妳一定要回去找他，妳別無選擇。妳一直很照顧我，現在換我來照顧妳。」

我點頭，只要讓她停止、不要繼續說下去，什麼我都答應。

我們在山脊上待了一整天，我給她看菜園，告訴她茱恩在斗篷裡藏種子的事，暴風雨將整塊地沖刷走，沒想到回來之後發現奇蹟。

我們分享最後一顆夏季番茄，坐在泉水邊聊了好幾個小時，因為泡水太久，腳變得皺巴巴，像放太久的李子。我暫時忘卻一切，忘卻我們親眼目睹的所有恐怖，然而當太陽開始西沉，我必須叫她快點回營地，所有事又紛紛回到我心頭，讓光照進來的壞處就是——光消失之後，會變得比之前更加黑暗。

✿

月亮逐漸升起，我穿上套索，從山脊邊緣垂降，高度剛好，我不會被看見，但只要伸長脖子，就能看到骨骸。長時間掛在這裡很不舒服，不過至少我的背後就是湖岸，我想像能夠在森林中看見萊克的樹屋屋頂，就連這個小小的想像，彷彿也在我心上割一道新的傷口。我知道葛楚說得沒錯，她說得全都很有道理，但我必須先過這一關。

我抓住繩索，專注看著前方，茱恩的菜園攀附在山坡上。我決定清點所有蔬菜，還有什麼更能麻木頭腦？**十二顆南瓜、六十一株豆子、十八棵青蔥**，我一次又一次地計算，最後數字失去了意義，只是串連在一起的直線與弧線。月亮升到最高處，我的腿徹底麻掉，我打算就此放棄回營地去，接受一切只是我自己想太多，這時我聽見有東西涉水而過。可能是麝鼠來找同伴，不過那聲音感覺應該屬於大型動物，而且並不害怕。

沉重潮濕的腳步聲爬上山脊，我聽見呼吸聲。吸氣、呼氣，呼氣、吸氣。當腳步聲抵達山脊頂端，我的耳朵充滿那個熟悉的聲音：摩擦絲帶——緩慢、規律、從容、執著——接著傳來移動骨頭時的敲擊聲。

我拉長身體從山脊邊緣偷看，膝蓋不小心撞到，一小塊土滾落深處。

我不敢呼吸，希望沒有暴露行蹤，這時摩擦聲停止。骨頭也不動了。

重重的腳步聲直直朝我走來，我死命抓住繩索，祈禱天色夠黑，他不會看到我，但月光太明亮，皎潔而殘酷。

一隻靴子的尖端伸出山脊邊緣，我不敢抬頭看，但又怕不看會錯過。

我緩緩抬起視線，一陣風從西方吹來，炭灰色薄布飄過來擋住我的視線，將我籠罩在一片如此深沉的黑暗中，彷彿我正無盡墜落。

✿

我醒來時，詭異紅光照耀地平線。在城裡，我們稱之為惡魔的黎明，據說被這種光照到的人會倒大楣，反正要比現在更糟也很難了。我一定失去意識了，不過，假使他發現了我，我應該已經死了才對，看來我能保住性命，都要感謝那陣西風。感謝夏娃，或許現在我們扯平了。

我爬上山脊，爬出套索，感覺像在大海上迷失漂流多年。

我全身痠痛，繩索留下的凹陷勒痕感覺永遠不會恢復，我的四肢發麻刺痛，彷彿很多天沒有動過，但比起少女骨骸的慘狀，這一切都不算什麼。

我拖著身體爬到骨骸邊，膽汁湧上喉嚨，我不得不拚命忍耐以免嘔吐。那個少女的骨頭以無比精細的方式排列，雙腿大張，眼眶裡插著兩朵黑色海芋——代表惡意、死亡。「雙腿張開、手臂平放、注視上帝。」我低語。

我拿掉象徵不祥的花，發現上顎骨有一道紅色痕跡，一路繞到後面，就在原本應該是嘴唇的地方。

我吐了點口水沾濕襯裙下擺，想把紅色痕跡擦掉，這才發現那是血。

我嘔出胃裡殘餘的東西。

只有一個人不怕詛咒……

喜歡玩骨頭……

並且懂花語，也知道去哪裡能取得花。

安德斯說過他會來殺我，他言出必行。

或許現在是我毀約的時候了。

✿

回到營區，我沒有看到圍在火邊嗷嗷待哺的女生，也沒看到葛楚整理儲藏室。小鳩平常總是咕咕叫個不停惹我心煩，但連牠也不見了，我納悶該不會所有人都還在睡覺吧？我探頭進宿舍察看，但一個人也沒有。

一個恐怖的念頭悄悄爬上心頭。萊克說過，要是盜獵賊不再畏懼詛咒，所有恩典少女都活不到天亮。

我跑進空地，正要開始恐慌時，我聽到宿舍後方有人壓低聲音交談、哭泣。看到她們毫髮無傷，我應該感到安心才對，然而，她們擠在一起，圍成一圈往下看著地面，這個狀態讓我心中一凜。

「怎麼了？」我藏不住語氣中的緊張顫抖。「發生什麼事了？」

她們還沒機會回答，琪絲汀已經朝我逼近，眼眸冒火，脖子青筋爆凸。「把手伸出來。」她怒吼。「給我看妳的手！」

我看看四周，焦急地想判斷到底怎麼回事，葛楚對上我的視線，但她只是搖搖頭，淚水不斷落下。

琪絲汀抓住我的手，翻來翻去檢查。「她一定洗掉了。」

「洗掉什麼？」我胸中的氣息非常淺。

「少給我裝傻，血是從哪裡來的？」

「我聽不懂妳在說什麼？」

「這個。」她把我硬拉過去，讓我直接站在宿舍後方的牆壁前。

牆上用深紅色血液寫著兩個大字：婊子。

下方，柔軟的泥土上躺著一隻鳥，脖子折斷，翅膀張開，胸口放著一朵黃色金蓮花，代表「背叛」的花。

「小鳩。」我低聲說。

我看看四周一張張憤怒的臉，我知道她們以為是我幹的，這就是安德斯想要的，他企圖挑撥她們對付我，並把我趕出去。

「不……不是我做的……」我氣急敗壞地說。

「妳八成希望我們相信是鬼魂作祟，妳怎麼能這樣對海倫？她是我們最軟弱……」

「等一下……海倫在哪裡？」我問。

「如果妳想找妳的斗篷，我勸妳──」

「海倫在哪裡？」我大吼。

「我們以為她和妳在一起。」貝卡抬起頭看我，眼睛哭得紅腫。

「妳們為什麼會那麼想？」我問。

「昨天晚上，我們看到她溜進森林。」瑪莎說。

「她穿著我的斗篷嗎？」我低語。

「我們想搶回來，但她說那件斗篷給她力量。」娜妮特說。

我拔腿跑向森林，琪絲汀在我身後大吼。「泰爾妮，這件事還沒結束，妳要為妳的行為付出代價。」

我的心臟怦怦狂跳，我的胃緊繃到幾乎能當鼓敲。我在小徑上奔跑，呼喊她的名字，這時我看到一棵柳樹下，露出斗篷的破舊下襬。

我感受到的恐懼無與倫比，我拉一下斗篷下襬，發現底下沒有她的屍體，我大大鬆了一口氣。「冷靜。」我低語，很可能只是她覺得熱，所以脫掉隨手一扔。然而，當我穿上時，發現一件奇怪的事，有一片無草的地面呈長條形，通往樹下，感覺好像有人被拖著。

我撥開如面紗般的大量細長樹枝，發現她藏在下面。「海倫。」我輕推她的肩膀，但她已經變冷了。我在她身邊蹲下，看到她的紅絲帶纏在脖子上，凶手勒得非常用力，整個陷進皮膚裡，就像山脊上的女孩一樣。我絞盡腦汁尋找答案，但我不明白為什麼他要把屍體丟在這裡，他需要獵物的皮肉。

不過這不是重點，對吧？這是私人恩怨，是針對我而來。

除非得手，他絕不會罷休。

我決定給他機會。

她們將海倫的屍體放上推車，琪絲汀拽著我的頭髮，將我拉到行刑樹下。

「拿砍刀來。」她大聲命令。

我努力思考該說什麼才能脫身，但我累了，不想繼續說謊——不想騙她們，也不想騙自己。葛楚說得沒錯，真相已經浮現了，無論我是否做好準備。

「營地裡有盜獵賊。」我大喊。

琪絲汀狂笑，將我推倒在樹下。「泰爾妮，永遠都是別人的錯，對吧？」

「是我的錯，全都是我的錯，海倫會死，都是我害的。」我說。我看著海倫的遺體，淚水湧上。「她穿著我的斗篷，他以為是我。」

「所以斗篷不見了，妳才那麼緊張嗎？」薇薇安問。

「不要聽她說的話，全都是騙人的，她只是想要我們。」琪絲汀說。

「全都是真的。」葛楚上前。「妳們在空地看到的鬼魂，一直從森林傳來的聲音，都是那個盜獵賊。泰爾妮從他手中逃脫，從東側圍籬的破洞爬回來，他想找回他的獵物……從他手中逃脫的獵物。」

「儲藏室門前的那個人影，我以為是鬼魂，但其實是他們用的蒙面布。」漢娜瞪大眼睛說。

「妳們該不會把她的話當真了吧？」琪絲汀接過珍娜手中的砍刀，高高舉起。

我高舉雙手。「如果妳殺死我，他會為了洩憤而殺死妳們所有人，他要的是我，只有我能制止他。」

「她說的可能是真的。」珍娜悄悄走到她身邊。「不然他為何留下海倫遺體？」

琪絲汀踢踢我的靴子邊緣。「妳打算怎麼做？」

「我會去森林裡等他。」

「我們憑什麼該相信妳？」她怒斥，更用力抓我的頭髮。

「妳們會有什麼損失？」我說。「無論結局如何，妳們都會贏。不管是我殺死他，還是他殺死我……這一切都會結束。」

「琪絲汀，拜託。**我們快回家了，讓他抓走她就沒事了。**」珍娜拉她的手臂。

琪絲汀從鼻子深吸一口氣，然後放下砍刀。

我沒想到她竟然這麼輕易讓步，但我不打算停留太久，以免她改變心意。

我轉身走向邊界，她說：「不過呢，妳走之前，要先把海倫丟到閘門外。」

我動彈不得。「我辦不到。」我低語。

「妳希望她妹妹受罰嗎？妳希望她變成無故失蹤？她應該死得有光彩一些，既然是妳害的——」

「不要逼我。」我的臉因為痛苦而扭曲，但我知道她說得沒錯，這是我的責任。

我走向海倫的遺體，那群女生後退，讓出很大的空間。葛楚對我頷首表示支持，但我看得出來她快崩潰了，我們全都一樣。

我將車推到圍籬前，打開閘門，生鏽鉸鏈發出尖銳刺耳聲響，深入我的內臟。我抱住她的兩邊腋下，將她抬下推車，但我抖得太嚴重，以致於不小心讓她摔得難看。淚水不斷滑落我的臉，我幾乎無法呼吸，她不該死得這麼慘。

儘管我聽見盜獵賊的呼哨，儘管我看到幽暗身影從樹林現身，我依然不想離開。以前我在診療所看過很多屍體，但那些人都不是我的朋友。

海倫是我的朋友。

我整理好她的四肢、衣裳，為她闔上雙眼，將她雙手放在胸前，出於尊敬及愛。

我只希望我死了之後，也會有人為我這麼做。

✿

前往山脊的路程，感覺彷彿在做夢……惡夢。

我覺得內心死去了。或許我需要這樣，才能撐過這一關。

我先拉好一條引導繩，然後盡可能蒐集落下的樹枝，然後開始挖洞。

我挖了整個上午、整個下午，當太陽開始西斜，呈現大紅色掛在地平線上，我終於停工。雖然我很想一路挖到惡魔他家去，但只能將就了。

我將樹枝削尖，一共二十支，將鈍端埋進坑洞底，這個陷阱很原始，但安德斯也很原始。

我的雙手長滿水泡、鮮血直流，我爬上繩子回到地面，能夠呼吸的感覺真好，空氣接觸皮膚的感覺真好。我下山去到泉水旁，將疼痛的雙手泡在清涼泉水中，我很想一直泡著，直到失去知覺，但我不能繼續痲痺自己。

我解開用石塊壓住的頭紗，鋪在洞口拉緊，然後用刺刺的山楂枝固定。用石塊會比較輕鬆，但我不能讓任何東西阻礙他的步伐，我要他一口氣掉下去。

我在表面灑上薄薄一層土，後退一步來觀察成果。

我頂多只能做到這樣了。

沒有精力再多做什麼了。

我坐在山脊上眺望，視線越過森林、圍籬、湖岸。深刻感受到，離開萊克之後，已經過了三次滿月，我想告訴自己現在已較不痛苦了，有時候我甚至想不起他的長相、他的聲音，但我死命抓住回憶，彷彿偷來的珠寶，只有特別的時候才拿出來欣賞。然而，就算想藏起回憶也沒用了，現在他時時刻刻和我在一起。

夜色降臨，我不費心躲藏，我想讓他看見我。更何況月色如此明亮，躲也沒用。

黎明即將到來時，我聽見有腳步聲，爬上山坡、經過泉水，朝山脊走來。我用盡力氣才忍住不回頭看，但我不想讓他看見我的恐懼，平白給他滿足。

他到達山脊上，我知道他看見我了，因為摩擦聲變得更急促，甚至狂熱。

他每走近一步，感覺就像挖去我的一部分，讓我變成一堆棄置的血肉。

我相信他一定發現了陷阱，繞路過來要割我的喉嚨，這時我聽見天下最美妙的聲音，是他的身體被木樁刺穿時的濕潤聲響。

✿

在昏暗的破曉晨光中，我走到陷阱邊，我一整晚都在想要對他說什麼，但當我看著洞裡的人，被木樁刺穿的扭曲肉體，卻看到一張意料之外的臉孔。我實在太震撼，花了整整一分鐘，才體認到他是誰……想起他的名字。

「漢、漢斯？」我終於說出口。「你在這裡做什麼？」

「圍籬，我以為妳需要幫助。」他低聲說，咳出一口鮮血。「我和妳說過，我會來找妳。」

「但你不該在這裡。」我用雙手握住喉嚨，我抖得很厲害，幾乎無法言語。

「拜託，可以救我嗎？」他氣若游絲。

「對不起……真的很對不起。」我喃喃地說，沿著繩索往下爬，小心避開木樁，以免弄痛他。「你哪裡受傷了？」我問，跪下盡可能靠近他。他試著移動，這時我才看清狀況有多嚴重——木樁穿透他的跨下、右腰、左臂、肩膀，他整個人被固定住，有如爸爸書房裡的標本，他竟然還沒失血過多死去，已經是奇蹟了。

「我設這個陷阱不是為了抓你。」我想解釋，但我哭得太慘，他很可能聽不懂。「有一個盜獵賊闖入營地、裝神弄鬼……」

「我的左手臂。」他痛得皺起臉。「可以拔掉木樁，讓我移動那隻手嗎？」

我點頭，為了他，我必須盡快振作起來，至少我可以讓他舒服一點，握著他的手送他走。

我彎腰越過他的身體，思考該怎麼做，我必須拔出木樁，但不能造成更多傷害。這時，我看到一把刀埋在土裡，刀柄在他緊握的手中。或許他想砍斷木樁，不過他的手臂被刺穿固定住，怎麼可能拿出刀？除非他掉落時手裡已經拿著刀了。我深吸一口氣，聞到那個氣味，是**月桂葉與萊姆**，每次我醒來發現頭髮被編成複雜的造型，我總會聞到的那個氣味。那是漢斯在藥鋪買的古龍水，不過似乎還有另一種味道，**腐肉與苦藥草**，是安德斯的氣味。

我後退一步離開他，這時我摸到刺刺的布料，我很熟悉那種觸感，是蒙面布。我低頭一看，發現他裹著炭灰色薄布，是安德斯的蒙面布。還有更有力的證據，那個聲音——不斷摩擦絲帶的聲音。我望向聲音來源，看到他一手不斷搓揉胸前的口袋，他在城裡就一直這樣，但現在我明白他為什麼這麼做了——褪色紅絲帶的破舊尾端從他口袋冒出，彷彿求我看見。

絲帶、刀子、消失的蒙面布，及古龍水香氣。他說過會來找我，就像夢中女孩警告的那樣。

闖進營區的人根本不是安德斯，一直都是漢斯在搞鬼。

我全身冒出雞皮疙瘩。

我往上看，望向山脊，我知道那個死去的少女是誰了。

「**奧爾佳．維川**。」我低語著坐直，僵硬有如木板。「是你殺了她，為什麼？」

他伸出右手企圖抓住我的喉嚨，但我剛好在他碰不到的地方。

「她是婊子，活該被殺。」他的脖子青筋暴凸。「我為她挨刀。」他想呼吸，但我聽見液體充滿他肺部的聲音。「我來找她，她假裝不認識我，好像我們之間的一切都不存在。」他終於累了，頭放回地上，又開始搓絲帶，那著魔的動作，他長久以來一直習慣這麼做，我懷疑他自己可能完全沒察覺。「我來找妳……妳就像她一樣，妳背叛我。」他的臉上流露憤怒。

「我哪裡背叛你了？」我全身發抖。

他說：「妳應該和我在一起才對。我第一次見到妳……就知道妳想和我在一起。」淚水流下我的臉頰——那並非悲傷的淚水，而是純粹的憤怒。「那時候我才七歲……我只是想表達善意。」

「妳想要我，我知道妳想要。」他大聲說，接著咳血。「妳們全是婊子，看看妳現在變成什麼樣子，妳讓盜獵賊玷汙身體。」他低語，鮮血從齒縫間湧出有如毒液。「沒錯，那天晚上妳和他做的事，我全都聽見了，所有人很快就會知道妳的真面目。」

我無話可說、無計可施，只能爬出坑洞。

我不該待在那裡。

他才該待在那裡。

他大聲吼罵不堪入耳的話，但我不介意，因為他吼得越用力，就會越快被自己的血溺死。

✿

我離開山脊，正要下山坡時，看到葛楚從小徑奔來。

我急忙過去和她會合。「怎麼了？她們又欺負妳？」

她迅速搖頭，拚命吸氣。「我想制止她們，但她們不肯聽……她們抓到一個盜獵賊……他在東側圍籬的破洞附近徘徊，高個子、深色頭髮。」

「萊克。」我低語。

我拔腿衝向營區，不在乎可能摔倒、不在乎葛楚追不上，我滿腦子只擔心她們會怎麼對付他。我見識過她們以多恐怖的方式殘害自己人，有機會拿盜獵賊開刀，她們絕對會無所不用其極。老天，拜託讓我及時趕到。

我竄出森林來到宿舍後面，急忙趕往空地，感覺有如抵達戰場時，發現最後一顆砲彈早已發射出去。

一群女生聚在一起，神情恍惚，幾個在嘔吐，少數跪在地上禱告。

琪絲汀走向我，高高昂起下巴，一道血痕橫過她整張臉。「我們幫妳解決了。」她回頭看著行刑樹。

我順著她的視線看過去，發現一個男人被剝光衣服，一動也不動地躺在地上，好像已經死了。

我走向他，低沉的咚咚聲響敲擊我的耳朵，我不想記住他此刻的慘狀，但我必須看他最後一次……告訴他我很抱歉……跟他訣別。

我跪在他身邊，耳朵貼在他的胸口上，希望奇蹟發生，希望他依然有一絲生氣，但完全沒有，只剩一具染血冰冷的軀殼。但那個軀殼屬於另一個人，我終於看清這個流血、骨折的人，心中知道他不是萊克。

我站起來，爆出一個聲音，我不確定是哭還是笑，或許介於兩者之間，但我看看四周一張張充滿仇恨的臉，領悟到在她們眼中我才是瘋子。「我不知道該說什麼……」

「那就先道謝吧。」琪絲汀說。

「真正闖進營區的人已經被木樁刺死了。」我一字一頓地說。「妳們硬是把這個人抓來，他的家人會因為妳們而餓死。」

「誰在乎？」琪絲汀沒好氣地說。「他是盜獵賊，是我們的敵人，他該死。」

「這是謀殺。」

「這是恩典之年！」琪絲汀對我大吼。

「是魔力讓我們做出這種事。」珍娜小聲說。

「根本沒有魔力。」我大吼，伸手扒一下糾結亂髮。「是井水……藻類……是毒參泥。毒性讓妳們產生幻視、幻聽，感覺到不存在的東西。幾個月前，妳們體內的毒性就已經清除了，妳們康復了。」我一一注視她們每個人的眼睛。「但妳們不願意恢復正常，因為一旦恢復，就得面對妳們的所作所為。」

「不要聽她說話，她會毒害我們。」琪絲汀說。「我從一開始就告誡過大家了。」

瑪莎望著水井說：「仔細一想，確實是泰爾妮帶回乾淨的水之後，我們的身體狀況才逐漸好轉。」

「我知道這樣做不對。」漢娜注視顫抖的雙手，上面滿是乾掉的血跡。「我說過這樣不對。」

「毒參泥不會給我們魔力。」琪絲汀說。

「對，那全都是妳們自己想像出來的。」我昂起下巴說。

「這是異端邪說，我不想再聽下去。」琪絲汀轉身準備離開，但似乎沒人發現。

「我明白是怎麼回事……我們怎麼會走到這一步。」我邊說邊繞著空地走。「我以為只是因為井水有毒，但我錯了。即使沒有毒參泥的影響，有時候我也會陷入太深，差點屈服。我懂……誰不想擁有力量？終於能夠掌握自己的人生，誰會想放棄？因為要是沒有魔力，我們還剩下什麼？」我抬頭看行刑樹，樹枝上掛滿了恐怖的東西。「我們互相傷害，因為他們只准許我們以這種方式展現憤怒。當我們的選擇徹底被剝奪，烈火在我們心中越燒越烈。有時候我覺得我們可能會將整個世界燒光，用我們的愛、我們的憤怒，以及兩者之間的一切。」

幾個女生哭了，但我不確定她們有沒有聽進去我說的話。

不過，這已經不是我的問題了。葛楚說得沒錯，現在我該思考其他事才對。

我將紅絲帶繫在行刑樹上，轉身離開。

拋開這一切。

我不知道是否能順利回到萊克的樹屋，也不知道他是否願意讓我回去，但我必須放手一搏。

我正要從邊界離開，感覺有人勾住我的小指，我不用看也知道是誰。「葛楚。」我低語，淚水湧上眼眶，我的下巴顫抖。「請告訴麥克我很抱歉，他值得更好的人，但請他顧念過去的情誼，看在他曾經希望我們一起共度人生，求他饒過我的兩個妹妹，拜託他不要因為我的罪而懲罰她們。」

「我保證會轉達，妳做了正確的選擇。」她毫不遲疑地說，淚水奔流。

我們擁抱，我知道這很可能是我最後一次見到她。

我用力抱緊她。「真希望可以帶妳一起去。」

「我不會有事。」雖然她這麼說，但身體在發抖。「知道妳去了遠方……知道妳得到自由，這樣就足夠了。」

我很想相信她說的話，但我見識過太多，很清楚加納郡會怎麼對付我們。「不要讓他們馴服妳。」我低語。

她點頭，淚濕臉龐埋在我的頸側。「太陽一下山，我會在閘門邊幫妳製造機會。妳要全力跑出去，再也不要回來。」她說。「保重，要幸福。」

我有好多話想對她說……但我擔心一開口會停不下來……我會永遠無法拋下她。

✿

我爬回坑洞底拿起漢斯的刀，割下裹在他身上的黑布。我想取出斷裂的絲帶，但他死後仍緊抓住不放，最後我不得不折斷他的手指，一根接著一根，終於拿到絲帶。

我很樂意。如果有必要，我不惜折斷他全身的骨頭。他不配和她的絲帶埋在一起，這條絲帶不屬於他，從來都不是。

我將土剷到他身上，我沒有為他祈禱，我沒有流一滴淚。對我而言，他什麼都不是，只是另一個鬼魂。

我拆下綁在奧爾佳喉嚨上的破舊絲帶，和另外那半綁在一起，然後放在她手中，把骨頭往內摺，讓她握住。

這可以視為她抓著不放——也可以視為她正要放手。

我知道我看到什麼。

我將山楂枝、落葉、香草堆在她的骨頭間，敲擊打火石點火。城裡的人很少用山楂了，但在古老花語中，這種花代表「升天」，是比人世更崇高的目標，我必須相信她能夠平靜安息。

我搧火，火焰竄得越來越高，我相信連上帝也能看到煙。

我收拾她的骨灰，像對待我的親姊妹一樣，將她釋放到風中……水中……空氣中，讓她能隨意漫遊。

這堆火足以送戰士上天堂，而她就是一位戰士。

太陽垂落地平線，彷彿緩緩融化，森林依然籠罩在血紅餘暉中，我清洗蒙面布，洗去每一絲仇恨，然後快步穿過森林前往東側圍籬。這一次我並非逃離，而是要奔向一個人，推動我的力量比恐懼更強大。

希望。

我裹上割裂的蒙面布，探頭從樹枝間張望，確定沒有人在，然後動身鑽出那個洞，這次比較難。我必須以不同的方式扭動身體，但上半身過去之後，接下來就輕鬆了。我站起來望著湖岸，一望無際的水面往前延伸，我不禁想起上次從這個洞鑽出去時，我大量失血、即將凍死，奄奄一息，現在卻充滿生命力。

我在樹木間迅速穿梭，努力回想如何前往萊克的樹屋，這時我聽見湖岸有人說話。我躲在一棵長青樹後面，看到各種年紀都有的一群男人，他們正準備登上小舟，互相傳遞一瓶酒。

「他是個好人。」一個獵人大聲說，他的脖子上有一條長長的疤，感覺是最近才受的傷。

「他是個討厭鬼。」另一個男人說著登上小船，他搶過酒瓶。「不過沒有人應該死得那麼慘，就連雷納德也一樣。」

「而且竟然發生在狩獵季尾聲。」一個少年說，他將船推出去。

「可憐的混蛋，搞不好全家人都遭到詛咒了。」另一個人說，他登上旁邊的小舟。

我猜不出他們為何要離開，衛士兩天後才會來接我們。

我準備偷偷接近，看看萊克是否也在人群中，這時有人從後面抓住我，一手摀住我的嘴，拖著我離開湖畔。我亂踢亂打想要掙脫，但他力氣很大，我打不過。他拉著我到一個樹木濃密的地方，在我耳邊沙啞低語。「泰爾妮，別打了，是我……萊克。」

我整個身體在他懷中癱軟，我不知道是因為聽到他的聲音太激動，還是因為知道他平安無事，但我的胸口急速起伏……拚命想吸進空氣。「我以為……我以為被抓進營區的人是你……我以為你死了。」

我在他懷中轉身，扯下他的蒙面布吻他，那狂熱的態度，連我自己都覺得陌生。他的雙手沿著我的身體往下移動，經過我的腰，然後突然停住——

「泰爾妮。」他呼吸粗重。

我張嘴想說話，但不知道該說什麼。一瞬間，我差點忘記了，忘記已經過了多長一段時間，我必須向他解釋這一切。

我貼著他的前額說：「我離開的那天，安德斯去你的樹屋，他要我天一亮就離開，否則他會來殺我……那些人也會殺死你。我想救你，就像你救我一樣。我知道，我現在這樣跑回來，絕對是我做過最自私的事……」我的聲音開始顫抖。「但我已經不能沒有你了。如果你沒有相同的感受，如果你不想和我在一起，如果你嫌麻煩，我能理解，我會立刻回去——」

他跪下，雙手環抱我，臉埋進我的裙子。「我們會想出辦法。」

這次爬上通往萊克樹屋的梯子，是我自己的選擇，不管重來多少次，我都會做出同樣的選擇。就連空氣中的味道也有家的感覺——松樹、湖水、曬很多太陽的鹹鹹肌膚。我最幸福、最痛苦的時間都在這裡度過，兩者很難分離。老實說，我似乎不太想分離。

現在，我們對彼此更為小心，但今晚的每個吻、每道愛撫、每次深情凝視，感覺都乘載著過去、現在與未來的重量。我再也沒有飄向星空的感覺，今晚我們牢牢固定在大地上，彷彿在泥土裡生根。

在上帝與夏娃的注視下，我們對彼此敞開，接受我們的命運，我們一起面對。在這片黑暗的森林中，在這個受詛咒的地方，我們找到了一絲恩典。

我們整夜沒睡，講話、撫摸，享受對方的陪伴，當所有感受都傾吐完之後，他開始和我談未來。加納郡的女性禁止談論未來，但我不但沒有感到緊張，反而整個放鬆，有如他手中的黏土。

「我們天快亮的時候出發。」他用乾淨繃帶幫我包紮滿是水泡的手。「我們偷一艘小舟，大部分的獵人今天都會離開，他們想要多一點時間陪家人。」

「他們不會待到結束嗎？」

「第一次參加狩獵的人或許會留下來，希望奇蹟發生，但現在已經接近尾聲了，很少會有獵物出來。」

「補給品呢？」

「刀、毛皮、食物。」他環顧樹屋。「為了準備明年的狩獵季，今年夏天我保存了很多食物，我們能帶多少就帶多少。就往東移動，一直漂流，直到找到小島，或是能讓我們以夫妻身分一起生活的聚落。即使離開之後什麼都沒有，那也沒問題，我非常善於狩獵，而妳足智多謀，且像刀鋒一樣敏銳，如果有人能存活下來，那一定是我們。」

「安德斯怎麼辦？」我問。

光提到那個名字，我就感覺他的肌肉緊繃。「我們約好兩天後見面，一起出發回邊緣地帶。我想和他道別，但我擔心一見到他，就得殺死他。」他深深嘆息，躺回床上。「不過應該不會有問題。最近他很心煩，因為有個衛士一直在我們地盤之間徘徊。」

「衛士？」我的氣息卡在喉嚨裡。

「安德斯認定那個衛士知道我們的事，知道我收留了一個恩典少女。我原本以為他只是疑神疑鬼，但現在我猜大概是因為良心不安。」

現在換我緊繃了。

「無論上路之後要面對什麼人，安德斯或衛士，我絕對能擺平，我會保護妳。」

我窩在他懷中，打消念頭。有些祕密還是埋藏起來比較好。

✿

即將破曉的時候，我們打包好所有拿得動的東西。萊克負責武器、沉重的罐裝食品，我用外褂包好毛皮與毯子扛在背上。我感覺得出來他不想讓我扛東西，但他夠聰明，知道不能說出口。

我們往湖岸走去，我發現很多葉子已經變黃了，而我也像葉子一樣改變了很多。我不再想著可能會喪命的各種狀況，反而開始計畫我想過的各種生活。

我想在他身邊醒來，兒女拉扯被子叫醒我們，一起照顧菜園，身邊笑聲不斷；夜裡，我們坐在熊熊燃燒的火邊，講述早已變成遙遠過往的恩典之年傳說。我會很想念家人，我會很遺憾無法看兩個妹妹長大，不過一旦有機會得到不同的人生，我們不能錯過。有時候我會想，會不會是因為我太習慣辛苦奮鬥，所以其他事對我而言都感覺很陌生，好像不該有那些感覺，但現在我們在這裡，我們真的要放手一搏，一起出發。

我們走出森林，低著頭、彎著腰。任何狀況下，在沒有遮蔽的地方移動感覺都很危險，不過，我已經看見湖岸了，感覺到照在臉上的陽光。

我們聽到後面有聲音，腳步踩在落葉上的規律聲響，急促喘氣的聲音，我們同時停住不動。萊克緩緩轉頭察看，伸出一隻手示意，要我不要輕舉妄動，靜靜等待。

腳步聲越來越接近，我幾乎可以從地面感覺震動，我正要找地方躲，卻看到萊克的臉頰往上隆起。他露出笑容。

我回頭看，一隻鹿直直朝我們奔來，是年輕的雄鹿，我覺得應該讓路給牠，但萊克站著不動，驚奇地看著鹿走過。

我很清楚他在想什麼——和他的夢一模一樣，只是那隻鹿沒有穿過他。

他對我微笑伸出手，但我還沒來得及牽，已經踉蹌往前跪倒，彷彿後面有人推了我一把。我回過頭，發現背上的毛皮堆插著一把刀。

「萊克？」我低語。

他的表情非常奇怪，膚色變得慘白，呼吸粗重急促。「快跑，去鬧門那裡，沿著圍籬往南跑。」

他說的話……他的模樣……一點也不合理……直到我看到插在他腹部的刀。

「我不會丟下你。」我準備站起來。

「那就蹲低，閉上眼睛。」他悶聲說。「不過要是有個萬一，妳一定要快跑。」

我點頭，我認為我點頭了。我知道他要我閉上眼睛，但我做不到。

他抓住刀柄拔出來，八吋長的精鋼刀刃在滴血。這時我聽見呼哨，那不是警告的哨音，不是追逐的哨音，而是死亡的哨音。

「他們來了。」他注視我身後某處，握住刀放在身側，跨開腳步，深吸一口氣。兩組沉重的腳步聲接近。「我們只想要獵物。」其中一個說。「只要你立刻離開，我們可以既往不咎。」

「我們甚至願意讓你分一杯羹。」另一個人說。

萊克沒有回答，沒有用言語回答。

他握緊刀刃，揮出。

四面八方傳來靴子踏地的聲音，我聽見慘叫，刀刃割開皮肉、接觸骨頭。我祈禱受傷的人不是萊克，這時一個人倒地，一隻榛色眼睛望著我，另一隻眼睛被匕首刺穿。

「住手。」遠處有人大喊。

萊克和另一個盜獵賊搶奪刀子，第三個人往我們這裡走來。我不能坐以待斃，雖然我答應過要躲好，但我不能繼續躺在這裡裝死。

我取下背上的袋子，拔出插在毛皮堆中的刀，然後站起來。我想幫忙，我很努力要幫忙，但他們動作太快。我生怕會害萊克受更多傷，但如果我不想辦法，我們永遠到不了湖岸。我正打算投入打鬥，盜獵賊往萊克的腿一踢，他倒下，那個人用刀抵住他的喉嚨。萊克的視線落在我手中的刀上，我明白他要我做什麼——把刀拋給他，就像我們去年冬天打發時間的遊戲。

我雙手顫抖，將刀拋過去。我擔心拋得不夠用力，但他成功在半空中接住刀，手臂往後一揮，刀刃插入敵人的肋骨，但盜獵賊的刀已經劃過萊克的咽喉。

一瞬間，徹底極度死寂。

世界停止轉動。

鳥兒停止歌唱。

下一次呼吸，一切彷彿瞬間加速，快到我無法理解。

「快跑。」萊克勉強說出，然後癱倒在地上的血海中，他自己的血。

✿

我站在那裡動彈不得，不知道該做什麼、該如何呼吸，這時第三個盜獵賊到了。他看萊克一眼，再看看地上另外兩個人，發出淒厲咆哮。「應該只有妳一個人死才對。」

這句話將我打醒……驅使我逃跑。

我往南狂奔，跌跌撞撞經過盜獵賊拋棄的藏身處，盡可能沿著圍籬前進，淚水刺痛我的雙眼，讓我眼前一片模糊。我聽到身後傳來快速的腳步聲，但我不能回頭看，我不能看到萊克的屍體，不能看他死去的地方。一把刀從我的頭旁邊飛過，劃到一隻耳朵。我在樹木間曲折移動，希望能甩開他，但他一直追來。他撲過來，抓到我的斗篷，扯掉一半的羊毛布料，但我用盡全力踢他，然後繼續奔跑。我不停前進，我不知道為什麼要跑，但萊克叫我跑，所以此刻我只能專注做這件事。

接近閘門時，我大喊，「快開門。」我聽見裡面的女生爭吵，但我沒時間等她們吵完，現在的我不可能像之前那樣爬進去。

「拜託。」我大喊，用力搥木門，淚水奔流而下，我全身顫抖。我的背貼著閘門，盡可能不去想萊克，不去想他叫我快跑時的眼神，那些鮮血，他的屍體。我往長長的小徑望去，隱約看到遠處廣大的湖面，我不禁懷疑，難道這是給我的懲罰？因為我竟然以為能逃脫……能得到幸福。我經歷過那麼多磨難，在森林求生，被斧頭砍傷，遭到一個衛士獵殺，心碎成百萬片，我不敢相信，結局竟然是這樣。在恩典之年的最後一天，瑟縮在營區閘門外，被其他恩典少女害死。

我閉上眼睛，準備接受命運，沒想到竟然有人把我拉進去。

✿

我渾身血跡與髒汙，破掉的斗篷遮不住身體，在她們眼前一覽無遺，我無力跪下。
她們錯愕地站著，低頭注視我。
葛楚想過來安慰我，琪絲汀厲聲大喊，「別碰她……她是蕩婦。」她將一個儲雨桶拖過來，空地中央已經堆了一堆東西，過去一年我為了讓她們存活而製造的東西。「我們要燒掉所有東西……把她一起燒死。」琪絲汀砍破一個儲雨桶，木頭碎裂。「去拿火把。」她大吼。
「妳不會來真的吧？」葛楚說，她的嘴唇裂了，看來為了讓她們開門，她經歷了一場苦戰。
「她不能跟我們一起回去。」琪絲汀用我的烹飪架出氣。「發生過那些事之後，她休想回去。假使我們不燒光所有東西，明年的恩典少女就不必受苦，不受苦就無法甩脫魔力。」
「我們大家受的苦還不夠多嗎？」葛楚的聲音顫抖。
「閉嘴。」琪絲汀說。
「不……她說得對。」珍娜站出來。「明年就輪到我妹妹艾麗了，她從小到大沒做過任何壞事，一輩子都很聽話，總是乖乖遵守所有規定。魔力根本不是真的，憑什麼要她因此受苦？」

「魔力是真的！」琪絲汀尖叫。「珍娜……妳會飛，黛娜……妳可以和動物溝通，瑞薇娜……妳可以控制日月。」

但那群女生只是默默站著。

「好吧。」琪絲汀跺著腳走向閘門。「我要結束這一切。」

「妳想做什麼？」珍娜問。

「我可以證明魔力是真的。」琪絲汀用力打開閘門。「等著瞧吧，我絕不會受到半點傷害。」她跨出門外。

我知道大部分的盜獵賊已經離開島上了，但至少還有一個在。

琪絲汀數著步伐，每踏出一步就變得更自信，數到十的時候，她轉身面對我們，大大張開雙臂。「看吧。我跟妳們說過，沒有東西能傷害我，我的魔力禁止他們傷害我。快過來，來我這裡，妳們自己看清楚。」

幾個女生緩緩接近，這時，一道黑影從灌木叢中蹣跚出現。

看到他，所有女生全都動也不敢動。

琪絲汀回頭看他，狂笑著說：「看啊，他站都站不穩，他不能靠近我。」

盜獵賊站在原地，眼睛狂亂地來回移動，想判斷這是不是陷阱，還是她發瘋了，他小心翼翼往她前進一步。

琪絲汀瘋狂的笑容有些撐不住了，但她堅持不動。「我的魔力只允許他走到那裡，仔細看吧。」

他從刀鞘抽出刀，再往前一步。

「停下，我命令你，不准再過來……不然你會很慘。」她的聲音開始背叛她了。

盜獵賊撲上去，從後面抓住她，刀鋒抵著她的咽喉，非常用力，以致於當她喃喃說：「怎麼會這樣……」的時候，鋼鐵割破她的肌膚。

鮮血滴落她的胸口，她的表情很快從疑惑變成驚恐。

我心中有一部分覺得很痛快，琪絲汀終於受到報應了，但我只感到疲憊。我不想繼續仇恨，不想繼續感覺渺小，不想繼續被利用，不想繼續任由男人決定我們的命運，這一切到底有什麼意義？

我拿起一塊儲雨桶的碎片，用雙手握住，感受結實木塊的重量。

「夠了。」我低語。

那群女生看著我，然後又看看彼此，默默地拿起手邊的東西，如石頭、水桶、絲帶、鐵釘。

我們邁出門外，我感覺心中有種感受不斷漲大——不只是憤怒、不只是恐懼，遠超過他們企圖釘在我們身上的任何東西，那是一種歸屬感……我們屬於一個偉大的總體，超越了自我。那不就是我們所有人都在尋找的感受嗎？

或許我們沒有魔力，但我們並非毫無力量。

我們團結一起走向前，盜獵賊更用力抵住她的咽喉。

「妳們要是敢過來，我就在妳們面前剝了她的皮。」

「拜託……救救我。」琪絲汀小聲說，一道鮮血從她的脖子流下。

那群女生跟隨我，等候信號。然而，從盜獵賊觀察我們的那雙眼睛中，我認出永遠不會忘記的東西，當他爬上萊克的樹屋恐嚇我，那時他的眼神就像這樣。

突然間，在我眼中他不再是盜獵賊，而是一個少年，他失去所有家人，他剛剛目睹好友喪命，眼淚都還沒乾，這一點我和他一樣。

受加納郡荼毒的不只是恩典少女，還有盜獵賊、衛士、主婦、女工、邊緣地帶的女性……我們全都深受其害，我們全都一樣。

我放下木板。「回家去吧，安德斯，還有另一個家庭需要你。」

他看著我，整個我，眼神似乎變得柔和。

他放下刀，她們抓住琪絲汀，背著她回到營地。

我與安德斯對看許久，直到他終於轉身走進樹叢，直到我只能聽見他沉重的呼吸……直到我只能聽見自己的呼吸。

✿

我們坐在宿舍地上擠成一團，我察覺我們又回到剛開始的時候，雖然不盡如此。

「現在我們該怎麼辦？」琪絲汀抹著眼淚問。我驚覺她看著我，她們全都看著我。

我心中有一部分很想叫她們自己想辦法，這已經不關我的事了，不過我答應過自己，只要還有一口氣，我就要努力尋求更好的人生，更真實的人生。我看看周圍堆疊的空床架，想到貝琪、蘿拉、艾美、塔瑪拉、梅格、派翠絲、莫莉、愛莉、海倫，以及許許多多犧牲的人。

「首先，我們可以整理這個地方，變成我們來的時候希望看見的樣子。」

她們紛紛交頭接耳。

「儘管在這裡發生了那麼多事，我在妳們每個人身上都看到了力量、慈善與溫暖。」我一一注視她們的眼睛。「想像一下，如果我們讓這些特質發光，世界會變得多麼明亮，我想生活在那樣的世界，無論我還剩下多少時間。我爸爸經常說，那些沒有人看到時所做的小決定，才能真正顯示一個人的品格。妳們想成為怎樣的人？」

宿舍裡一片寂靜，我看看她們每個人，明白這是好的寂靜，必要的寂靜。

「那妳呢？」葛楚問，她的下巴在發抖。「妳現在這樣……不能回去……發生了那些事之後……」

「妳說得沒錯，我不能回城裡當個好妻子，但我可以說出真相，我可以看著大家的眼睛，說出恩典之年的實情。」我用盡意志力才撐住，沒有當場立刻崩潰，我必須保持堅強。倘若我的面具出現一絲裂痕、倘若我的盔甲出現一個缺口，我就會倒地不起。當他們點燃火堆燒死我，我會任由自己感受，任由自己悲傷，但在那之前不行。

沒有人開口，但我看得出來她們擔心會被牽連——因為認識我而遭到定罪，我不怪她們。

「我不會要求妳們加入。我不會要求什麼偉大的行動。」我安撫她們。「回到城門口時，我希望妳們孤立我，假裝不認識我，但我會說出想說的話。我必須說出來，為了所有死去的恩典少女，也為了我自己。」

✿

最後一天晚上，我們忙著做那些早就該做的事。

我們刷洗廁所、清潔儲藏室、整理空地，然後將糾纏的床架解開。她們決定將床擺成一個大圓圈，這個決定令我很感動。我想起萊克說過，邊緣地帶的女性在森林裡和亂黨會面，她們會手牽手圍成一圈。城裡的男人一定會嗤之以鼻，認為只是女人做的蠢事，不過他們應該明白其實並不蠢，否則也不會那麼拚命追捕亂黨，希望他們還沒抓到她——希望她依然努力著。

有人拉扯我的斗篷，我縮起身體。

「我只是想幫妳修補。」瑪莎說。

我做個深呼吸，脫下斗篷，無比慎重地放在她手中，彷彿是黃金織成的，對我而言確實如此。這件斗篷不止一次救了我的命。「謝謝妳。」我捏捏她的手，很感謝她想到要為我縫補。我希望茱恩看到斗篷撐到了最後，我徹底運用她的禮物。

我在營地走動，看到大家努力的成果。她們找來木板蓋住井口，甚至在上面烙上「有毒」的字樣，加強警告效果。

只剩下一件事仍重重壓在我們心上，重重壓在整個營區上，那就是行刑樹，樹枝上掛著整整四十七年的仇恨與暴力。

「我們可以把樹枝上的東西拿下來埋葬。」潔西卡說。

「這樣還不夠。」葛楚從砍柴用的樹樁上拔起砍刀。在城裡，破壞行刑樹是褻瀆聖物的重罪，必須當場處死，不過在這裡，誰會說出去？誰會看見？琪絲汀說對了一件事，**我們就是這裡的神**。

我們輪流砍樹，每一次揮刀都注入所有悲傷與憤怒。樹枝顫抖著，上頭的辮子、腳趾、手指、牙齒隨之搖晃，當樹終於倒下，我全身每一吋都感受到樹的重量。雖然我看不到後續的影響，至少我目睹邪惡消亡的一瞬間。我知道，自己遠遠比不上夢中的女孩，但我很想相信，她的一部分存在我心中……我們所有人的心中。

我們燒掉倒下的樹，燒掉它所代表的一切，然後將灰燼掩埋，用野花裝飾殘留的樹墩——苜蓿、酢醬草、毛茛。這些花等級很低，在城裡很少有人使用，不過分別代表的意義是脆弱、和平與團結。

光是看到那些花，我就深刻感受到我們在這裡失去了多少，然而我們或許得毀滅一切，才能迎來重生。

死亡中會萌發生命。

✿

破曉之前，我們整理出一條通往山脊的小徑，一路留下標示，這樣明年的女孩就能找到泉水，也找到茱恩的菜園。

到了山坡頂上，瑪莎開始哼歌。城裡禁止女性哼歌，因為男人認為我們會藉此隱藏魔咒——不過，此刻我們正需要魔咒，讓一切變好。

我們脫掉衣服，放在岩石上，拍打掉一整年的灰塵、血液、謊言，及祕密。她們盡可能不盯著我看，但我的皮膚能感覺到她們的視線。

我們踏進清涼水中，在即將消失的月亮下沐浴，我們對彼此敞開心靈，說出所有死去少女的名字，述說她們的故事作為紀念。或許是月光的影響，也可能是因為想到要回家而感到沉重，但感覺很純淨，彷彿我們終於洗去這一年。我不禁猜想，夏娃會不會在天上慈愛地看著我們，或許她一直以來想要的就是這個。

當太陽升起，柔和朦朧的日光照亮東側湖岸，我們坐在山脊上互相幫忙編辮子，整理破爛的衣物，擦亮傷痕累累的靴子。

或許這些努力毫無意義，只是白費力氣，而男人永遠不會注意，但我們是為了自己而做。為了我們……為了邊緣地帶的婦女、城裡的婦女，不分老幼，無論是主婦或勞工。當她們看見我們回家的隊伍，會明白改變即將來臨。

回家

THE RETURN

衛士快到閘門前了，他們拿著短棍，厚底靴重重踏著地面，我們不等他們敲門，就把門打開，排好隊默默走出去。

我們低頭望著地面，不只是為了讓他們認為我們已耗盡魔力，也是為了致敬，向過去走過這條路的人，以及未來被迫走上這條路的人。

聽見閘門關上的聲音，一種緊繃感在我胸口蔓延。離開這個地方，感覺有如離開萊克，但一陣風吹拂著我，讓一綹髮絲從辮子裡飛出來。或許他就站在我身邊，正呢喃著我的名字。

「我很快就去找你。」我低語回應。

「這個丫頭在自言自語。」一個衛士朝我一撇頭。

「比去年的好多了。還記得巴恩斯家的女兒嗎？少了半隻耳朵的那個？還沒走到湖岸，她就尿了一身。」

他們冷笑著加速走開，但我不在意，就讓他們以為我瘋了吧。

我的眼角餘光瞥見一抹紅，我走過去，心跳加速，就是那種花，我差點忘記了。我假裝跌倒，手腳並用爬過去，手指輕撫那形狀完美的花瓣，但現在變成兩朵了。或許這種花就是如此，一次增加一朵，緩慢然而堅定。

在這裡，很容易認為自己的人生毫無意義，只是大地上的一個小印子，一場暴風雨就能徹底抹去，但這種感覺並沒有讓我自嘆渺小，反而賦予所有事物更多使命、更多意義。比起努力想要破土萌芽的小小種子，我沒有比較重要，也沒有比較不重要。在這個世界上，我們都有各自的角色。無論多渺小，我要扮演好我的角色。

「站起來。」兩個衛士抓住我的手肘，逼著我站起來，我想甩開他們，但我強迫自己放鬆。

他們把我們趕上船，划過湖面時，很難不注意重量減輕很多，不只是因為我們餓瘦了，也不只是因為這趟不用載物資，而是人數減少了。我第一次清點人數——死去了十八個人。其中四個有頭紗，換言之，四個男人將在倖存者當中重新挑選新娘。我很想知道，即使經歷過這麼多事，是否還有一些女孩渴望能得到頭紗，能夠讓她們活著離開營地就夠了，但要真正相信改革，放棄她們從小學習的一切，需要很多時間，而我就快沒有時間了。

開闊水面、徐徐微風，毫無遮蔽的烈日曬在我們身上——那感覺很像自由，但我們知道這只是假象，是他們馴服我們的方式。他們奪走一切，包括我們的尊嚴，之後換回的東西，無論是什麼，都顯得無比珍貴。

在衛士面前，我們沉默不語，不看他們的眼睛。我用斗篷緊緊裹住身體，我們的祕密藏得更深，然而天黑之後，當衛士醉得不省人事，在他們規律鼾聲的掩護下，我們在黑暗中悄悄交談，討論即將換上的黑絲帶，新婚之夜該怎麼做，沒有頭紗的人要去哪裡工作，但這些話題最後都淡去，無法避免地討論起我說出真相之後議會將如何對付我，我將受到何種懲罰，又將如何死去。

絞架還算慈悲。他們很可能會活活燒死我，不過至少我回去了，兩個妹妹不用替我受罰。我家的名譽將留下汙點，不過時間久了便會淡去。我媽會笑得更用力，兩個妹妹會小心翼翼，扮演好她們的角色，希望她們的恩典之年來到時，我的罪行將成為遙遠的記憶。

上路之後第二天，接近邊緣地帶時，我的胃部尖端彷彿不斷漲大。我很想知道是否能認出萊克的家人，我很想知道她們是否已經得知他的死訊。

柴火煙、麝香與藥草開花的氣味，一嗅到這個味道，我放慢腳步讓其他人先過去。突然之間，我痛苦無比地意識到我的祕密。我在那一大群女人之中尋覓著，發現萊克正回望著我——但不是萊克，而是一個女人，她的眼睛、嘴唇和他一模一樣，她身邊圍繞著六個女孩。一波新的痛楚浮現，不過我也感到安心，他會以某種方式繼續存在。

我有好多事想說——我有多愛他，而他又多麼希望讓她們得到更好的人生，他死去的時候睜開雙眼，北極星照耀著他。但我還來不及鼓起勇氣開口，他的母親便說：「是妳……妳和她長得好像。」

我不明白她的意思，但我正要開口問，衛士從後面追上，抓住我的手臂拉我離開。我回頭看，她撥開垂在肩頭的長髮，露出別在衣服上的小紅花。

「等一下……」我輕聲說，我想回去，但衛士將我硬拉過去。

「現在想逃已經來不及啦，現在妳屬於加納郡，妳屬於威爾克先生。」

✿

到了城門前，衛士命令我們停下來等候。教堂鐘聲響起，每敲一下就代表一位活著回來的女孩。我們聽到城門內的人驚呼，這是恩典之年開始以來最血腥的一季，出發時一共有三十三人，現在只剩十五個人活著回家。

錢幣撞擊的聲音從遠處傳來，引領我往守衛站望去，一堆男人在那裡排隊，就像我們去年出發前往營地時一樣。看到他們每個都拿著沉重的皮革錢囊，我才驚覺他們並非來欣賞馴服的鳥兒，而是來拿錢。一瞬間，我發現自己在尋覓萊克的臉，但他已經不在了，他永遠不會回來了。

城門開啟，新一年的恩典少女拘謹地排隊魚貫而出，看到她們，我非常驚訝。她們好年輕、好漂亮，像是打扮好的娃娃要去參加舞會——而不是被送去屠宰。我想起去年經過那些回家的人，她們的眼神彷彿唾棄我們，我很想知道，這批新的少女在我們身上看到什麼。我希望她們知道，我們鼓起勇氣做了多大的改變，我們努力改善，讓她們少受一點苦。

雖然我的下巴顫抖，但我擠出笑容。「要互相照顧喔。」我對著微風說。

最後一個女孩走遠之後，我轉身面對敞開的城門。

淚水盈滿眼眶，我的身體彷彿被焊接在地上，但我依然往前走，我不知是怎麼辦到的。或許我只是被人群帶著走，也可能是更原始的理由。

我說出實話的時刻來臨了。

沉重的氣氛幾乎可以觸摸，我全身每個部分都感受到，但其他女生也同樣沉重。她們知道我說了之後會發生什麼事……這就是我人生的盡頭。

我們走進廣場，人們拉長脖子，想看清是哪些人活著回來，有人安心嘆息、有人失望驚呼。

給予頭紗的男人就位，站在他們挑選的女孩面前，手中拿著黑絲帶。我看到麥克的高級靴子出現在我眼前，但我無法迎視他的雙眼。

四個女孩重新獲選，取代死去的新娘，但眾人在竊竊私語，我往隊伍前方望去，看到威爾克先生站在葛楚面前。

他一手按住她的肩膀，我看到她縮了一下。「很遺憾通知妳，法洛先生冬季時過世了，請接受我們的哀悼。」

葛楚雙手摀住嘴，倒抽一口氣。

「快看啊，她多麼傷心。」我聽見人群中有人如此評論。

「聽說她會被送去田地。」

她轉頭看我，眼眸閃耀著瘋狂及興奮之情，但一看到麥克站在我面前，她的祕密狂喜立刻熄滅。

我知道拖延越久只會越痛苦……對我們所有人都一樣。

我解開絆扣，讓斗篷從肩膀滑落，破爛的羊毛布料落地，我抬起下巴面對人群。我看到的第一個人是麥克，就站在我面前，衣襟上別著一朵梔子花，那是當初他為我挑選的花，象徵純潔。他對我微笑，我記憶中的他永遠是這樣，站在草原上，捲起袖子，陽光在他的髮絲間閃耀，但是一陣秋風吹來，破破爛爛的襯衣貼在我身上，布料勾勒出我隆起的孕肚，我看到他的臉瞬間失去血色，他的眼中湧起傷痛與震驚。

我緩緩閉上眼睛許久，希望能抹去那瞬間他的模樣，但當我再次睜開眼睛時，立刻看到家人站在第一排，爸爸咬緊牙關，而艾薇與茱恩遮住克蕾拉和佩妮的眼睛。媽媽像雕像一樣站著不動，像石頭一樣冰冷疏遠，彷彿在她眼中我已經死了。

然而，比起加納郡人們引起的寒意，這些都不算什麼。

他們有的聲嘶力竭、有的交頭接耳，一致要求行刑。

有人對我扔來一朵花，正中我的臉頰——橘色的珠芽百合，代表憤怒、憎恨、厭惡。我從地上撿起花，輕撫有如弧形刀鋒的花瓣，我不能准許自己就此消失。儘管很痛苦，但我必須留在現實裡、留在身體裡、留在這一刻。

在營區的時候，我充滿雄心壯志，但此刻站在他們面前，我忍不住懊悔。並非因為我所做的事（和萊克在一起，是我人生中最接近上帝的時刻），但我不該讓家人和麥克受這種折磨。他們不該承受如此的羞辱，我們全都不該。

橫掃人群的鼓譟喧譁很快就升級了，變成吼叫與責罵。「婊子、異端，燒死她。」

我的膝蓋快撐不住了，但我用力繃緊，不肯倒下。我必須勇敢——為了萊克，為了所有恩典少女……因為我知道真相。

麥克的父親上前，臉上掛著虛假的擔憂，但我看出他真正的心情。他眼神中有亮光，他很興奮，巴不得我快點死。

「我活了這麼久，不曾看過如此顯而易見的罪行。」他指著我挺出的肚子。

人群中傳來刺耳尖叫，大量婦女朝我衝來，聲嘶力竭、口沫橫飛，伸手想抓我。衛士將她們拉開，我在其中看到媽媽的臉，當然她會加入她們。我心痛無比，但羞恥令我難以承受，簡直比死還慘。衛士將媽媽拉開，她撩起裙襬露出腳踝，側面有一道長長的參差疤痕，我不懂她為什麼要那麼做，這代表什麼意義，這時有一隻鞋朝我飛來，我及時躲開。群眾吶喊著要我以血贖罪，我全身顫抖，但我必須冷靜。我必須要清晰發聲，我必須說出真相，我拒絕因為他們的恫嚇而沉默。

我不記得何時握起拳頭，但當我攤開手掌，發現一樣令我無比驚訝的東西，是一朵小紅花，有形狀完美的五片花瓣。夢中的花，怎麼會出現在這裡？

我的呼吸變得越來越淺，我在人群中尋找答案，視線落在媽媽身上。她失神的眼眸注視我的雙眼，她的下唇輕微顫抖，她撥開披在肩上的圍巾，露出一朵小紅花，別在她的心臟上方，這個領悟有如當頭棒喝，我必須扶著膝蓋以免昏倒。

是她。

城裡一直悄悄談論、大肆追捕的亂黨，原來就是她。

我很想奔向她，向她道謝……謝謝她允許我做夢，謝謝她賭上性命努力幫助城裡的婦女，但我不能去。我只能站在這裡，把所有感謝吞進去，就像我們吞下其他所有東西。我盡可能控制情緒，但我感覺到臉部扭曲，而奇異的高熱爬上臉頰。我一直以為這種感覺是魔力在體內湧現，但現在我明白那是憤怒。

威爾克先生一手按住麥克喪氣的肩頭。「大家都知道，今天我要將議長的職務交給你，但由於這起罪行太過重大，我願意替你承擔這個責任。」

我等他說出來，迫不及待想聽他宣判，因為一旦決定了處刑方式，我就可以暢所欲言說出真相。法律規定，行刑時所有女性都必須前去見證，整個過程不能閉起眼睛、不能摀住耳朵。即使他們企圖讓我噤聲，燒死一個人需要很長的時間。

威爾克先生得意地對人群宣布。「我身為議長最後的一項服務，作為給我兒子的禮物，我在此宣判泰爾妮・詹姆斯——」

「孩子是我的。」麥克說，他依然緊盯著前方的地面。

群眾集體驚呼，而我也是。

「好了，別鬧了。」威爾克先生伸出雙手。「大家都知道，去年一整年麥克都沒有離開加納郡。他只是受驚過度一時糊塗罷了，讓他冷靜一下。」他轉向兒子。「我知道你很難過，但——」

麥克甩開他。「泰爾妮來我的夢裡。」他直接對著人群說。「每天晚上，我們都在草原上共寢，我們之間的感情便是如此強烈，那就是泰爾妮的魔力。」

「不可能，她是蕩婦，誰都看得出來。」有人大喊。

威爾克先生示意要衛士抓住我，但麥克用身體擋住我。「要懲罰就懲罰我吧，都是我的錯，我要求她來夢裡與我相會，我強迫她和我睡，因為我非常自私，沒辦法忍耐一年的時間無法和她在一起。」麥克說。

我端詳他的臉，我無法判斷他是瘋了以致於真的相信是這樣，或者他只是為了保護我而撒謊。

「我知道泰爾妮會做夢。」葛楚來到我身邊。「她的夢非常真實，就好像真的出現了一樣。」

「這是魔法。」人群中有人大聲說。「那兩個人串通好了，太墮落了！」

我想叫葛楚走開，不要為了我惹禍上身，這時琪絲汀也站了出來，而其他女生一個接一個圍住我，我激動到差點跪倒，我這輩子第一次見到女性像這樣團結一心。我看看廣場上的人，知道大家都察覺了，男人太專心在夸夸其談，臉紅脖子粗地對著虛空嘶吼，但婦女溫柔靜默地站著，彷彿一生都在等待這一刻，有如遠方山巔燃起的狼煙，我看到人群中閃過一抹紅。

賣花女攤販的連身圍裙下出現一朵小紅花，我出發前她曾經送我一朵紫色鳶尾花，象徵希望的花。琳妮姑姑的上衣荷葉邊下出現一朵小紅花，我記得她曾經叫我待在森林裡，那才是最適合我的地方，她甚至曾經拋下一枝冬青，通往山脊的路上滿是這種灌木。茱恩的領子下別著一朵小紅花，她偷偷將種子一顆顆縫在我的斗篷裡。媽媽曾經告訴我，高山上的泉水才是最好的水。

為了幫助我，她們甘冒失去一切的風險，而我卻甚至不知道。我腦中響起媽媽說過的話，「妳雖然睜開眼睛，卻什麼都看不見。」

淚水灼痛我的眼睛，但我不敢眨眼，我不希望錯過任何瞬間。

「太超過了。」威爾克先生說，揮手要衛士過來。

「難道你想說她們撒謊？說這些人全部都撒謊了嗎？」麥克問。

威爾克先生抓住他的手肘。「我明白你想做什麼，這種情操很高貴，但你不知道你面對的是什麼，狀況很可能失控。」

麥克甩開手。「還是說，你認為我也在撒謊？」他朗聲問，讓城裡所有人都聽見。

「因為要是你不接受這個說法，就等於否認魔力的真實性。」

「不要鬧了。」威爾克先生硬擠出一下冷笑。「魔力當然是真的。」他用力吞嚥。

「我認為現在真正的問題是安全。」他尋求群眾支持。「我們怎麼知道她不會跑來我們的夢裡……趁我們熟睡時行凶殺人呢？」

「泰爾妮的魔力已經消失了，看著她我就能感覺出來。」麥克站在我面前，但依然不肯看我的眼睛。「來……你們自己來看。」

男人紛紛上前，仔細觀察我全身上下每一吋。我好想把他們的眼珠挖出來，但我強迫自己站好不動。

「這些胡說八道我已經聽夠了。」威爾克先生向一名衛士打手勢。「拿火把來。」

麥克用眼神壓制父親。「醜話先說，假使你燒死泰爾妮，我會跟她一起死。」

威爾克先生臉色慘白，在那一瞬間，我看出他有多愛兒子，只要能保住他，他什麼都願意忍受，甚至要忍受的是我。

「這樣吧……」他揮手要衛士停步。「我來檢查她。」他咬牙說，彷彿接近我讓他身體疼痛。他死盯著我的眼睛，我感覺恨意從他身上流淌而出，但還有另一種東西，是「恐懼」。他逐漸控制不住場面，我們都很清楚，就像那天晚上在藥鋪他鞭打我臂部時所說的，**尊敬之心一旦鬆弛，便會迅速走下坡**。

「我兒子說得沒錯。」他垂頭喪氣地轉身面向眾人。「她確實已經沒有魔力了。」

那群男人發出失望嘆息。

「不過，這件事證明了，少女的魔力越來越強大，我們比以往更需要恩典之年。」

我用盡力氣閉緊嘴巴，聽著他煽動人民的恐懼，製造出更多謊言。不過，當我看著在場的女性，我感覺到無比微小的變化，希望有如治療嚴重紅疹的膏藥。這雖然不是我夢中的反叛行動，沒有展現出夢中女孩擁有的力量，不過，或許這是個好開端……比我們自身更壯大的東西開始成長。

「拜託，不要這樣，兒子。」威爾克先生哀求。「她不值得的，她愚弄了你。」

麥克舉起黑絲帶，叫我轉身。

我知道這是我最後的機會，我必須說出實話，讓大家聽見，但就在這一刻，我感覺孩子在體內移動，萊克的孩子。假使我不退下，假使我不接受他的善意，萊克的血緣將會和我一起滅絕。

我轉身，淚流滿面。

他把黑絲帶繫在我的辮子上，然後扯下紅絲帶，他稍微有點太用力，但我不介意。在這一刻，我什麼都願意接受，只要能讓我逃避心中的感覺——讓我逃避這種痛苦，我被噤聲了，從此之後只能沉默。但現在的重點已經不是我了。

一名衛士急忙上前，將一張捲起的羊皮紙交給威爾克先生。

他拆開封印，研究上面的內容，他的眼眸閃過惡意光彩。「麥克，看來這件事要由你處置了，這是你身為議長的第一件公務。」

他遞上文件，我看得出來絕對不是好事。這是報復，為了懲罰麥克選擇我。

麥克咬牙切齒，做了一個深呼吸，接著大聲地宣布。「我獲悉，清點遺體時，少了蘿拉・克雷頓。」

蘿拉，我想起她從小舟翻落時的憂傷神情。

加納郡所有居民的注意力轉向克雷頓一家，克雷頓太太呆站著，彷彿不受影響，但我看到她抓著小女兒的肩膀，用力到手指發白。

「不要，拜託不要這麼做。」我對麥克低語。

「我的善意全部耗在妳身上了。」他咬牙回答。「普莉希拉・克雷頓……上前。」

麥克昂起下巴。

克雷頓先生將妻子的手硬是掰開，往我們的方向輕推小女兒。

那個孩子走到廣場中央，踩到散開的鞋帶差點摔倒，緊張地把玩著白絲帶。我認識她，她是克蕾拉的同學，她才七歲。

「妳準備好替姊姊受罰了嗎？」麥克問。

淚水湧上她的眼眶，但她沒有發出半點聲音。

「謹此代表上帝與神選的男性。」麥克的聲音稍微有點不穩，「我在此宣布將妳驅逐至邊緣地帶，終身不得回城。」

巨大城門開啟的聲響令我膽寒。

她搖搖晃晃踏出第一步，準備前往邊緣地帶，麥克叫住她。

我顫抖著呼一口氣，以為他改變心意了，但他只是伸手扯掉她的白絲帶，任由其飄落地面。

我抬頭憎惡地看著他。**他怎麼能這麼做？話說回來，他現在也是一個男人了。**

我跪下幫她綁好鞋帶，低聲說：「蘿拉要我告訴妳，她非常抱歉。」我打了雙重結。「去找萊克的媽媽，她會照顧妳。」我抬起頭，以為她會溫柔微笑，含淚道謝，沒想到只看到冰冷的憤怒。她當然該感到憤怒，我們全都應該。

工作地點分派完畢、黑絲帶一一繫好，我看著那條慘遭丟棄的白絲帶在風中飄動，落到地上拖行一陣，最後飛出城門外，飛過那座大湖，回到森林中我遺落一片心的地方。我很想知道，萊克是否還在，他是否能看見我，他會怎麼看待我。

儀式結束，人群散去，我看到衛士將沒有標示的木條箱搬去藥鋪。我看看四周，想知道別人有沒有看到，但所有婦女都沒有流露半點心思，她們的眼神彷彿身在百萬哩之外，有驚奇、有恐懼。

我們對少女的所作所為令人髮指，我們將她們供上神壇，只為了狠狠推落，我們利用她們的器官與孔洞，我們全都是共犯。不過每一件事都會觸動其他所有事，我必須相信，從這所有毀滅當中，能夠生出正念。

男人永遠不會結束恩典之年。

但或許我們可以。

✿

在緊繃的沉默中，麥克護送我去新家，整潔的連棟樓房，花園開滿梔子花。濃濃香氣加上他的心意，差點令我作嘔。

門一關上，我立刻說：「麥克，你必須知道……我並非被迫……」

他的表情如此撕心裂肺，我幾乎希望乾脆被活活燒死算了。「別說了……」他摘下領子上的梔子花，握拳捏爛。

「我沒有要你救我，我沒有要你為我撒謊。」

一個女僕從客廳過來，她清清嗓子。

「帶她離開。」麥克將我交給女僕，彷彿我是不聽話的小孩，然後準備離去。

「老爺，您要把她安置在哪裡？」她問。

他轉身，神情氣憤，眼中燃燒著怒火，我感到一股寒意，這是我第一次覺得怕他。

「她可以待在我們的臥房等。」他說完之後離開，用力甩門。

走上鋪著豪華地毯的樓梯，我的手指輕撫壁紙，深酒紅色的高雅蔓葉圖案。「絲絨的鐐銬，依然是鐐銬。」我低語。

「夫人，您說什麼？」女僕問。

到了二樓，那裡有四扇緊閉的門，煤氣燈的火在雕花玻璃燈罩下搖曳，牆上掛著一幅畫。主角是一個孩子，一個躺在草地上的小女孩。我很想知道她在看什麼？或許這幅畫讓他想起我，我們以前經常這樣躺在草原上，但我忍不住猜想，她是不是已經死了，她是不是被扔在那裡等死。

「夫人，威爾克先生希望妳在這裡等。」

威爾克先生，現在這才是他的名字，不再是「麥克」了。

她打開右手邊第二扇門，我走進去，發現她始終不曾背對我。我納悶會不會是恩典之年留下的習慣，她是否將我視作敵人。

通常恩典少女回家時都會痙攣、激動，因為暴力褪去而痛苦慘叫，或許我太正常反而可怕。

她後退離開房間，關門上鎖。

我在房間裡踱步，數著自己的腳步。房裡有一張紅木雕花四柱大床，一張捲蓋式小書桌上擺著紙張、墨水、羽毛筆，床邊有一本聖經，是厚厚的黑色真皮封面，光滑的書頁邊緣燙金，扉頁上的提字讓我很想把那本書扔進火堆裡：**贈吾兒，我最珍貴的財產**。我想起，麥克以前很討厭父親這樣，他被迫繼承父親的事業，感覺被這一切囚禁。

不過，那個人是麥克，但現在的威爾克先生似乎感到非常自在。

我蹲下看床底，忽然皮膚底下有種奇異的感覺，彷彿舊時的回憶，也可能是似曾相識的幻覺。我的心先撲了過去，頭腦慢半拍才跟上，那是斧頭砍木柴的聲音。我躲在蕾絲窗簾後偷看，外面有個男人在劈柴，他狠狠揮舞斧頭，一次又一次，身體有如繃緊的鋼絲，從脖子看得出來他多用力。他劈砍的動作沒有技巧，完全不在意是否會害自己受傷，他劈柴只是為了發洩憤怒……也可能是為了凝聚憤怒。

他停止劈砍，抬頭往這扇窗看過來，我發現他是麥克，即威爾克先生。

我往後縮，希望他沒有看見我，但當我再次偷看時，他不見了……斧頭也是。

我聽見用力開門的聲音，門廳傳來重重腳步聲，我在房間裡跑來跑去，尋找能防身的武器，但這麼做又有什麼用？在這裡，我是他的財產，他想怎麼對我都可以，沒有人會質疑。更何況，大家都知道是我自找的。

他打開門鎖、推開門，站在門口，滿身大汗，斧頭貼著身側。

「坐下。」他指著床鋪說。

我乖乖聽從，我不知道他期望什麼，我還能忍受多久，但我盡可能回想學校的教導。雙腿張開、手臂平放、注視上帝。

他將斧頭放在床頭櫃上，站在我面前，憤怒的氣味在他皮膚上沸騰。我咬緊牙關，準備面對最糟的狀況，但他所做的事如此出乎意料，我說不出話來，我忘記呼吸。

他跪在我面前，幫我解開骯髒的靴子。

靴子被他拔下來，露出我傷痕累累的腳，他說：「我沒有說謊，我每晚都夢見和妳在一起。」

淚水滑落我的臉頰，他將鑰匙放在床頭櫃上，拿起斧頭，離開房間。

✿

不久之後，有人敲門，我急忙跳起來，以為是他回來了，我想和他好好談談，把事情說開，但來的只是女僕。

我沒想到竟然會感到如此失望。

她準備好洗澡水，然後幫我脫衣服。看到我隆起的肚子，她轉開視線，我很想知道她如何看待我，而城裡所有人又如何看待我。

我認出她，是和艾薇同一年的恩典少女，名叫布麗姬。她感覺緊張慌亂，但沒有發問，只是不停講著城裡發生的大小事。我沒聽進去多少，不過我很高興能有個聲音，感覺生活正常一些。

她用柔軟的豬鬃刷幫我刷洗全身，使用的是市場裡買的蜂蜜香皂，以薰衣草和紫草幫我洗頭。熱水感覺好舒服，我不想離開浴盆，但另一個房間裡擺著清湯和熱茶等我享用，這誘惑實在太大，足以讓我出去。她幫我穿上一件漿挺的白色棉質睡袍，扶我坐在梳妝檯前，一邊幫我梳頭，一邊叫我多吃點。她的動作有點粗魯，所以湯匙還沒送進嘴裡就幾乎全灑了，最後我乾脆端起碗來直接喝，湯很溫暖、夠味，又香濃。她說，只要我喝完不嘔吐，明天就能吃固體食物了，我很走運，因為明天晚餐的主菜是燉牛肉。她將黑絲帶編入我的頭髮裡，繼續描述明天的菜色、洗衣日程、教堂音樂。最後，她扶我上床、為我蓋被，我假裝立刻入睡，希望她快點離開。

終於只剩我一個人了，我躺在極度寂靜中，但其實有很多小小的聲音。走廊上的煤氣燈發出微微的咻咻聲，樓梯底的老爺鐘規律地滴答作響。我望著天花板，有淺藍色調、雪白邊飾，我納悶自己怎麼會在這裡，事情怎麼會變成這樣。三天前，我失去萊克，認定回城之後只有死路一條，現在我卻身在這裡，躺在陌生的乾淨房間裡，我的丈夫熟悉又陌生。聽見他上樓的腳步聲，我抓起鑰匙想鎖門，但卻遲遲無法轉動鑰匙。我沒有上鎖，只是站在門口等候、聆聽，看著他的影子出現在門縫外。他停下腳步，我很想知道他是否握著門把，是否隨時會開門進來，但他繼續往前走，到了走廊盡頭，他打開另一個房間的門，進去之後關上。

接下來幾個星期，一直如此。

我知道，只要我開口，就能讓他不再痛苦，但我只是屏著呼吸。

我們要說什麼才能讓彼此不再難過？

不過，隨著一天天過去，我的態度慢慢軟化。

我發現自己洗澡時在唱歌。回想起有一次和麥克從橡樹跌落，嚇壞了在草原私會的吉爾和史黛西，我甚至哈哈大笑。慢慢地，我回歸這個世界，也變回自己，雖然不太一樣了。

有時候，我會試著想像萊克，喚回他的氣味、他的觸摸，但我只看見這裡，我只感覺到現在。當我看著鏡子裡的孕肚，我領悟到很快就能每天看見萊克，不是在夢中，而是在我懷中。這是麥克送我的禮物，無論如何，我非常感激。

沒多久，我開始穿上他們為我準備的精緻衣裳，我編好辮子之後繫上黑絲帶，坐在窗邊，透過映著陽光的窗簾看來往的人群。當時鐘敲響午夜，我鼓起勇氣下樓，坐在客廳熊熊燃燒的壁爐前。我已經不怕注視火焰了，現在的我願意用任何東西交換一絲魔力，無論真實或想像。

日復一日，夜裡我感覺麥克站在我身後的門口，看著我，等候我說一句溫柔的話語、做一個簡單的手勢，但我似乎怎樣都辦不到。

有時我不禁自問，倘若他早點向我告白，是否一切都會不同。我們會不會在燦爛星空下親吻，而不是等到恩典之年讓我們措手不及。

但是，我們無法回到過去。現在他是議長了，也負責經營藥鋪，也就是販售恩典少女血肉的地方。無論我們曾經對彼此有什麼意義，我必須記住那個麥克已經不在了，現在這個人只是威爾克先生。

✿

一個月過去了，這段時間足以讓回家的恩典少女從瘋狂邊緣恢復。大家鼓勵我出門，說是「鼓勵」，但其實他們強迫我要出去，然後鎖上門。時間到了，我就是該出門。更重要的是，我必須讓他們看見我屬於這裡，建立我的新地位。現在即使我想藏起肚子，也不允許了。

現在，走在狹窄巷弄裡的感覺很奇怪，我發現男人會刻意轉開視線。這一開始讓我很不自在，但不久我就發現這樣反而自由。女人不一樣，她們會睜大眼睛，直視我的雙眼，這是非常微小的改變，男人永遠不會察覺，但我感受到了。

除了特殊節日，婦女禁止集會，但我渴望她們的陪伴。以前還沒經歷恩典之年的時候，我對市場避之唯恐不及，但現在我經常找藉口去那裡，每次交流、每個眼神都有更深的意涵。脫下手套露出失去指尖的手指、稍微歪頭露出缺少耳垂的耳朵，我們全都帶著傷，有些人的比較容易看見。這彷彿是一種獨特的語言，我還沒完全掌握，但我正在學習。

除了溫室，我最常去蜂蜜攤。大家一定以為我非常愛吃甜，不然就是洗澡的次數比希臘女神還頻繁，其實我主要是去看葛楚，我們只會聊些不著邊際的小事，但真的很神奇，平淡的一句「早安」竟能挾帶那麼多意義。

我撫平裙子，讓她看我的肚子變多大，她對一起工作的女孩微笑，那個女孩也對她笑，臉頰羞紅、眼眸晶瑩，嘴角微微揚起，我很想知道，葛楚是否找到了她的幸福、美滿，比那張版畫更好的東西。

我只見過琪絲汀幾次，每次都有好幾個女僕隨侍在側，她像以前一樣漂亮。不過，當她看著我、對我微笑，感覺彷彿視線直接穿透我，且迷失在夢境中。或許這樣最好，對我們所有人都是如此。

在市場上永遠有小道消息可聽——散播的不是女人，她們知道不能亂說話，都是男人在傳那些事，或許他們喝了太多威士忌而管不住嘴巴，也可能是想讓女人知道其他男人多倒楣。總之，當我經過栗子攤時，聽說藥鋪發生了一場小火災，我不敢相信麥克竟然沒有告訴我。不過，話說回來，他為什麼該告訴我？這是男人的事。我不喜歡他們談論他的語氣，彷彿他野心太大卻沒有能力，然而，當我想到藥鋪裡那些祕密貨架上販售的東西，心中有一小部分非常希望將整間店夷為平地。

每天下午，我往西走，經過娘家，希望能看到媽媽，今天終於如願以償。

我等不及想要她對上我的雙眼，一次就好，但她的視線似乎總是直接溜過。

我正準備離開時，發現她用手指夾著一朵深粉紅色的牽牛花轉動。這朵花可以代表怨恨，但在古老語言中，這是緊急訊號，代表「即刻前來」。

我知道像這樣逗留很危險，但我相信那是給我的暗號。

她往西前進，走上穿過森林的小徑，我緊跟在後。

以前我跟蹤過爸爸幾百萬次，看著他偷偷溜去邊緣地帶，但我從沒想過要跟蹤媽媽，甚至沒想過她也有自己的人生。

她轉向北，我加快腳步。我想保持安全距離，但我擔心萬一跟丟會再也找不到她。

她在一棵樹後面一轉身消失了，我到處找都找不到。我幾乎可以在腦中聽到她的聲音：妳雖然睜開眼睛，卻什麼都看不見。

我在森林中喘氣，聽到一個聲音，非常輕微，很可能只是風吹過乾枯樹葉的聲音，但光是這樣便足以引誘我走過去。我讓感官引導我，走過一叢長青樹，穿過一片有如面紗的藤蔓葉片，抵達一塊沒有樹木的小空地。

空地中央有生過火的痕跡，空氣中有苔蘚、杉樹的氣味，黑色灰燼飄揚。

北方傳來交談聲——女性的聲音，歡樂自在、毫無顧忌——我領悟到這裡應該很接近邊緣地帶，或許是毛皮獵人的營地，不過火堆旁有一些鶴虱草和纈草根。我想起萊克說過的聚會，這裡明顯有女性的痕跡。

媽媽說：「每逢滿月，我們會在這裡聚會。妳會收到一朵花作為邀請，但是要等寶寶出生。」

我轉頭尋找她，但她躲在樹叢裡。我仔細觀察四周，終於明白了，這裡就是我夢中的地方。周圍的樹比較矮，光線不同，森林地上也沒有長滿那種神祕紅花，但絕對就是這裡。

「我在夢裡看過這個地方。」我說。

「那是因為妳小時候來過。」她說。

「是嗎？」我繼續找她。

「妳八成是跟著我來的，因為妳迷路了。」她的聲音在四面八方盤旋。「法洛太太找到妳，送妳回家。我們很擔心妳會說出在此看到的事，但妳從小就很會保密。」

我搜索記憶，努力回想當時看到什麼，有火堆、跳舞，及牽手的女人。「很長一段時間，我以為那些夢是真的。」我繞到垂落的藤蔓後面找她。「我以為是我的魔力暗中作祟，原來一直是我在對自己說話，讓我看見潛意識心靈無法解釋的東西。」我說。

這時她終於從一棵香脂樹後面出來，我這才看見她。

「媽媽。」我低語，想要奔向她，但她舉起手制止。

沒錯，我不能激動忘情，我忘記了這裡是怎樣的地方，有多危險。

我走到一棵針葉樹旁，我們隔著森林小徑交談，各自躲在陰影中。

「兩個姊姊也有加入嗎？」我問。

「茱恩有，她幫了我很多，但艾薇的個性不適合這種事。」

「我怎麼知道誰可以信任？誰又是我們的成員？」

「無法得知。」她回答。「首先從最接近的人開始，用一些小事試水溫，但是要避免受到比鞭打更嚴重的刑罰，盡可能不要引來注意。」

「我早該知道是妳在幕後主導一切。」淚水模糊了我的視線。

「不是我一個人的功勞，妳爸爸是個好人，但好人有時候需要有人推他一把。就像麥克，藥鋪失火的事。」
「那件事怎麼了？」
她微笑。「不覺得奇怪嗎？只有一個特定的貨架被燒毀。」
我呆望著營火留下的焦黑痕跡，努力想理解她的意思，我回頭想告訴她那件事與我無關，但媽媽已經不見了，我轉過身時，只看到她的黑絲帶尾端消失在小徑上。

✿

我想奔跑，想在廣場上大喊麥克的名字，但媽媽說得對，我不能引來注意。我用盡內心所有自制力，縮短步伐、放慢腳步，表現出我沒有什麼特別的事要做，只是出來透透氣。
我先去藥鋪，但他已經鎖門打烊了，細細的銀鍊上掛著「休息」的牌子。
我從窗戶往裡看，回憶瞬間浮現，當時我也是從這扇窗看到爸爸找威爾克先生，買裝在試管裡的東西，當時的貨架現在只剩一塊焦黑影子。
「原來是真的。」我低語。麥克為我做了這件事，他甚至沒有告訴我。話說回來，我一直沒有給他機會。

過去幾個月，我一直將他推開，我到底為什麼那麼做？他救了我的命，把另一個男人的孩子當成他的，完全沒有要求任何回報。我猜想，我是因為內疚才會這樣，他掀起面紗的時候，我對他太惡劣了。我愛上別人，我竟然不相信他是我一直認識的那種人，善良的好人。

我強忍激動的情緒，踏著緩慢輕鬆的步伐回家，不過，大門一關上，我立刻扯下羊毛披風，衝過門廳、奔上樓梯，卻在頂端撞上布麗姬。「他在哪裡？」我問。「威爾克先——麥克在哪裡？」

「議會今天要開會。」她慌張地說。「他很晚才會回來，寶寶怎麼了嗎——」

「不……沒事……不是因為寶寶。」我撫平裙子。「沒什麼事。」

她上下打量我。「妳先坐下休息。」她扶我回臥房。「等一下送晚餐上來。」

我坐在床緣，她彎下腰，默默幫我清除黏在裙子上的蒼耳子，以前我在茱恩的裙子上看過同樣的植物。

我抬頭看她，想推測她是否有所猜疑，我是否在無意間洩露了祕密，但她出去時，我發現一個小小的變化，她沒有倒退離開。

布麗姬送晚餐上來，我意興闌珊地撥弄，假裝什麼都沒發生，但其實現在一切都不同了。我改變了，不只是因為藥鋪失火的消息讓我有這種感覺，雖然他絕對想不到這件事對我的意義有多重大，而是因為我長大了，學會接受責任、接受善意，接受愛。

我走進浴室，布麗姬滔滔不絕講個不停，描述教堂裡的花，不留半點沉默的空間。我從浴缸側邊探出上身，從旁邊拖盤上的小花瓶裡摘下一片嫩粉色的玫瑰花瓣。媽媽說過，先從身邊接近的人開始試水溫。誰比布麗姬更接近我？

她像我一樣，曾經是恩典少女，我以刻意的動作將花瓣放入水中，看著它圍繞我的腳踝邊恣意轉圈。

布麗姬停止說話，呼吸卡在胸口。我抬頭看她，等著她急忙把花瓣拿出去，然後跑去向一家之主報告我的罪過。沒想到，她不但無動於衷，反而嘴角微微揚起，我知道這是全新的開始，對我們所有人而言都是如此。

✿

今晚，當時鐘敲響午夜十二點，我下樓，絲袍掃過厚厚地毯發出窸窣聲響，我窩在小沙發上等待。麥克進來時幾乎無聲無息，但我知道他在，我聞到他用的琥珀古龍水香氣。我調整呼吸與他同步，心中催促他進來，但他卻轉身要離開，於是我低聲說：「拜託，過來陪我。」

他進客廳之前先清清嗓子，好像想確定我在跟他說話。

他在我身邊坐下，小心保持距離以免我受到驚嚇，我們就這樣坐著很久，望著壁爐裡的火，我想起萊克說過麥克感覺是個好人。他好像說過，也可能是我需要這樣告訴自己，才能平靜面對。我做個深呼吸，然後說：「我欠你一個解釋——」

「妳什麼都不欠我。」他低語。「我愛妳。我從以前就一直愛妳，以後也會繼續愛妳。只希望隨著時間過去，妳也會慢慢愛上我。」

淚水湧上我的眼睛。「藥鋪的火災……我知道是你做的，我知道你是為了我，才那麼做。」

他重重吐出一口積鬱已久的氣。「平常妳猜什麼都對，沒想到難得錯一次，竟然如此離譜。」

我抬頭看他，想要理解。

「我是為了自己。」他眉頭糾結。「小時候，我們花了那麼多年的時間一起到處跑來跑去，想要找出恩典之年的線索，這些往事對我意義重大。妳夢中的女孩……她對我也很重要。我一直相信妳、相信她，也相信改變，只是妳從來不相信我。」

熱淚滑落我的臉頰。

他小心翼翼將手放在沙發上，就在我的手旁邊，他的體溫讓我想靠近，我伸出手指握住他的手。一開始，他手掌的重量令我畏縮，但感覺很好，也很真實。我沒有背叛萊克，我的心夠大，能夠同時以兩種不同的方式愛兩個人。

這是新的起點，我們的友誼成長，發展為更深的感情。

遠超出我的期待。

✿

那年冬天，我和麥克各自適應了世人期待的角色，最後感覺已經不像在扮演了。我們一起吃飯，挽著手逛市場、上教堂、出席社交活動。有時候，我獲准去藥鋪幫他的忙，這給我一點使命感，有事情可做，但也讓我對城裡的婦女有了更深的瞭解。要判斷誰能接受改革，誰只要一有機會就會割下我的舌頭，需要非常精細的觀察，不過這一切都需要時間。終於，我接受事實，而我的時間多到用不完。

於此同時，我們享受彼此的陪伴。他觸摸我時，我不再閃躲，反而依偎在他懷中，索取舒適與溫暖。夜裡，我們聊太陽下的所有事，但從不提起恩典之年，我絕不會打破這個誓言，這段經歷不屬於他。

懷孕第九個月，滿月即將到來，我從身體裡感覺到，我不想放手，但又必須放手。

以前我害怕滿月，感覺陰森又野蠻，暗藏著瘋狂。然而，現在我認為滿月讓我們看見真正的自己……我們應該成為的模樣。

今晚，我睜開眼睛，看到那個女孩躺在我身邊，我好久沒有夢見她了，因此吃了一驚，她感覺不太一樣……好像很擔憂。

「不會有事。」我對她說，然而當我伸手想摸她的臉，我的手直接穿過。

突如其來的劇痛竄過全身，我整個人蜷成一個球。疼痛從下腹開始，蔓延到四肢，如此強烈、如此突然，我不由得尖叫。

麥克急忙在床上坐起來。「怎麼了？又做惡夢了？我在這裡，妳很安全，妳在家。」

我起來，但另一波劇痛來襲，有如奔逃的野馬。「噢。」我勉強發出聲音。

我彎下腰，想要減輕壓力，這時我發現窗外有飄過的白色小點。

「我該怎麼幫妳？」他問。

「下雪了。」我低語，從厚重織錦窗簾的縫隙看出去。

「要打開窗戶嗎？」他問，溫暖的手按摩我的後腰。

我點頭。

窗戶一開，冰冷空氣吹進來，讓我瞬間回到營區——站在結冰的湖面上面對萊克。新一波的疼痛席捲而來，但這次不是身體的痛。我想站起來，這樣能比較清楚地看到雪，但當我離開床鋪時，麥克結結巴巴地說：「泰爾妮……妳在流血。」

我依然注視著飄落的雪花，對他說：「我知道。」

他衝出房間，大喊要女僕快去請產婆，我不禁懷疑這是不是預兆，夏娃送來的最後一場雪。不過，她想告訴我什麼？

另一波疼痛來臨，我的膝蓋支撐不住。

麥克拽著產婆衝回房裡，她的樣子好像還在睡，但一看到我，她立刻驚醒。

「可憐的孩子。」她一手按住我的前額。我滿身黏膩汗水，發著高燒，但我努力擠出微笑，又一波劇痛來襲，我發出低沉哀鳴。

她扶我躺下，幫我檢查，燈光下我看到肚子在動，小小的手肘、膝蓋努力想出來。

「我需要毛巾、熱水、冰塊、碘酒。」她對麥克大聲吼叫。「快！」

「怎麼了嗎？」我喘著氣問。「寶寶怎麼了嗎？」

他衝出臥房，對著僕役大聲下令，我問了一百萬個問題，但她不理會，忙著從袋子中拿出工具。我想起萊克，他的殺人工具。

樓下一陣騷動。產婆用一堆枕頭幫我撐起身體，就連這個小動作也讓我痛得受不了，我必須咬著布塊以免叫出聲。

一群人奔跑上樓，媽媽和兩個姊姊衝進房間。克蕾拉和佩妮不能進來，她們的初經還沒來。

她們圍著我，我聽見爸爸在房間外面盡力安撫麥克。「不會有事，泰爾妮很健壯，她一定能撐過去。」

媽媽用濕布幫我敷額頭。

「我很害怕。」我輕聲說。

她停頓一下，臉上滿是憂慮。「Frykt ikke for min kjærlighet er evig.」

「**別怕，我的愛永不止息。**」我低聲說出同樣的話，淚水再次湧上。我想起小時候，佩妮出生時，我在媽媽的房間裡，窩在她身邊，四周飄散著鮮血與小蒼蘭的氣味。她發高燒，從爸爸的表情我感覺得出來，這可能是我最後一次見到她。我依附在她溫暖的身上，臉埋在帶著麝香的寢具裡，她告訴我要堅強，她把我的手按在她的心上。「我們的心中有一個地方，他們到不了、看不見。在妳心中燃燒的東西，也在我們所有人心中燃燒。」

那天晚上我跑進森林，躲在高高的草叢裡，想要逃離恐懼。

我害怕長大，害怕生不出兒子的羞恥。女人將傷口藏得如此深，甚至必須緊閉嘴巴，以免無意間洩露。我看到她們的毛孔滲透出傷痛與憤怒，讓她們只能用身邊的其他女性洩憤。她們嫉妒自己的女兒，嫉妒無憂無慮飛過高崖的風。

我曾經以為，要是有人切開我們，一定會發現如迷宮般無盡的門鎖、門栓、水壩與堵死的道路。當心中有如此高聳的牆，人會慢慢窒息，被自己的祕密噎死。

不過在這裡，在這個房間裡，媽媽和姊姊圍在我身邊，我明白我們不只是那樣……一整個世界藏在那些微小的心意裡，只是我從來沒看見，而她們一直都在。

媽媽過去幫忙產婆，換茱恩和艾薇來安慰我。「我們在這裡。」茱恩握住我的手。

「儘管叫，沒關係。」艾薇握住我的另一隻手。「生愛涅絲的時候，我叫得驚天動地，這是我們唯一可以大叫的時候，乾脆善加利用吧。」

「艾薇。」茱恩氣音責備，但嘴角揚起淺淺笑容。「如果妳想，我們可以陪妳一起叫。」茱恩接著說。

我點頭，露出失神的微笑，用力握緊她們的手。

產婆壓壓我的肚子，然後搖頭。

「怎麼了？」媽媽問。

「寶寶的姿勢不對，我得伸手進去調整。」

兩個姊姊更用力握住我的手。我們全都聽過太多故事，就算在最正常的狀況下，生產依然很危險，但在胎位不正的情形下平安生產，更是少之又少。

「做好準備。」產婆說完之後，一手抓住我的肚子，另一手伸進我體內。

一開始疼痛非常劇烈，但很快就變成深處悶悶的痛，我發出含糊呻吟，開始用力。

「還不行。」她說。

但我無法控制，壓迫感大到難以承受。我精疲力盡、氣喘吁吁，全身每個毛孔都在冒汗，我的頭髮濕透了，床單染血，我不知道還能撐多久。

望著外面輕柔飄落的雪花，我想著萊克，他絕不會允許我放棄，他絕不會任由我軟弱，而我也不想在他面前示弱。我陷入神智不清的狀態，即將失血而死，但我發誓，我能感覺到他在身邊。

我聽見男人在房門外交談，互相碰杯，淡淡的威士忌氣味從門縫滲進來。「上帝保佑，讓你生個兒子。」埃德蒙神父大聲說。

「我們應該禱告。」艾薇說，她的眼神流露恐懼。

媽媽和兩個姊姊圍成一圈，牽起她們的手。「親愛的主，請以我為神聖的容器，誕下您的兒子——」

「不，我不要。」我搖頭，胸口的氣息很淺。「如果妳們覺得需要禱告，那就求上帝給我女兒。」

「這是瀆神。」艾薇小聲說，看著門口確認外面的男人沒聽見。

「為了泰爾妮。」媽媽說。

她們三個對看一眼，達成無言的默契，她們心裡有數。
她們重新牽起手。「親愛的主，請以我為神聖的容器，誕下您的……女兒——」
她們禱告時，我繼續奮鬥。
「兩隻腳、兩條腿、兩條手臂，以及頭部。」但她的語氣越來越嚴肅。「孩子沒有缺陷。」
「我可以看嗎？」我哭喊。
產婆看看媽媽，她斷然點頭。
產婆將孩子放在我身上，我的眼淚奪眶而出。「是女生。」我輕聲笑著說。
但她只是躺著，一動也不動。
「拜託呼吸……拜託。」我低語。
我抹去那張完美小臉上的血，發現她的眼睛、嘴唇像我，髮色和下巴小凹陷和萊克一模一樣，但有個地方一直擦不乾淨，是她的右眼下方有小小的草莓形胎記。
當她第一次沉重吸氣，我領悟到原來是她——我一直尋覓的夢中女孩。
我啜泣驚呼，緊緊抱住她，溫柔親吻她。
魔力是真的，或許不是他們相信的那種方式，但只要願意張開眼睛、敞開心靈，我們的周遭、內心都存在魔力，等著我們去體認。

我是她的一部分，萊克也是，麥克也是，在廣場上為我挺身而出的所有女生都是，她們的勇氣讓她能夠來到世上。

她屬於我們所有人。

「我這一輩子，都一直夢見妳。」我吻了她。「妳是在期待中出生的，妳是在愛中出生的。」

她彷彿聽懂了，小小手指握住我的手指。

「要幫她取什麼名字？」媽媽的下巴顫抖。

我甚至不用思考，彷彿我一直都知道。「她的名字叫『恩典』。」我低語。「**恩典・萊克・威爾克**，她將成為改變一切的人。」

媽媽低頭親吻外孫女，將一朵有五片花瓣的小紅花塞進我手中。

我抬頭看著她，低聲說：「我的眼睛睜得很大，而且現在我什麼都看見了。」

媽媽的淚水簌簌落下，她順一下我的辮子，解開黑絲帶，讓我解放，也掙脫絲帶代表的意義。

我閉上眼睛，吐出下一口無盡的氣息，我發現自己走在森林裡，沒有重量，也無比自由。

我來過這座森林，或許我根本不曾離開。

小徑前方出現一個幽暗的身影，深色薄布有如濃煙飄揚，我每往前走一步，他就越來越清晰，是萊克。

我無法判斷他有沒有認出我，但他直直朝我走來。

或許他會將我擁入懷中，或許他會穿透我離去，我站定等候。

✿ 推薦文 ✿

我們都在自己的恩典之年

楊婕・作家

進入《純潔國度》前，我們先聊聊漢娜・鄂蘭（Hannah Arendt）吧。

漢娜・鄂蘭是美籍猶太裔政治學家，一九六一年，漢娜・鄂蘭前往耶路撒冷旁聽納粹戰犯阿道夫・艾希曼（Adolf Eichmann）的審判。在人們的想像中，負責執行大屠殺的艾希曼，會是什麼樣的人呢？一個渾身充滿邪惡氣息、面露凶光的怪物？

令漢娜・鄂蘭驚愕的是，在艾希曼身上，這些猜想都無從驗證。艾希曼的一舉一動，所表現出來的，就是個再普通不過的平凡人。漢娜・鄂蘭選擇了一個詞彙來描述艾希曼，她說，艾希曼所擁有的邪惡，更接近於一種不加思考的、「平庸的邪惡」（the banality of evil）。

《純潔國度》裡的加納郡，就是一個將平庸性和父權相掛鉤的實驗場。在這個反烏托邦國度中，當小說時鐘啟動，惡的文化，便已根深蒂固地成形了。

在加納郡，女性被視為擁有危險「魔力」的人，「魔力」使她們天生低男性一等，出生時便被烙上父親的紋章，只能受教育到十歲，禁止集會、做夢、剪髮，由男性「授頭紗選新娘」，沒被選中的，就淪為女僕女工。婚後生不出兒子，則將遭遇危險……在這個父權之惡交織出的國度裡，女性沒有獨立思考的能力，她們從不反抗和質疑，逮到機會就羞辱彼此。

在這層意義上，《純潔國度》與（勢必被拿來相提並論的）《飢餓遊戲》有著根本的差異。《飢餓遊戲》中，叛亂與鎮壓無分性別，儘管貧窮掐在每個人的咽喉上，善意仍能在黑暗中撥開曙光。《純潔國度》則將溫情主義一把撢開——世間本無事，是人心的邪惡掀開動亂。

全書最驚悚的設定，則是少女十六歲時，如惡夢般降臨的「恩典之年」（The Grace Year）。

加納郡人深信，隨著女性發育成長，身上會產生足以害人的「魔力」，唯有將「恩典少女」送到野外耗盡魔力，才能回歸文明，成為好母親、好妻子、好女人。於是，當恩典之年降臨，「恩典少女」就集體由衛士護送上路，前往未知的營地。

活下來和死去的恩典少女，遭遇了什麼？年復一年，沒有任何人會告訴你。恩典之年的傳說，是加納郡最大的祕密。唯有親身抵達營地，才逐步揭曉。

然而，《純潔國度》最弔詭的，便在於「祕密」的本質。叫人膽寒的，永遠不是已知，而是未知。比未知更叫人膽寒的，則是一切，或許都是你想像出來的。接著，你的想像，就把你最害怕的事，變成真的。

以釋放魔力為名的恩典之年，就此召喚出每個人心中的魔鬼。從此善良純屬意外，生存是血肉相拚，是少女間無止無盡的猜疑和殘殺。

但小說主人翁泰爾妮不吃這一套。

泰爾妮從小被父親當成兒子教養，教她用刀、釣魚、分辨飲用水，以及種種照顧自己的技藝。泰爾妮熱愛自由，抗拒加納郡對「女人」的想像，拒絕踏入婚姻。

在恩典之年的緩慢凌遲中，泰爾妮也曾產生動搖，懷疑她所相信的科學，是否比迷信更迷信，真實，會不會僅是虛構出來的幻影——自由的真義，究竟是待在加納郡，處處掣肘的孩提時期，抑或脫離父權掌控、野性拚搏的恩典之年？

當泰爾妮因為愛情而覺醒，她決定出手拯救其他恩典少女。

但是，問題來了：恩典少女們，真的想被拯救嗎？一旦清醒、一旦了悟，就必須回望記憶，為自身的所作所為負責——「妳認為經歷過這種事，我們真的還能康復嗎？」

這是作者金．利格特向人性之惡提出的大哉問。對這個由集中營所開啟的道德難題的處理，必然決定了《純潔國度》的藝術高度。

就在走鋼索的瞬間，《純潔國度》帶我們回到了父權的視角。小說中最惡毒的，不是盜獵賊也不是衛士，而是漂亮女孩琪絲汀。雖然述盡女性遭到欺壓，又由女性之口免除男性的罪責：「我們全都一樣」。最後，拯救泰爾妮的，也並非她的勇敢和睿智，而是另一個慷慨的男性。

描寫父權之惡的小說，是否就等於反父權？或者，也可能是對父權的「表演」？在顛覆邊緣，反叛邊緣，金·利格特選擇停手，反而給了讀者一個重要的啟示：那就是現實並不總是充滿啟示。

讀畢《純潔國度》，如果你覺得自己看了一個精彩的奇幻故事，這一刻請容我，再講另一個奇幻故事給你聽：

在這世界上，有一個地方，每個班級的座號，都是先排男生、再排女生，女生被教導要穿裙子，雙腿併攏，儘管搭大眾運輸時，總被陌生男人分得好開的膝蓋頂到。去男友家拜訪，最煩惱的事是要不要洗碗。已經很瘦很白，還是擔心自己不夠瘦不夠白。攻擊另一個女生最好的方法，則是說她賤和說她老……

如果覺得這個故事似曾相識，恭喜你，你也還在自己的恩典之年。

✿推薦文✿

誓死純潔，就是爲男性的慾望而戰

少女老王・作家

「純潔」一詞，在你心裡是褒義還是貶義？

事實上，這兩個字一直存在在「成為女性」的框架裡不曾消失，甚至變成一種習慣、一種追尋、一種大部分女生「下意識」、「反射性」包裝自己的形象，或是大部分男性對女性的幻想與渴望。

就算是正邁向兩性平權的今日台灣，我們對「純潔」仍舊抱持著「嘴裡不承認」的憧憬。直到我讀完這本有「女版《飢餓遊戲》」之稱的《純潔國度》，才發現自己的偽善變成一把刺向自己的劍，刺進心中最真實的那塊軟肉。其實，我們依舊習慣去維持所謂「男性眼中期待的女性形象」。

甚至不惜傷害帶有同樣性別認同的女性。

《純潔國度》的純潔，其實就是來自男性的慾望，進而延伸出貫穿全書的「女性的魔力」。

這股「魔力」在書中的社會，是非常抽象可怖的，但有幸身為「局外人」的我們，卻在作者金・利格特巧妙的安排下，看出她藉由切換男、女視角，詮釋出的「魔力」樣貌。

在書中的男人眼裡，「魔力」是「發育中的處女肉體」，會「誘發其他男人犯罪」；以女孩的角度去看，卻只是未經世事的少女，對世界抱持的好奇、想像與勇氣。但因場景是極度父權、男性無條件至上的「加納郡」，太有想法的女性會使男性無法「徹底占有」，因此必須被送到邊境放逐一年，直到身上的「魔力」釋放殆盡、身心都「純潔」，才能再次回歸文明。這個傳統，被稱為「恩典之年」，每個女孩都必須遵從。只是，每一年能回歸文明的人數，總是少很多很多……

儘管看清事實的我們，著急地想對書中的女孩大喊「不是這樣的！」仍得眼睜睜看著正值十六歲青春年華的她們，在放逐之前強制關進倉庫，任由門外男人像買豬肉似地挑選要娶誰後，再以「有人要」、「沒人要」兩種身分被送去邊境。這樣的身分區分，在路途中便形成上下階級，進而延伸出純女生版本的《飢餓遊戲》。如果說《飢餓遊戲》裡的廝殺，表面是為了滿足上流人士，實則為極權統治者的陰謀，那《純潔國度》中女孩的搏命虐殺，就是男人為了滿足自己的私念，甚至可說是女生為了「重返父權社會」，抹去自我與別人的生存遊戲。

這邊有個滿有意思的細節，其實「加納郡」的女孩們為確保自己最後「有人要」，竟然可以在十六歲的「恩典之年」前，偷偷跟心儀的（或是評估後最可能娶自己的）男生，到草叢裡幽會，甚至做愛。

在這個純潔的國度裡，純潔終究是扭曲了，但依舊是扭曲成迎合男性慾望的樣子。

直到被當作男孩養育的女主角泰爾妮迎來十六歲生日，「恩典之年」的傳統與體制終於被衝撞。但其他「恩典少女」卻寧願比照往昔「死傷慘重」的結果，去拚個你死我活，也不願聽泰爾妮「全員生存」的建議，還對泰爾妮實施霸凌、虐待，甚至追殺。瀕死的泰爾妮勉強逃出時，遇上了專門分屍恩典少女的盜獵賊，卻意外體驗到再正常也不過的「平等人生」。然而，這其中埋藏的祕密，卻讓之後的發展逐漸失控……

一年後，泰爾妮率領死傷大半、滿身傷口的恩典少女們回到家鄉，並在眾人面前，大膽解開裹著身體的破布。那藏在裸體中的真相，開出漣漪一般的紅色花海，悄聲無息地拂過父權依舊的日常。這時我才驚覺，原來這才是真正的「魔力」，而且聰明地藏在「男人都以為被消滅了」的假象之下。

泰爾妮竟然找到方法，把「魔力」給帶了回來。

其實不論古今、虛實，在描述女性掙脫框架的情節時，女性似乎還是得舉起框架打仗，那始終黏在手中的框架可以是盾，也可以是刺槍。而我們早已習慣將框架壓出的傷口深藏，甚至不說出口，有時還會因為太嫉妒那些沒能壓抑住真實情感的女性，想要去傷害、壓制明明一樣痛苦的她們。

一直以為這樣的想法是祕密，直到被故事情節打中，看到女孩們下意識地臣服於《純潔國度》裡變態殘忍的父權社會，眼淚才不自覺湧出。

正翻著書的我存在的這個世界，依舊覺得女生「二十幾歲最有市場」、「三十幾歲還不結婚就會沒人要」、「四十幾歲沒當上社會眼光中的女強人／沒結婚就是很失敗」。而這樣的壓力不只來自男性，連女性都會彼此相逼。

這，何嘗不是一場生存遊戲？但我們要對抗的是什麼呢？為什麼活出自己的樣子之前，還得先打這場沒有勝算的體制戰爭呢？

「整個世界藏在那些微小的心意裡，只是我從來沒看見。」

「她們，一直都在。」

泰爾妮在結尾，用驚人的方式告訴了我們，其實答案就藏在最初的地方，只是我們從來沒看見，也或者是……刻意不去看見。

框架終於脫手而去，深壓著的傷口在風中刺痛著。

我看見了自己的樣子。

✿ 推薦文 ✿

不只心神的遊戲，皆是眞實人生

追奇・作家

我原以為這是一部奇幻小說，但隨著閱讀過程接收到的情節遞進、信號拆解、撥雲見日，我不自覺與故事主角重疊，打破既有認知（縱使它包括了質疑），明白奇幻僅作外衣，藏匿的寓意如加納郡中女性緊緊抿住的雙唇後方——皆是真實的人生。

那麼「真實的人生」究竟有什麼？恐怕永遠無法一言蔽之。甚至一段歷經劫難後重獲新生的完整故事也無法。因此這本小說留下的餘韻久長，遠勝過它本身的字數和重量；它想傳唱的，是闔上書本後，我們心靈迸發出的醒悟與使命。儘管書中已包羅了多元議題：性別、婚姻、歧視、慾望、階層等等，但最讓我靈魂躁動、深刻共感的，是對於人類思考及心神變化的描寫。苟活在世，無論是與他者、自己或外在世界共處，透過的媒介終不可免去心神；我私自理解，貫穿整部小說的文眼「魔力」，所指之物即是心神。是它使人癲狂墮落，亦是它引領一切回歸理性，甚或勇敢可畏。而如何掌控這股看似操之在我的抽象體，剖開咒語、迷信和長期建立的桎梏，成為自己真正的主人，如此考驗又何嘗不是所有社會浮游的縮影？

「恩典之年」也許殘酷荒謬，但事實上我們都是恩典少女，擁有同等的殘酷與荒謬。泰爾妮的幸運，在於她的家庭代表了文明，先天賦予她思辨及質疑的能力；惟這世上有多少個泰爾妮，得以仰賴成長背景去對抗漫天催眠？即使遭受欺凌、孤立仍勇往直前？小說最後雖然給了讀者希望，然相對反映出文明之脆弱：當真相為霸權掩埋，當思考為心神斬斷，改革者欲喚醒沉醉眾人實是艱難，以致必須部分妥協、折衷，於狹縫內緩慢播種，並堅毅從容地等待，哪個掙脫遊戲的生命，願意靠攏過來，替同一代人澆灌新的宇宙。

THE GRACE YEAR

純潔國度

作　　者　金・利格特
　　　　　Kim Liggett
譯　　者　康學慧 Lucia Kang
發 行 人　林隆奮 Frank Lin
社　　長　蘇國林 Green Su

出版團隊
總 編 輯　葉怡慧 Carol Yeh
企劃編輯　陳柚均 Eugenia Chen
　　　　　黃莀肴 Bess Huang
責任行銷　朱韻淑 Vina Ju
封面設計　管仕豪 Zai Kuan
封面繪圖　鄭曉嶸 Hsiao Ron Cheng
版面構成　張語辰 Chang Chen

行銷統籌
業務處長　吳宗庭 Tim Wu
業務主任　蘇倍生 Benson Su
業務專員　鍾依娟 Irina Chung
業務秘書　陳曉琪 Angel Chen
　　　　　莊皓雯 Gia Chuang
行銷主任　朱韻淑 Vina Ju

發行公司　精誠資訊股份有限公司　悅知文化
　　　　　105台北市松山區復興北路99號12樓
訂購專線　(02) 2719-8811
訂購傳真　(02) 2719-7980
專屬網址　http : //www.delightpress.com.tw
悅知客服　cs@delightpress.com.tw
ISBN : 978-986-510-075-9
建議售價　新台幣 420元
首版一刷　2020年9月

國家圖書館出版品預行編目資料

純潔國度 / 金.利格特(Kim Liggett)著；康學慧譯. -- 初版. -- 臺北市：精誠資訊, 2020.09
　面；　公分
譯自：The Grace Year
ISBN 978-986-510-075-9 (平裝)

874.57　　109006516

建議分類｜文學小說